Re:제로

Re: Life in a different world from zero

부터 시작하는 이세계 생활

당황해서 쳐다보니,
지룡에 함께 탄 스바루와 렘이
앞장서서 달려 나가고 있었다.

「전원, 저 바보들을 따라라!!」

그리고 포효가 스바루와 렘을 쫓아왔다.

「대답하시지, 테레시아······ 아니,

「검성」테레시아 반 아스트레아!!」

「날, 비웃고 있었나」

Re: Life in a different world from zero

The only ability I got in a different world "Returns by Death"
I die again and again to save her.

CONTENTS

Re:제로

부터 시작하는 이세계 생활

Re: Life in a different world from zero

나가츠키 탓페이 지음
오츠카 신이치로 일러스트
정홍식 옮김

표지 · 본문 일러스트
오츠카 신이치로

제1장 『분배받은 카드』

──인생에서는 분배받은 카드로 승부할 수밖에 없다.

그것이 출생이든, 용모든, 재능이든, 인덕이든, 길러 온 기술이든, 모든 것이 같은 의미이다.

나츠키 스바루는 자신에게 그 모든 게 결여되었다는 것을 똑똑히 자각하고 있다.

뭐가 잘못되어서 렘만은 스바루를 전적으로 긍정해 주지만, 그 소녀가 긍정하는 나츠키 스바루의 이상적인 모습에 자신이 까마득히 미치지 못한다는 건 잘 알고 있다.

이상적인 나츠키 스바루와 비교해서 이 자리에 있는 스바루의 수중에 있는 카드 수는 적고, 그 질도 열악하기만 하다──.

그러나 승부할 곳에 들어선 이상, 그런 하소연은 아무도 들어주지 않는다.

누구나 분배받은 카드로 승부에 도전할 수밖에 없는 것이다.

나머지는 카드를 까는 방식과 타이밍, 그리고 허세를 터트리는 방식만이 있을 뿐이다.

"——백경(白鯨)."

스바루가 들고 있는 카드 중에서 가장 큰 효과를 발휘할 패가 뒤집혔다.

제시된 그 내용에 동석한 이들의 안색이 제각각 바뀐다.

——장소는 왕도 귀족가, 칼스텐 공작 별장의 응접실이다.

회담의 참가자는 스바루를 제외하고 다섯 명—— 저택의 주인인 크루쉬 칼스텐과, 그녀를 섬기는 페리스와 빌헬름 두 사람. 더해서 스바루 쪽 조언자로서 왕도에서도 손꼽히는 실업가인 러셀 펠로.

그리고.

"———."

용기를 북돋는 스바루의 소매를 만지며 한없는 힘을 주고 있는 렘뿐이다.

도합 여섯 명이 얼굴을 맞댄 회담은, 시작하자마자 가장 큰 고비를 맞이했다.

회담의 목적이자 초점은 에밀리아 진영과 크루쉬 진영의 대등한 동맹이다. 마녀교의 위협에 대항하기 위해 다른 진영의 협력이 필요한 에밀리아 진영에 비해, 크루쉬 진영은 신중한 자세를 고수한다. ——그 균형을 무너뜨리는 히든카드가 전술한 『백경』이란 한마디였다.

크루쉬가 흥미로운 기색으로 눈을 가늘게 좁히고, 페리스가 우려를 담은 눈으로 주군을 바라보고 있다. 상인 기질의 러셀은 미간을 찌푸리고, 빌헬름은━━.

"━━읏?!"

한순간, 어둑하고 농후한 검기(劍氣)가 실내를 휘어잡아 스바루는 무심코 숨을 집어삼켰다.

칼끝이 내장을 휘저은 듯한 위화감에 고개를 든 스바루는 검기가 발생한 곳━━ 깊이 숨을 내쉬고 작게 고개를 젓는 백발의 노인을 보았다.

"……크게, 실례를 저질렀습니다. 저도 아직 미숙하군요."

빌헬름은 한쪽 눈을 감은 채 표정을 바꾸지 않고 사과했다.

방 구석구석까지 남기지 않고 검기로 휩쓴 노검사는 수치를 느낀 듯이 허리춤의 검을 만졌다.

"이야기를 끊어 죄송합니다. 자리를 비우라고 하신다면 그리 하지요."

"아니, 경은 남게. 의견을 듣고 싶어."

도중에 퇴장하려는 빌헬름을 크루쉬가 몸소 만류했다. 그리고 스바루에게 '상관없겠지?'라는 눈짓을 주고, 스바루도 같은 의견이라고 끄덕이는 행동으로 대답했다.

"그래서? 백경이라니, 또 다소 뜬금없는 단어가 튀어나왔군. 경이 거론하는 백경이란, 『안개의 마수(魔獸)』, 3대 마수 중 일각이라고 여겨도 되겠나?"

"그래. 안개를 흩뿌리며 공중을 헤엄치는 괴물━━ 그 백경이야. 난 그 녀석이 다음에 출현할 장소와 시간을 알고 있지. 그 정보를 동맹의 거래 재료로 제시하고 싶어."

이 미끼를 물까. 스바루는 크루쉬의 반응에 신경을 곤두세웠다.

크루쉬는 턱에 손을 얹고 숙고하는 자세다. 그리고 그 판단이 나오기도 전에.

"실례. 잠시 여쭈어도 되겠습니까?"

러셀이 손을 들고 질문의 허가를 청했다.

"아무렴. 뭐든지 물어봐."

"그럼, 우선 제일 먼저 확인해야 하는 얘기입니다만…… 나츠키 님은 백경의 출현을 사전에 알 수 있는 것의 가치를 정확히 파악하고 계십니까?"

"……백경의 피해에 말려드는 사람 수를 줄일 수 있지. 행상인과 짐 나르는 용차도 통행 계획을 다시 짤 수 있겠고, 인적 피해가 제법 개선되리라 싶은데."

"네, 맞습니다. ──하지만 그래서는 아직 50점이에요."

살짝 주눅 든 스바루의 답변에 러셀의 채점은 꽤 야박했다.

"『안개의 마수』로 말미암아 지금까지 얼마나 많은 피를 흘려 왔는지 아십니까? 운 나쁘게 백경의 안개에 삼켜져 소식이 끊어진 대상(隊商)! 백경 토벌을 위해 편성되었으나 뜻을 이루지 못하고 패주한 왕국기사단! 수십 년 전까지는 마을과 시가지 부근에 출현해 주민까지 통째로 집어삼켜서 사실이 밝혀지지 않는 경우도 허다했어요. 백경은 그저 크기만 한 마수가 아닙니다."

백경의 위협을 설명하는 러셀의 말에는 과도하다 싶을 정도의 열기가 서려 있었다. 이는 부정적인 감정을 다른 이와 나누고 싶은, 소극적인 극기심의 표출임을 스바루는 알 수 있었다.

너무나 강대한 『적』을 앞에 두었을 때, 사람은 그 『적』의 강대함을 칭송하는 태도를 취함으로써 자신의 나약한 마음을 지키려고도 하는 것이다.

"그와 같은 마수, 마주치지 않는 게 중요하지요. 많은 상인과 여행자가 앞길에 안개가 끼는 걸 가장 두려워합니다. 백경은 재앙의 상징이며 안개는 흉조 그 자체예요. 그 출현을 미리 짐작할 수 있다면, 만금 이상의 의미가, 가치가 있습니다! 그런데……."

주먹을 움켜쥐고 역설하던 러셀이 별안간 차갑게 식은 눈으로 스바루를 내려다보았다.

"그 가치도 정보를 신뢰할 수 있어야 생기는 법. 나츠키 님은 대관절 어떻게 그것을 증명하실 건지요? 그러지 못한다면 정보는 단순한 빈말에 불과합니다."

"내가 하고 싶은 말 역시 대체로 러셀 펠로와 같다. 경의 발언에 대한 근거를 듣고 싶은 바로군."

크루쉬도 옅은 미소와 함께 스바루에게 정보의 근거를 물었다.

정보의 진위. 그 물음에 스바루는 등에 식은땀이 흐르는 걸 느꼈다.

하지만 표정에 불안은 드러내지 않는다. 대담한 웃음을 머금은 채 맞상대하며, 약한 마음이 새어 나오지 않도록 참아내면서 교섭 탁자에 오른 그 둘에게 다음 패를 제시했다.

사전에 몇 번씩 꼼꼼하게 시뮬레이트하고 준비한 대로.

"내가 백경의 출현을 사전에 알 수 있는 건, 이게 이유야!"

말을 마치고 품속에서 꺼낸 그것을 탁자 위에 내리치듯이 내밀었다.

탁자 위로 내민 스바루의 『근거』—— 그것을 확인한 전원의 표정이 희미하게 굳었나 싶더니 그 직후에 곤혹해하는 기색이 부상했다.

"나츠키 스바루."

"어."

조용히 이름을 부르는 크루쉬의 목소리에 스바루는 떳떳하게 가슴을 폈다.

크루쉬는 그런 뻔뻔하기까지 한 스바루의 태도는 거론하지 않으며 탁자 한복판에 놓인 『근거』를 손가락으로 가리켰다.

"이건 도대체 무엇이지?"

하얀 금속성 보디가 선명하게 빛나는 오버테크놀로지.

——휴대전화에 눈이 못 박힌 채, 스바루에게 갸우뚱하면서.

2

스바루가 백경의 출현 시간을 정확하게 알 수 있었던 건, 그야말로 우연이 여럿 겹친 운명의 장난 때문이었다.

결정적인 순간은 세 번째 루프—— 백경과 직접 조우한 안개의 밤이다.

어두운 용차의 차부석에서 스바루는 지도를 확인하기 위한 광원으로 삼고자 짐 속에서 꺼낸 휴대전화를 기동했었다.

"그때, 그 직전이지."

스바루가 처음으로 백경을 목격한 건 옆에서 달리던 용차의 소실을 확인하려고 휴대전화의 빛을 이용해 어둠에 시선을 집중했을 때였다.

——어둠 속에서 거대한 안구와 눈이 마주친 충격은 지금도 잊기 어렵다.

그 직후에 마수의 포효와 첫 번째 일격에 스바루 일행이 탄 용차는 산산조각 나서 날아갔다. 하지만 렘에게 목덜미가 잡혀 허공을 나는 중에, 한 컷씩 지나가던 세계는 눈에 아로새겨졌다.

그 연속 사진 같은 세계의 영상 속에서 스바루는 똑똑히 보았던 것이다.

충격에 휩쓸린 순간에 손에서 떨어져 빙글빙글 날아가는 휴대전화—— 이쪽을 보고 빛나는 화면에, 『15시 13분』이라고 표시되던 것을.

이세계에 소환된 시점에서 휴대전화의 시계 쪽 기능은 의미가 없어졌다. 하지만 확정된 미래로 이르는 지표로써 쓴다면, 이 세계의 어떤 도구보다도 정확하다.

그리고 무엇보다 휴대전화에는 다른 도구로는 대체하지 못할 역할이 있다.

"이게 뭔지 몰라도 어쩔 수 없지. 이건 내 고향에서 출토된, 이른바 『미티어』란 거라서. 이게 내 발언의 근거가 될 거야."

——출처를 알 수 없는 휴대전화 자체가 교섭에서 유용한 무기가 될 수 있는 것이다.

"……만져 봐도 되겠습니까?"

침을 삼키고 맨 처음 휴대전화에 손을 뻗은 사람은 러셀이다. 스바루가 끄덕여 허가를 내리자 그는 조심조심 휴대전화를 손에 들고 감촉을 확인했다.

"퍽 기이한 촉감이로군요. 금속 같지만 온기도 있어……. 표면은 매끈하고 부드러운 것 같기도…… 여기는, 열린다?"

폴더식 갈라파고스 폰을 연 러셀은 넘쳐 나오는 화면의 빛에 놀랐다.

화면에 표시된 대기 화상은 회담 전에 정통파적인 시계판으로 바꾸어놓았다. 아무렇게나 조작해도 나오는 건 등록수가 적은 전화번호부 정도일 것이다.

"빛이 나고 그림이 바뀐다……. 아니, 그런데 내용은 판별 못하겠군요. 본 적도 없는 문자가, 아니, 그림……일까요?"

째깍째깍 움직이는 시계의 초침이 표시되고 있는 화면이다. 그러나 시계의 개념이 크게 다른 이 세계의 인간은 표시된 시계판의 의미를 이해할 수 없다. 시간을 표시하는 숫자 또한 마찬가지로, 아라비아 숫자는 기껏해야 어린애 낙서로나 보일 것이다.

심정은 이해한다. 스바루도 같은 감상을 매일 느끼고 있으니까.

"특별한 문자라 아무도 읽지 못할걸?"

"하나 경이라면 활용할 수 있다…… 그런 뜻인가?"

"모든 기능을 활용할 수 있다……는 말은 아니지만."

스바루는 크루쉬의 물음에 세심한 주의를 기울이면서 말을 가렸다.

이 교섭이 성립하기 위한 조건은 여럿 있지만, 개중에서도 가장 큰 조건이 딱 한 가지 있다.

자신의 안목에 절대적으로 자신감이 있는 크루쉬에게 『거짓말』을 간파당하지 않을 것.

밟아서는 안 되는 지뢰, 그것을 피하기 위해서 스바루는 모든 신경을 기울여야만 한다.

"즉, 경은 이렇게 말하는 거로군. ──이 『미티어』가 백경의 접근을 알리는 경보석 같은 역할을 한다고."

"그 경보석이란 걸 들어본 적 없지만, 그럴 거야."

이름으로 보건대 아마도 경보기와 비슷한 역할을 가진 마석 세공품의 일종일 것이다.

"백경의 접근에 따라 그 사실을 알리는 『미티어』라. 감정 쪽은 어떤가?"

"솔직히 말해 두 손 들었습니다. 『미티어』에 관해서는 개체차가 커서 동일한 물건이 출토되는 경우조차 희귀합니다. 복제법이 밝혀진 대화경(對話鏡)이 예외고, 그마저도 양산하기에는 수지가 맞지 않아요. 적어도 이쪽 방면 『미티어』의 실존에 대해서는 금시초문입니다."

러셀은 자신의 지식에 없는 도구에 대해 부주의하게 명언하는 것을 피했다. 현재 러셀의 입장은 선의의 제3자. 스바루 편도, 크루쉬 편도 들지는 않는다.

스바루와 크루쉬 중 어느 쪽에 가담하는 게 자신의 이익이 될지 한창 확인하는 중인 러셀의 눈은 자연히 엄격하다.

"그리되면 정보의 진위를 확인할 수단은 짐작이 가지 않는군. 그래서는 경의 주장을 전적으로 받아들이기 어려워. 자, 어쩌 겠나?"

"확실히 난감한 사태인데. 하다못해 뭔가 증명할 수단이 있으 면 좋겠지만."

크루쉬의 말에 스바루는 두 팔을 벌려 두 손 들었다는 시늉을 해 보였다.

"흠. 실제로 마수가 접근해서 소리를 내는지 시험해 볼까? 혹 은 그 『미티어』가 마수에 반응하는 도구라고, 그렇게 증명할 수 있는 것에 대해 짚이는 데는 있나?"

"한 가지, 잘못을 바로잡지."

스바루는 평소의 크루쉬에 대한 앙갚음을 하듯이 검지를 세우 고 좌우로 흔들었다.

"이 『미티어』는 마수 그 자체에 반응하는 게 아니야. 그러면 이곳저곳에 생식하고 있는 마수에 막무가내로 울어버리지. 반 응하는 건 중요한 국면일 때야."

"——설마, 소유자에 대한 마수의 위협에만 반응한다는 말이 라도 되나?"

스바루의 지적에 반응한 크루쉬가 지나치게 편리한 기능을 일 소에 부치려고 했다.

그러나 그런 크루쉬보다 먼저 반응한 사람이 있다.

"——아."

작게 수긍에 가까운 목소리를 낸 사람은 스바루 옆에 서 있는 렘이었다.

그리고 곧장 렘은 자신이 교섭에 찬물을 끼얹은 것을 부끄러워하듯 얼굴을 내리깔았다.

"신경 쓰이는 반응이군, 렘. 지금 내용에 짚이는 데라도 있는가?"

크루쉬의 추궁에 렘은 한순간 스바루의 옆얼굴에 눈길을 던졌다.

스바루는 염려와 성의가 떠오른 옅은 청색의 눈에 안심시키듯이 웃음을 보냈다.

"괜찮아. 뭔가 있으면 얘기해 줘도 상관없다고."

"――네. 스바루 군이 그렇게 말씀하신다면."

고개를 든 렘은 크루쉬와 마주 보면서 탁자 위의 휴대전화를 손으로 가리키고 말했다.

"자세한 사정은 덮어두겠으나, 전날 메이더스령 내에서 마수 때문에 소동이 있었습니다. 그때, 가장 빨리 사태의 수습에 나선 게 스바루 군입니다. 체류한 지 얼마 되지 않았는데 영주인 로즈월 님보다 사정을 더 잘 파악하고 있어서 이상하게 여기긴 했습니다만……."

"그 소동의 전조를, 이 『미티어』로 알아차렸다고?"

"아무 근거도 없이 알아차렸다고 하기엔 좀 지나치게 맞아떨어진 부류의 문제였기에."

렘이 쭈뼛쭈뼛 살그머니 고개를 갸웃거리고 스바루 쪽의 눈치를 살폈다.

렘 딴엔 스바루가 울가름 사건을 어떻게 알아차렸는지 의문으

로 느끼고 있었던 것이리라. 그 의문이 이 『미티어』로 해소되고
있었다.

　　"————."

　한편, 그 대답을 들은 크루쉬의 시선이 렘에게 꽂혔다. 두 눈
에서 내면으로 들어가는 시선은 흡사 상대의 마음을 꿰뚫어 보
려는 양 깊고 날카롭다.

　시간으로 치면 불과 몇 초. 그러나 들입다 체력을 빼앗기는 시
간이 지나가고.

　"————거짓말은, 하지 않고 있군."

　크루쉬는 렘의 발언에 일정한 이해와 신용을 드러냈다.

　그 판정을 듣고 스바루는 안도감이 표정에 드러나지 않게끔
고심하면서, 마음속으로는 주먹을 쥐고 승리 포즈를 반복했다.

　이 『미티어』의 기능에 관해 스바루가 한 말은 가당치도 않은
허풍이다.

　즉, 모든 건 허세.

　그 사실이 알려지면 교섭은 확실하게 결렬, 무례하다고 베어
도 이상하지 않다.

　그러나 스바루는 이 상황을 언변과 화제의 유도를 통해 끝내
속여 넘겼다.

　크루쉬의 질문에 스바루는 한 번도 허위를 입에 담지 않았다.

　휴대전화는 마수에 반응해 막무가내로 울어대는 도구가 아니
고, 문자 기능조차 어쩌다 한 번 사용하는 스바루는 휴대전화를
만족스럽게 활용하지도 못한다.

가장 큰 난관이던 『제3자의 긍정』도 렘의 무의식을 이용했다.

그것이 『진실』과 다른 내용이어도 속일 의도가 없는 발언은 『거짓말』이 되지는 않는 것이다.

"그건 그렇고 마치 상대가 거짓말을 했는지 안 했는지 알 수 있다는 말투인데."

"자기 자랑이 되겠지만, 그 말이 맞다. 관찰력이라고 하면 듣기에는 좋지만 실제로는 이 몸에 내려진 『풍견(風見)의 가호』의 은혜지."

"……뭐라?"

믿는 도끼에 발등 찍힌 경험 때문에 야유하는 말투가 된 스바루에게 생각지 못한 대답.

스바루는 이전 루프에서 크루쉬가 얘기한 『거짓말을 간파하는 능력』을 어디까지나 그녀의 관찰력으로 이루어내는 재주라고만 짐작했는데.

"바람을 본다는 말은 눈에는 보이지 않는 걸 판단 재료로 삼는다는 뜻이지. 자연히 내 눈에는 상대를 에워싸고 있는 『바람』이 보인다. 허위를 주워섬기는 자 쪽에는 당연하게도 그런 바람이 부는 법이야. ──렘에게는 그것이 일절 없더군."

"흐, 흐응, 그렇구나아. 그건 몰랐는데에. 몰랐는데에."

"동요의 바람이 불고 있다만, 나츠키 스바루. 그렇다 해도 교섭장에서 내 『풍견의 가호』를 모르는 건 지나치게 불공평하니 말이다."

교섭이 고비에 접어든 순간에 능력을 밝히는 크루쉬의 못된 성격에 스바루의 웃는 얼굴이 경련했다.

상대가 한 말의 진위를 간파하는 가호라니, 교섭장에서는 일종의 반칙기다.

전 회차에서 스바루를 벤 말들의 날이 서슬 퍼럴 만도 했다.

"렘이 한 말에 허위의 낌새는 없다. 적어도 경이 마수의 위협을 사전에 알아차릴 수단을 갖추고 있었다는 근거는 되겠지."

단, 이번만은 그 가호에 대한 자신감이 양날의 검이다.

외줄을 타는 스바루의 심경은, 숫제 살을 주고 뼈를 치는 지경이었다.

"그럼 이『미티어』에 대해서는 믿어 준다고 봐도 되겠어?"

"그건 성급한 판단이군. 뒤쪽에서 이어지지 않은 것을 알아도 한 식구의 옹호임은 다르지 않아. 왕선(王選)의, 혹은 왕국의 미래를 좌우할 판단이다. 경솔하게 할 수는 없지."

이곳에서 함락시킬 수 있으면 좋겠다는 스바루의 꿍꿍이는 역시나 그냥 넘어갔다.

『미티어』를 통한 백경의 출현 정보. 거기에 최저한의 신용은 얻은 모양이지만 어디까지나 웃어넘기지 않고 검토해 보는 게 가능해진 수준의 이야기다.

그 신뢰도를 끌어올려 이 회담을 성공으로 이끌려면——.

"——그『미티어』야기, 내도 끼도 되나?"

별안간 끼어든 그 목소리에 희미한 놀람이 응접실을 지배했다.

목소리의 주인은 방 안에 발을 디디고 놀란 시선 속에서 해사
하게 미소 지었다.

"부른 장본인이 가장 놀라기는, 이상타 안카나, 나츠키."

미소 지은 소녀는 눈을 동그랗게 뜬 스바루에게 말하고, 웨이
브 진 자신의 머리카락을 손가락으로 빗었다.

허리까지 닿는 옅은 보라색 머리카락은 비단실처럼 부드럽
고, 너글너글한 생김새는 자연스럽게 다른 사람에게 편안한 느
낌을 준다. 그러나 미소 짓고 있는 소녀의 눈은 방심 없이 주위
를 살피고 있어서, 그녀에 대해 아는 사람이라면 결코 얕잡아
보지 않을 분위기가 전해지고 있었다.

"――아나스타시아 호신."

그 존재를 이해하고 한쪽 눈을 감은 크루쉬가 이름을 불렀다.

그 말을 받아 이름을 불린 아나스타시아는 "잘 부탁한데이."
하고 사뿐하게 응수했다.

"뭐꼬. 호출 받아서 황급히 왔는디, 내를 빼고 얘기하고 참 약았
다카이. 요로코롬 재미있을 돈벌이 야기…… 내도 껴주라?"

보채듯이 아양을 떠는 아나스타시아는 말의 내용과 정반대로
실로 즐거운 내색이었다. 그런 그녀의 등장에 스바루는 무심코
그 등 뒤를 살피고 말았다.

"율리우스라믄 안 왔으니께, 안심해도 된데이."

"――윽."

그러자 스바루의 속내를 간파한 아나스타시아가 심술궂게 웃
었다.

"지금 율리우스는 근위기사단의 단장 명령으로 근신 중이다. 내게 무단으로, 다른 집 아에게 떼찌한 벌을 받는 중이데이. 몬 말리는 기사님이지 뭐꼬."

"근신……."

말을 듣고 떠오른 건 같은 내용을 라인하르트에게서 전해 들은 밤이다.

스바루와의 사적 결투가 원인으로 율리우스는 근신 처분을 받았다. 이번에 아나스타시아와 동행하지 않고 회담에 결석한 것도 그 때문인 보양이다.

"그래. 그건……. 응, 재수가 없었군."

스바루는 그 얼굴을 보지 않고 넘어가서 안도하는 자기 자신이 있는 것이 한심스러웠다. 다만 재회해 봤자 무슨 말이나 할 수 있었을까. 그 답 또한 지금은 아직 내놓을 수 있을 것 같지 않았다.

"호출 받았다는 말은, 경을 부른 건 나츠키 스바루인가?"

스바루의 감상을 아랑곳하지 않고 크루쉬가 아나스타시아에게 말을 걸었다. 아나스타시아는 권유받은 자리에 앉고 목에 걸친 여우 목도리의 털을 골랐다.

"정확하게는, 거기 시중드는 여자애한티다. 원래라믄 문전박대할 참이지만도…… 일이 『백경』에 관한 중대사라고 하믄 내칠 수도 없다 아이가."

아나스타시아가 깔깔 웃자 그 대답에 크루쉬가 스바루 쪽을 돌아보았다.

왕선 후보자 두 명이 자리에 모였다. 스바루는 상황의 커다란 변화에 주먹을 쥐었다.

──지금부터, 지금부터다.

필요한 전원이 한자리에 모였고, 지금부터 겨우 스바루의 교섭이 시작된다.

단.

"실례를 무릅쓰고 한 가지 여쭤도 될는지요, 나츠키 님."

당연히 사업의 경쟁자가 회담에 나온 러셀로서는 탐탁하지 않다.

"이 자리에 아나스타시아 님을 부르신 나츠키 님의 진의를 여쭙고 싶습니다. 왕선의 후보자이자 왕도의 상업조합에도 발언력이 있는 호신 상회의 회장이기도 한 이분이 회담에 참가하면 이 자리에서의 제 위치가 불명료해집니다. ──설마 싶습니다만."

"저울질하기 위해서……라고 의심해 보겠어요?"

러셀의 염려에 스바루가 응답하자 그 즉시 응접실의 분위기가 팽팽해졌다.

경시된 모양새의 러셀은 물론 크루쉬의 표정에도 매서운 빛깔이 퍼졌다.

"즉, 경은 이렇게 말하는 건가? 아나스타시아 호신과 당가, 어느 쪽이 『백경』의 정보를 비싸게 살지 경쟁해라. 그런 다음에 동맹 상대를 선택하겠다고."

"─────."

"그렇다면 그건 너무나 생각이 얕은 선택이다, 나츠키 스바루."

말 없는 스바루에게 패기를 내던지고 일어선 크루쉬가 아나스타시아를 내려다보았다. 그 날카로운 시선에 아나스타시아는 더더욱 즐거운 내색으로 고개를 살짝 기울이고 말했다.

"아유, 무셔라아. 크루쉬 씨. 그런 눈으로 보믄 오싹오싹하데이. ……위에 서 있는 인간이, 밑에서 끌려 내려가는 기를 겁내는 표정 아이가?"

"좋은 취미는 아니군. 하기는 자신이 욕망하는 것을 정도라고 보는 경이라면 혹여 당연한 판단인가. ──하지만 내 본연의 자세도 결코 흔들리지는 않아."

아나스타시아의 도발을 정색하고 받아 흘린 크루쉬는 스바루를 돌아보았다.

"들은 바와 같다, 나츠키 스바루. 당가와 호신 상회 사이에 정보 쟁탈전이 있을 거라 기대한다면 엉뚱한 짐작이라고 말해 주지. 경의 의도에 따를 맘은……."

"잠깐잠깐, 지레짐작이라고! 두 사람 다 진정해 줘."

그대로 회담 그 자체를 싹둑 중단할 듯한 크루쉬를 허둥지둥 만류한다.

"지레짐작……. 그럼 나츠키 님은 두 후보자를 품평할 의사가 없었다는 겁니까?"

"당연하잖아? 누군가를 자기 손바닥 위에 올려놓고 놀아나게 할 만큼, 난 내 손바닥 사이즈를 과신하고 있지 않다고. 부처님 손바닥이라니 황공무지지. 내 손으론 기껏해야……."

살랑살랑 손사래를 치면서 스바루는 옆에 서 있는 렘의 손을 잡아 보였다. 전해지는 체온을 통해 용기가 흘러들어 와 희미하게 떨던 손끝이 가라앉았다.

"뭐, 대충 이런 느낌으로 누군가의 손을 잡는 게 한도지."

"아—, 네네, 구경 잘했습니다예. 캐서 야기 뒷부분은 우예 되는 기고?"

"시원찮은 볼거리였다고 말씀드리고, 어, 그게, 보자……."

잡은 손을 풀려니 렘의 완고한 저항이 있었기에 그대로 유지한다. 스바루는 렘과 손을 잡은 채, 비어 있는 손으로 탁자를 두드렸다.

"백경이란 카드를 뽑고 왕도를 대표하는 상인 두 사람을 불러서, 이렇게 판을 크게 벌여놓은 상황인데…… 그런 다음에 제안하고 싶은 이야기가 있단 말이지."

스바루는 탁자를 만지던 손가락을 튀기고 크루쉬에게 사납게 웃어 보였다.

강하게, 드세게, 나약한 부분이든 주저하는 부분이든 전부 숨기고, 당당하게.

"들어줄 수 있을까?"

"지레짐작해서 경의 발언을 가로막은 건 나다. 내게는 들을 의무가 있어. 말해 보게."

휘몰아치는 바람으로 착각되는 크루쉬의 위압이 기세를 더한다. 거기에다 아나스타시아에게도 같은 압박감을 뒤집어써서 스바루는 당장에라도 굴복해버릴 것만 같았다.

혼자라면 아마 지금쯤은 농지거리로 웃어넘기고 도망쳤을 게 틀림없다.

"_____."

꼬옥 잡힌 손바닥에 뜨거운 감촉이 있다.

이름을 불린 것도, 가치 있는 말이 던져진 것도 아니다.

그저 순수하게 마음이 전해졌을 뿐이다. 그게 기뻤다.

그것만으로도 스바루는 분명히 마녀와도 싸울 수 있다.

"_____."

눈을 감고 숨을 멈추어 뇌에 사고와 산소가 도는 것을 강하게 느낀다.

──먹힐, 터다.

생각하고 또 생각했다. 한 번, 두 번, 세 번 반복한 세계를 몇 번씩 회상하고, 그러모은 정보를 취합해서 백지의 캔버스에 그린 예상도가 있다.

확정은, 아니다. 누군가의 입에서 들은 것도 아니다. 그러나 이 교섭 도중에도 조각은 점점이 존재했으며, 어렴풋한 그림은 한 가지 가능성을 시사하고 있었다.

그것이 자기 입맛대로 그린 환상인지, 아니면 세 번 죽은 끝에 거머쥔 기적인지.

──여기서 승부를 낸다.

"크루쉬 씨, 당신이."

"_____."

"당신이 계획하고 있는 『백경』 토벌에, 내 정보는 반드시 도움이 될 거야."

스바루가 가진 미래의 정보와, 크루쉬가 품고 있던 목적.

피차 『백경』을 없애야 할 적이라고 간주한 사이. 그것이야말로 스바루가 그녀를—— 크루쉬 칼스텐을 동맹 상대로서 어울린다고 판단한 근거였다.

3

——그 직후, 대청에 떨어진 침묵은 동석자들에게 저마다 생각할 순간을 주었다.

크루쉬에게, 아나스타시아에게, 페리스에게, 빌헬름에게, 러셀에게.

저마다 스바루의 지금 발언을 듣고 그 내용을 음미하듯 눈을 감았다.

시간으로 따져 몇 초의 침묵은 가공할 압력이 되어 스바루를 옥죄었다.

——승부에 나섰다. 치고 나섰다.

지금부터는 지금까지의 흐름과 달리 전개를 미처 시뮬레이트하지 못했다. 상대의 반응을 상상할 수 없어 자리의 움직임에 즉시 대응할 수밖에 없는 흐름이다.

"한 가지, 생각을 묻지. 나츠키 스바루."

침묵을 깨고 맨 처음 한마디를 꺼낸 사람은 역시 크루쉬였다.

크루쉬는 팔짱을 풀고 하나만 세운 손가락을 스바루에게 겨누었다.

"그 뚱딴지같은 발상은 어디서 나왔지? 왜 당가가 그와 같은 일을 계획하고 있다고 판단하나. 트집이라는 말로는 끝나지 않을 부류의 발언이다."

억양이 없는 음색에선 동요도, 당혹도 찾아볼 수 없어 감정이 전해지질 않았다.

위정자로서의 관록에 기가 죽은 스바루는 시선을 오락가락하다가 숨을 집어삼키고, 말했다.

"렘."

"네."

"등 좀 힘껏 때려줘."

"네."

말한 다음에 '아, 힘껏은 말이 과했다.'라고 생각했지만 늦었다.

무시무시한 충격과 메마른 소리가 작렬하고, 스바루는 등을 관통하는 위력에 배에서 내장이 싹 떨어진 게 아닌지 착각했다.

등 중심에 작은 손바닥 모양의 열기를 발하는 감각이 있다. 그 아픔과 열에 마음을 다잡은 스바루는, 지금 둘이 주고받은 행동에 의아해하며 지켜보는 전원에게 머리를 숙였다.

"볼썽사나운 짓 해서 미안. 정신이 좀 번쩍 들게 했을 뿐이야."

"일에 임하기 전에 움츠러드는 자신의 마음을 바로잡는다. 누구나 공감할 수 있지. 나도 새로 일에 임할 때는, 옛날에 배운 대로 손바닥에 『적』을 쓰고 삼켜 상대를 삼키는 방법을……."

"크루쉬 님, 크루쉬 님. 그거 꽤 전에 페리가 아무렇게나 가르 쳐드린 미신이었는데요. 아직도 기억하고 계셨어요?"

페리스가 작은 소리로 과거의 장난을 고백하자 크루쉬가 깜짝 놀라 눈을 크게 떴다.

"뭣이……. 거짓말……이었던 건가?"

"원전만 없을 뿐이지, 크루쉬 님의 마음속 미망을 떨칠 힘이 되었다면 거짓말이 아니어요. 크루쉬 님의 힘이 될 수 있어서 페리 기뻐라."

"그렇군. 날 생각해서 한 일인가. 그렇다면 용서하겠다."

선선히 구워삶는 말에 넘어간 크루쉬를 보자 방금 들은 가호의 이야기가 급속히 미심쩍어졌다. 아마도 페리스는 오랫동안 알고 지내서 가호의 빈틈을 찌르는 법을 숙지하고 있는 거겠지만.

"그렇다 쳐도 아까 한 교섭이 사실은 저차원적인 대화였나 싶 어지는군……."

"내도 안다. 내도 중요한 사업 야기 전에는 주술 건다 아이가. 금은동화를 주머니에 담고, 귓불에 짤랑짤랑 울리믄 용기가 솟 아서…… 뭐꼬, 그 상판."

"이 부분만 따로 떼어놓으면 도저히 나라 꼭대기 경쟁하는 사 람들의 대화가 아니구나 해서."

스바루는 큰일 앞의 작은 일이라고 매듭짓고 그녀들의 발언에 눈을 감았다.

아나스타시아는 스바루의 그 반응에 입술을 삐죽이다가 길게 한숨을 내쉬었다.

"마, 됐다. 김 빼는 기는 이쯤 해싸고, 아까 야기, 계속해도 되 긋나?"

"아아……. 마음 쓰게 해서 미안하다."

잡다한 이야기로 시간 벌기──. 크루쉬와 페리스 주종은 연기가 아니겠지만, 아나스타시아의 후의에 기대어 스바루는 생각을 정리하면서 설명을 구체적으로 풀어나갔다.

"이 저택에서 며칠쯤 지냈지만 몇 가지 걸리는 점이 있더군. 먼저 저택의 왕래가 많은 점. 사람과 물건이 좀 과도하게 드나들어."

"그건 내 왕선 참가가 공표되었기 때문이다. 그건 경도 알 텐데."

"낮의 방문객은 그걸로 수긍해. 하지만 심야는 어떻지? 잠옷으로 갈아입은 다음은 자기만 할 뿐……. 그런 시간에 드나드는 사람도 회담 때문이라고 단언하겠어?"

1회째 세계에서, 크루쉬의 권유를 받아 저녁 반주에 어울린 밤이 있었다.

자기 전의 잠옷으로 갈아입은 크루쉬는 몹시 여성적이어서 스바루는 눈 둘 곳도 난처하고 대화를 꺼내는 데에도 난처하던 기억이 있다. 하지만 기억하는 건 그뿐만이 아니다.

술잔을 기울이는 크루쉬와 함께 내려다본 정원. 그곳을 오가는 사람들의 기척이다.

"크루쉬 씨의 성격상 술 마시고 사람을 맞이한다고는 생각할 수 없지. 그럼 크루쉬 씨가 거나하게 취한 다음에 저택을 드나드는 사람들은? 회담 말고 딴 목적이 있는 거지."

"_____."

이번에는 크루쉬도 스바루가 늘어놓는 추론을 지적하려 들지 않았다.

일단 대화의 주도권을 잡은 스바루는 "다음이야." 하고 손뼉을 치면서 추론을 이었다.

"그 밖에 신경 쓰이던 게 왕도의 요 주변 금속품 시세. 알고 지내는 상인의 이야기에 따르면 요즘 철 제품의 가치가 높이 뛰고 있다더군. 즉, 무기나 방어구 부류지."

그건 1회째 세계에서, 2회째 세계에서, 3회째 세계에서 얻어낸 정보의 단편이다.

"그때까지 헐값이던 무구를 대량으로 모으고 있는 곳이 있어. 잘 아는 가게나 행상인에게서 그게 크루쉬 씨네라는 것도 들었다고."

전쟁 준비라도 하고 있느냐고 웃은 건 동행한 행상인 중 누구였던가.

"시장에 영향이 미칠 정도야. 상당한 기세로 모으고 있던 모양이더군. 그렇게 급하게, 자신의 영지 밖에서 무기를 모은다. 무슨 일이 있다고 생각하는 게 인지상정이겠지?"

"그것만 가지고 당가와 『백경』을 결부 짓는 건 너무 뜬금없군. 백경의 『백』 자도 나오지 않았어. 당가가 무구를 모으고 있는 건 사실이지만, 그 사실과 백경 토벌은 연결되지 않을 텐데? 순수하게 전력을 모아 왕선의 추이를 무시하고 무력으로 왕성을 침탈할 심산일지도 모르지 않나."

"그런 폭거로 나설 이유가 없고, 그런 사람이 아니란 것쯤은 나라도 알아."

성실, 고결. 그런 단어들을 구현화한 듯한 크루쉬만큼 그 인품을 신용할 수 있는 인물은 썩 없으리라.

"그건 그렇고, 약간 놀랐군."

그런 스바루의 속내를 알 도리가 없는 크루쉬는 말처럼 감탄의 한숨을 내쉬었다. 팔짱을 낀 그녀는 고개를 기울이며 스바루의 위에서 아래까지 바라보면서 말했다.

"경이 주간에 시가로 나간 건 영락없이 무료함을 달래려는 소일거리라고만 생각했는데…… 보는 눈이 없는 건 내 쪽이었던 모양이야."

"으흠! 아아, 그렇다고. 나도 왜, 노는 데만 정신 팔렸던 건 아니란 말씀이죠."

감탄해 주는 크루쉬의 말에 죄책감이 따끔따끔 자극 받았다.

사실 크루쉬의 안목은 매우 옳다. 그녀가 봐온 스바루의 인간성은 의심할 여지도 없이 썩어 빠져 있었다. 지금은 그걸 사후처방으로 얼버무리고 있을 뿐이니까.

"좌우간 무기를 모으고 있다고 안 순간, 맨 처음 생각한 게 전쟁 준비야. 문제는 뭐하고 싸우려 하느냐는 부분인데…… 그점은 어느 상인이 입을 잘못 놀려주었지."

"어느, 상인."

"노파심에 말해두겠습니다만, 저는 아닙니다. 오해하지 마시기를."

크루쉬가 흘끔 쳐다보자 러셀이 미리 의심을 부정했다. 그 대답에 거짓말의 기척을 느끼지 못했는지 크루쉬는 마지못해 수긍한 기색이다.

과연 크루쉬의 감은 날카롭다. ──하지만 그 의심은 정답이지만 오답인 것이다.

스바루에게 입을 잘못 놀린 상인은, 크루쉬가 의심하던 대로 러셀이 맞다. 단, 그것은 이곳에 있는 러셀이 아니라 한 차례 전 루프의 러셀이다.

『이번 크루쉬 님의 목표가 성취된다면 그건 저희에게도 반가운 일입니다.』

크루쉬와의 회담이 결렬되어 떠날 적에 러셀이 남긴 말이다.

스바루 마음속에서는 그 말의 속뜻이 줄곧 응어리져서 남아 있었다.

크루쉬가 왕좌에 앉는다고 내다본 발언치고는 회담이 결렬된 분위기인 것이 이해가 가지 않는다. 그렇다면 그 밖에 크루쉬와 러셀끼리 이해가 일치한다고 칠 경우──.

"왕선의 여론이라면 거의 독주 태세에 있는 크루쉬 씨라지만, 아무래도 상인 일당의 반응은 일반인들만큼 우세하진 않은가 보더군."

"부정하진 않겠다. 돈은 있는 곳에서 뽑아내는 게 가장 이치에 맞지. 내 영지에서의 장사에 높은 세율을 매기고 있는 건 인정하는 바다. 다만 그만큼 치안을 보장하는 걸로 환원한다고 여긴다만…… 옆에서 볼 때 그 혜택이 전해지기 어려운 건 이해하고 있어."

"사실 크루쉬 씨네 영지에서 그 혜택을 받고 있는 일당하고 다르게, 평판이 전달되기 어려운 사람들은 허울뿐인 정보로 크루쉬 씨의 됨됨이를 판단할 수밖에 없으니 말이지."

크루쉬가 위정자로서 훌륭하게 자신의 영지를 다스리고 있는 건 사실일 것이다.

하지만 그 수완을 실제로 확인할 수 있는 입장에 있는 사람 말고는 표면적으로만 얻은 정보로 크루쉬의 평가를 내릴 수밖에 없다.

에밀리아가 그저 하프엘프라는 사실만으로 거리낌을 받듯이.

크루쉬 또한 그 매서운 행동 방식의 어두운 측면만을 보는 인간에게는 거리낌을 받는 것이다.

"거기서 난 이렇게 생각했지. 크루쉬 씨는 그렇게 사람을 허울만으로 판단하는 무리는 탐탁지 않을 테지만, 그런 무리라도 아군으로 끌어들여야 하는 게 왕선이야. 그렇다면 그런 무리의 평가를 호전시키려면 어떡해야 할까……."

"남의 허울만으로 좋고 나쁘고를 판단하곳다믄…… 그 허울, 좋은 야기로 바꿔 칠하믄 되는 기제."

스바루의 말끝을 받아 아나스타시아가 결론을 읊었다.

"마, 지 편한 야기다만도. 일은 그렇게 간단하지 않고, 애당초 잘못 짚었을 가능성도 높데이. 꽤나 지한티 편하게 야기를 곡해하지 않았나?"

"부정은, 못해. 크루쉬 씨가 무기 모으는 거랑, 뭔가 큰 거 한

방 터트려서 상인 무리를 아군으로 끌어들이려는 건 틀림없어. 하지만 그게 백경하고 결부되느냐 마느냐는 건 희망적인 관측이 커. 조만간에 백경이 나타난다고, 내가 그렇게 알고 있어서 관련을 지었을 뿐일지도 모르지."

하지만, 하고 말을 이으며 스바루는 크루쉬를 곧게 응시했다.

크루쉬의 표정에는 감정이 떠오르지 않아 그 속마음을 뚫어볼 수는 없다. 그러나 부정하는 말은 나오지 않는다.

그렇다면 도전할 가치는 충분히 있다.

"다시 말하겠어. 에밀리아와 크루쉬의 동맹에 있어, 에밀리아 진영에서 제시할 수 있는 건 엘리오르 대삼림의 마광석(魔鑛石) 채굴권의 할양과, 백경 출현의 시간과 장소의 정보. 즉, 오랜 세월 세계를 위협한 마수 토벌——그 영예다!"

"_____."

"내 말이 헛다리 짚은 거라 의미를 당최 모르겠다면 내쳐 줘. 만약 틀렸으면 순수하게 백경의 정보만을 거래 대상으로 판단해 주어도 상관없어."

혹여 그 정보만으로도 이 자리에 있는 상인 두 명이라면 능숙하게 이익으로 연결해 정보를 받은 상인 무리에서는 크루쉬의 평가도 높아질 터다. 그것만으로도 가치는 있다.

"하지만 만약 당신 목표와 내 소망이 맞물린다면——."

스바루는 들어 올린 오른손을 앞으로 내밀고, 크루쉬에게 요구했다.

그 손을 잡아 스바루가 봐온 미래의 가치를 증명하여 벽을 건

어낼 것을.

"백경을, 토벌하자. ──거하게 사냥해 보자고."

그 괴이한 존재를, 악몽 같은 강대한 마수를.

행상인들에게 재앙의 상징을, 스바루에게 저주스러운 기억으로 이어지는 악의를.

안개의 마수 토벌을, 스바루는 크루쉬에게 제안했다.

"한 가지, 따져 묻지."

크루쉬는 내밀고 있는 스바루의 손을 내려다보다가, 스바루쪽으로 손가락을 하나 세웠다.

스바루는 그 물음이 크루쉬가 준비한 마지막 관문임을 직감했다.

"경이── 백경이 출현하는 시간과 장소를 알고 있다. 이건 확실하겠지?"

"──그래, 사실이야."

들이마신 숨에 말을 덧붙여 스바루는 크루쉬의 물음에 대답을 제공했다.

마지막 질문, 그건 실수다. ──그래서는 스바루가 거짓말을 하게 할 수가 없다.

"백경이 나오는 시간과 장소는 내가 보증하지. 목숨을 걸어도 좋다고."

말 그대로 자신의 목숨과 타인의 목숨을 거듭 지불해서 얻은 정보다.

그 확실성에 의심의 여지는 없고, 이 순간은 꿀리는 기색을 보일 장면도 아니다.

"······얼마간 의문의 여지는 있지만, 이쪽 의도를 간파한 건 훌륭했다."

크루쉬가 작게 한숨짓고 체념한 듯이 눈을 감으며 그렇게 대답했다.

처음에 스바루는 그 대답에 어떤 의미가 있는지 파악하지 못했다. 하지만 그 말이 천천히 뇌에 스며들어 구체적인 형상을 이룸에 따라 의미가 명쾌해졌다.

"그렇담······."

"의문은 있다. 의심도 있다. 이해 가지 않는 점도 많아 즉각 수긍하기는 어려워. 그러나."

크루쉬는 손가락을 세우고 있던 손을 내리더니 그대로 스바루의 손에 포갰다. 내밀고 있던 손이, 크루쉬의 하얗고 가는 손가락과 단단히 겹쳤다.

"이 상황을 만든 경의 기개와, 이 눈을 믿기로 하지."

──교섭은, 성립되었다.

이 두 사람이 나누는 악수를 보고서 요란하게 어깨 힘을 뺀 사람이 한 명 있다. ──러셀이다. 그는 과장스럽게 숨을 내뱉고 못 말리겠다는 양 고개를 저었다.

"몇 번쯤 가슴 졸이게 했지만 무사히 성립된 것 같아 천만다행입니다. 나츠키 님, 회담 전의 약조는 확실하게."

"아아, 손해 보는 역만 맡게 해서 미안했어. 고마워, 러셀 씨. 약속대로 백경의 토벌이 끝나면 휴대전화는 당신에게 양보하지."

못된 웃음을 띤 러셀의 말에 스바루도 사악한 웃음으로 응수한다. 그 대화에 눈치챈 크루쉬가 기가 막힌 얼굴로 한숨을 내쉬었다.

"역시, 내통하고 있었나?"

"여기로 부른 건 나라고. 그야 조금은 조력해달라는 부탁은 했었지."

"나쁘게 여기지 말아주셨으면 하는 바입니다. 실제로 저로서는 부자연스럽게 편드는 짓은 피했다고 생각합니다. 어디까지나 동맹 성립 후를 내다보고 한 일이지요."

천연덕스러운 스바루와 러셀의 대답에 크루쉬는 말없이 어깨를 으쓱였다.

스바루가 러셀과 연락을 취한 건 렘과의 정보 교환을 마치고 바로였다. 3회째 세계와 마찬가지로 크루쉬와의 대화가 결렬된 러셀을 잡아서 이 회담 내용과 조력 요청을 꺼내고, 휴대전화의 양도를 조건 삼아서 협력을 확보한 것이다.

하기야 휴대전화의 기능에 관해서는 러셀까지 속이고 있는 모양새지만, 오버테크놀로지인 전자기기를 입수할 찬스라는 점으로 이해해 주기를 바라고 있다.

"자, 그리되면 의문의 여지가 남는 건 경의 입장이로군."

스바루와 러셀의 내통에, 크루쉬가 이번에는 아나스타시아에게로 눈길을 돌렸다. 그 의심 어린 눈초리를 받고 아나스타시아는 "뭐꼬?" 하고 고개를 갸우뚱했다.

"납득 몬하는 얼굴인디, 와 또 그러노?"

"나츠키 스바루와 러셀 펠로 사이의 이해관계는 이해했다. 하

지만 그러면 경의 위치가 뚜렷하지 못해. 대체 경은 뭘 위해 이
곳에 호출되었지?"

"마, 한 가지는 설득력을 불리려는 거긋제."

목도리를 끌어안으며 아나스타시아는 깜찍하게 "웅──." 하
고 입술을 삐죽인 다음 말했다.

"왕선 후보자가 두 명하꼬, 왕도에서 손꼽히는 장사꾼이 한
명. 동맹 교섭 장소에 요맨큼 유력자가 모이믄 입에서 나온 말
은 그 자리 한정예……라 칼 수는 없으니께. 캐서 내가 예 있는
기만으로도, 나츠키의 말에는 무게와 힘이 실리지 않노?"

"뭐, 뭐어, 그런 느낌의 노림수가 없지도 않거나 하지 않지도
않아."

애매한 답변으로 명언하는 걸 회피하면서도 스바루의 속마음
은 정곡이 찔려 식은땀으로 흥건했다.

실제로 아나스타시아를 부른 경위에는 그쪽 이유도 포함하고
있다.

크루쉬가 부주의한 발언을 못하게 하기 위해서가 아니다. 스
바루가 부주의하게 근거 없는 발언을 할 리가 없다고, 크루쉬가
생각하게끔 만드는 게 목적이었다.

이만큼 관계자를 모았으니 근거든 확실성이든 갖춘 이야기를
한다고 생각하게 만든다.

그게 얼마나 효과를 발휘했는지, 크루쉬와 아나스타시아의
예리한 직감을 고려하면 확인하기가 무서워서 묻지는 않지만.

"한 가지. 그렇다면 다른 이유도 있겠군. 그것은?"

"그쪽은 더 간단하데이. ──내는 장사꾼인기라."

입가에 손을 대고 웃은 아나스타시아는 들뜬 발걸음으로 앞으로 나섰다.

그리고 여전히 악수하고 있는 스바루와 크루쉬의 손에 자신의 두 손을 살그머니 덮었다.

"백경의 토벌, 아주 기대한데이. 우리네 상인에게 백경이 있고 없고는 사활 문제고, 토벌해 주겠다믄 톡톡히 덕 보제. 하는 김에 준비 외 기타 등등, 호신 상회를 애용해 주시겠다믄 더할 나위 없구?"

"기다려주십시오. 그 거래에 관해서는 왕도의 상업조합이 우선 되어야지요. 아나스타시아 님도 끼어드시겠다면 도리를 분별해 주십시오."

대놓고 상인 정신을 발휘하는 아나스타시아에게 끼어들어 이의를 제기한 건 러셀이다.

상인들이 시선으로 불꽃을 튀기는 가운데, 두 사람의 발언을 들은 크루쉬가 뭔가를 알아차린 얼굴로 스바루를 보았다.

"잠깐. 경들의 이야기를 듣자하니 유예 시간이 꽤 제한된 것 같다만?"

"내도 중요한 사항은 몬 들었다. 그냥 야기 진행하는 본새가 그런 느낌이다카이. 실제 꽤 절박한 기 아이가?"

크루쉬와 아나스타시아 양자에게 응시받은 스바루가 메마른 입술을 축였다.

동맹은 체결. 이미 정보를 마냥 숨길 필요도 없다.

"──그래, 맞아. 『미티어』에 따르면, 백경이 나오는 건 지금부터 약 30시간 뒤. 장소는…… 플뤼겔의 거목, 그 주변이야."

"30시간……!"

"플뤼겔의 거목──."

부족한 유예 시간에 크루쉬가 이를 갈고, 아나스타시아가 그 지명에 고개를 모로 꼬았다.

그렇다. 남은 건 시간과의 승부인 것이다.

"30시간 내에 리파우스 평원에 토벌대를 전개하고 출현한 직후의 백경을 총공격으로 해치워야만 한다. 그러기 위해서……."

재빠르게 상황을 이해한 크루쉬가 돌아보자 빌헬름이 주군에게 끄덕였다. 그 노검사는 지금까지의 침묵을 깨트리고 답했다.

"우선 토벌대의 편성입니다만, 이건 이미 며칠 전부터 막힘없이 이루어지고 있습니다. 애초에 이 왕도에 체류한 것부터 백경의 출현 시기에 맞춘 준비입니다. 왕선의 개시와 시기가 겹친 건 크루쉬 님의 천운이 부른 것이라고 생각합니다만."

"얘기가 빠른데! 그런데 백경이 나오는 시기에 패턴이 있는 거야?"

가는 날이 장날이라고 기뻐하면서도 빌헬름의 대답에 놀람 또한 느꼈다.

스바루가 들은 이야기에 따르면 백경의 출현은 장소든 시기든 완전히 랜덤으로, 신출귀몰하다는 것이 『안개의 마수』의 가장 큰 위협으로 여겨졌을 터인데.

"백경이 출몰하는 시기와 장소, 그걸 규명한 건 빌 영감이 품

은 집념의 산물이야옹. 대정벌로부터 14년, 그 생각만 하고 살
았으니까."

스바루의 의문에 빌헬름 옆으로 나선 페리스가 대답했다. 그
는 야옹이 귀를 실룩이면서 어깨 폭이 넓은 노인의 옆얼굴을 살
짝 들여다보며 말을 이었다.

"토벌대의 숙련도와 사기는 빌 영감 덕분에 걱정 없는데, 물
자의 준비 부족은 부정할 수 없으려냥—. 크루쉬 님께서 군세
를 이끌고 왕도에 왔다는 얘기가 되면, 여러 곳에서 난리가 벌
어질 테니 몰래몰래 모아왔구."

"확실히, 아직도 무기 및 도구의 준비는 완벽하다고는 말 못
하겠습니다만…… 그 때문에 아나스타시아 님과 러셀 님이 동
석하고 계신 거겠지요, 스바루 님."

페리스의 지적을 받아 빌헬름이 날카로운 눈으로 스바루를 돌
아보았다.

"뭐, 이런 일도 있을까 해서……라는 말, 인생에 한 번은 말해
보고 싶잖아?"

빌헬름의 시선에 스바루는 머리를 긁으면서 준비해둔 대답으
로 받았다.

스바루의 그 대답을 받고 예의 상인 중 한 명인 러셀이 창문 밖
을 손으로 가리켰다.

"이미 조합에는 움직이라고 호령해서 준비를 진행하고 있습
니다. 내일 오후까지는 전 왕도의 상인에게서 필요한 물건을 긁
어모아 보지요."

"호신 상회도 마찬가지데이. 조합에 소속되지 않은, 틈새를 노리는 상인 무리와의 거래는 맡겨두시라. 그기 말고도, 여러 모로 기대해도 된다카이."

러셀의 말을 이어받아 아나스타시아도 실로 든든한 대답을 주었다.

이어서 아나스타시아는 팔짱을 끼고 감탄한 얼굴의 크루쉬 쪽을 웃는 얼굴로 돌아보았다.

"장사할 때를 놓치지 않는 기 장돌뱅이의 철칙, 이기 내가 여기 온 이유데이. 글고 말이다. 물건도 그치만도 팔아먹을 거든 역시 은혜가 최고제! 형체 없구, 손해 없구, 재고도 안 되구── 무엇보다 가격표가 안 달렸으니께."

"지금은 한편이니 좋지만, 새삼 듣자하니 이 장사꾼, 진짜로 겁나네!"

뺨을 발그레 물들이는 아나스타시아는 귀엽지만 그 근저에 있는 게 수전노 근성이니 주는 것 없이 무섭다. 은혜에 가격을 얼마 붙일지 모를 일이다.

흡족해하는 아나스타시아를 본체만체하는 크루쉬가 수긍한 얼굴로 끄덕였다.

"교섭하기 전부터 길은 정리해두었다라. 과연. 이 장면에서, 예견과 각오가 부족했던 쪽은 나라는 거로군. 감복했다, 나츠키 스바루."

"예습 복습이 잘 들어맞았을 뿐이야. 까놓고 말해 나 진심으로 한시름 놓고 있다고."

사전에 이만큼 책모를 깔아놓았는데, 그러고도 교섭은 종이 한 장 차이의 모험을 거쳐 성립되었다. 불규칙적인 요소가 한편을 들어준 것도 반성할 점으로 기억해두어야 할 터. 그래도.

"어떻게, 왕도에 남은 체면은 세웠겠지. 렘."

"——네. 역시, 스바루 군은 멋져요."

잡고 있는 상태인 손을 들어 올려 이 교섭의 그늘 속 공로자인 렘과 달성감을 나누었다.

——필시 이 교섭의 결실을 누구보다 기뻐해 주는 사람은 렘일 것이다.

본디 이 교섭은 렘이 맡은 소임이었다. 부과된 사명을 스바루에게도 털어놓지 못하고, 매일같이 나누는 크루쉬와의 대화에 정신을 갉아먹던 건 상상하기 쉽다.

썩고만 있던 스바루와 에밀리아 진영의 미래——. 그 무게에 괴로워하고 있었으리라.

그런데도 줄곧 지탱해 주던 그녀의 마음에 조금은 보답할 수 있었을까.

그럴 수 있었더라면, 지금은 스바루에게 그것만이 기뻤다.

"——스바루 님."

렘과 기쁨을 교환하는 스바루에게 갑자기 누가 말을 걸었다.

시선을 돌리자 진지한 눈길로 스바루를 보고 있는 사람은 등을 곧게 편 빌헬름이다. 노검사는 스바루와 눈이 마주치자 그 주름이 맺힌 강건한 얼굴에 만감의 감상을 그득 채우고 입을 열었다.

"감사를——."

그렇게 짧게 이르고 그 자리에 무릎을 꿇어 감사의 표시를 하는 빌헬름.

그 갑작스러운 행동에 스바루는 놀라고 만다.

하지만 놀란 반응을 보인 사람은 스바루뿐이다. 다른 이들은 저마다 빌헬름의 행동에 일정한 이해를 드러낸 얼굴을 하고 있었다. 관계자인 크루쉬와 페리스는 물론, 외부인인 렘과 아나스타시아마저 그러했다.

"저의 주군, 크루쉬 칼스텐 공작에게 바친 것과 동등한 감사를 당신께. 이 미욱한 몸에게 원수를 갚을 기회를 내려주신 것에 감사드립니다."

"어, 저, 그…… 네?"

"현명하신 스바루 님은 이미 간파하셨겠지만, 재차——."

빌헬름은 스바루의 당혹을 무시하고 허리에서 검을 칼집째 풀었다.

그대로 그는 검을 바닥에 놓고, 그 위에 손을 얹는 최고의 예의로 최대의 경의를 표시했다.

그리고 이름을 밝힌다.

"전에 댔던 트리아스라는 이름은 옛 성입니다. 진짜 성은 아스트레아. 선대 검성(劍聖), 테레시아 반 아스트레아를 아내로 맞이해 검성의 계보 말석을 더럽힌 몸—— 그것이 저, 빌헬름 반 아스트레아입니다."

빌헬름은 숨을 돌리고, 그 두 눈에 패기로 채운 빛을 맺으며 말을 이었다.

 "아내를 빼앗은 증오스러운 마수를 토벌할 기회를 이 노구에게 내려주신 온정에 감사를."

 깊이 고개를 숙이며 빌헬름은 마음에 강하게 호소하는 감정을 정면으로 발산했다.

 동석한 전원이 귀여겨들으며 스바루에게 대답을 기대하고 있다. 그 기대에 스바루는 숨을 집어삼키고 대답했다.

 "아, 아아……. 무, 물론 알고 있었지만. 당연히 그거 포함해서 크루쉬 씨가 백경 토벌에 나서줄 거라고 생각했던지라!"

 "나츠키 스바루."

 미묘하게 쩔쩔매는 스바루의 대답에, 크루쉬가 유유히 끼어들었다.

 호박색 눈이 오락가락하는 스바루의 눈을 들여다보다가, 작은 한숨과 함께.

 "거짓의 바람이 불고 있다. 경에게서."

 끝내 속이지 못한 스바루의 거짓말을 폭로해 『풍견의 가호』의 힘을 증명해 보였다.

제2장 『결전 전야』

1

——백경을 토벌한다.

교섭이 끝나고 토벌이라는 두 글자가 구체성을 띠자 그 뒤에
이어진 관계자의 움직임은 빨랐다.

아나스타시아와 러셀. 상인 두 사람은 선언한 대로 무기와 방
어구를 있는 대로 긁어모으러 왕도에서 바삐 뛰어다니고, 크루
쉬도 사전부터 준비했던 토벌대를 소집한다. 그에 더하여 사람
과 물자의 운반 수단인 용차의 확보 등, 할 일은 일일이 셀 수도
없다.

"이걸로 용차를 사재기하는 바람에 저택에 돌아갈 탈것을 확
보하느라 애먹었다 이거군."

저택 안팎을 사람과 물자가 활발하게 드나드는 모습을 보면서
스바루는 루프 중의 자신과 관계없이 발생한 사건의 뒷사정을
파악했다.

스바루가 제멋대로 굴던 회차에도 크루쉬와 빌헬름은 백경과

싸우기 위한 준비를 진행하고 있었던 것이다. 이제 와서 그걸 깨달아 가만히 있을 수 없다는 기분에 젖었다.

도합 3회씩이나 민폐를 끼쳐왔던 것이다. 뭔가 거들만한 일은 없을까.

"나도 뭔가 할 수 있는 일이⋯⋯."

"에~, 스바루쿵이 할 수 있는 일은 암것두 없지 않아?"

"있으면, 어이!"

분주한 분위기를 따라 손을 거들겠다고 제의하려던 기세가 꺾였다. 미리 앞질러 스바루의 의사를 꺾은 사람은 입에 손을 대고 하품을 숨기는 페리스였다.

당사자인데도 진지성이 결여된 페리스의 태도에 스바루는 눈꼬리를 치켜세웠다.

"자기에게 의욕이 없다고 남까지 끌어들이지 말라고. 나도 뭔가⋯⋯."

"물자 수배든 토벌대 편성이든, 둘 다 스바루쿵 영역이 아니잖아? 외부인은 괜히 헤집어서 번거롭게 만들 뿐이니까, 얌전히 있을 것."

"그런 이유로 되겠냐. 내가 하자고 말을 꺼낸 바람에 다들 이렇게 밤늦게까지 일하고 다닌다고. 그런데 그런 내가."

"네, 고게 틀렸음!"

페리스가 기세를 돋우는 스바루의 콧잔등에 손가락을 들이밀고 날카로운 어조로 말을 가로막았다. 강제로 말이 막힌 스바루가 신음하자 페리스는 들이민 손가락으로 코를 튕기고 말했다.

"그 자기 탓이란 사고방식, 페리는 완전 좋아하지 않는데. 아니 싫어."

"······실제로 모두가 철야하게 된 계기는 나한테 있잖냐."

그런 자신이 뻔뻔하게 그저 잠자코 결과만 기다리고 있다니 이상하다.

"──지금이야 왕선이란 이야기가 됐지만, 옛날 크루쉬 님은 나라의 방침을 바꾸려는 생각은 딱히 없는, 평범하게 가련한 공주님이었거든."

"엉?"

"아, 공주님이라구 하면 좀 다를지두? 가련한 미모는 옛날부터 그러셨지만, 크루쉬 님은 그 무렵부터 흔한 남자 따위 맥도 못 출 만큼 늠름하고 강인하셨구우."

느닷없이 다른 화제가 튀어나와서 당혹해하는 스바루를 팽개치고 페리스가 뺨을 발그레 물들였다.

뇌리에 그리는 어린 크루쉬의 모습에 몸을 가누지 못하며 페리스는 열띤 한숨을 내쉬고 하던 말을 이었다.

"성실하고 용감하며, 누구보다 올곧고 자상하신 게 근사하고 무적인 크루쉬 님······. 하지만 그런 크루쉬 님을 지금의 크루쉬 님으로 만들어주고, 그래서 왕좌를 뜻할 정도까지 강하게 만들어준 건, 곁에 계셨던 어떤 분 덕분이다냥."

"뭔 이야기 하는 거야. 그리고 어느 분이라니······."

"──푸리에 루그니카 전하. 돌아가신, 이 나라의 제4 왕자."

이야기를 따라가지 못하던 스바루는 페리스의 그 말에 살짝 숨을 집어삼켰다.

모르는 고인의 이름에 놀란 것도 말이 막힌 이유지만, 그뿐만은 아니다.

"_____."

그 이름을 입에 담은 페리스의 옆얼굴이 애잔하고, 적적한 미소에 눈길을 빼앗겼기 때문이다.

미소에는 향수와 적적한 감정, 그리고 왠지 소소하게 자랑스러워하는 감정이 동거하고 있어서, 그의 성별을 알아도 헉 놀랄 만큼 아름답게 보였기 때문에.

"스바루쿵을 보다 보면, 푸리에 전하가 아주 약간 떠오르는 것 같아."

"……눈매 사나운 사람이었어?"

"음―음. 얼굴은 멋있었어. 스바루쿵하곤 비교가 되지 않을 만큼. 단지, 성격은 자기 멋대로구, 단순하구, 얼빠지구 속없구 독선적이구……. 이 이상은 전하 험담이 되니까 말 못하지만."

"지금 것도 충분하고도 남을 만큼 험담이었고, 역설적으로 나도 상처 받았거든?!"

얼굴 외에 다른 점이 감상에 젖는 원인이라면, 열거한 나쁜 점이 공통되었다는 뜻이다. 부정할 수 없는 게 서글픈 구석이지만 페리스는 그런 스바루의 말에 고개를 가로저었다.

"푸리에 전하는 확실히 못 말리는 분이셨지만, 그래두 매사에 열심인 분이셨어. 왕족다운 면을 늘 고민하셔서, 이런저런 발상으로 모두에게 폐를 끼쳤지. 요령은 없는데 의욕만은 있으니까, 얌전히 있으라고 부탁드려두 절대 들어주지 않았거든."

"……그거, 다루기 힘든 사람이었겠어."

"그야 뭐!『모두가 열심인데, 본인만이 기다릴 수가 있겠느냐!』라며. 숫제 지금의 스바루큥이랑 판박이. 단, 전하는『자기 탓』이라곤 절대 말하지 않았어. 그런 고민을 하는 사람도, 생각을 떠올릴 사람두 아니었지만 말이야웅."

추억을 회상하고 쓴웃음 짓는 페리스의 말 곳곳에 그 인물에 대한 친애가 서려 있었다.

정말로 소중한 사람이었을 거라고, 그렇게 생각하다가 스바루는 지나치게 늦은 이해에 도달했다.

루그니카 왕국의 제4 왕자라면, 화제에 오른 푸리에라는 인물은 왕선의 계기가 된 전염병으로 세상을 떴을 것이다.

그리고 그 인물이, 크루쉬가 왕좌에 뜻을 두는 이유가 되었다면——.

"그 푸리에 전하와, 크루쉬 씨는 친했나 보지?"

"비슷한 나이라서 전하는 자주 크루쉬 님의 저택에 납시셨거든. 어쩌다 들렀다구 매번 변명했었지만, 뭘 숨기는 데에 서툴렀으니 속내가 훤히 보여서."

흐뭇한 추억을 돌아보는 페리스의 말에 스바루도 푸리에의 아련한 마음을 깨달았다.

페리스와 크루쉬의 관계는 단순한 주종과도, 남녀 관계와도 다르다. 그러나 거기에 푸리에라는 인물을 더한 관계는 필시 그에게 특별한 것이었다.

세 사람의 관계는 필시 특별하게 소중한 것이었으리라.

"지금의 페리가 있는 건 9할 5푼은 크루쉬 님 덕분. 하지만 나머지 가장 중요한 5푼은 푸리에 전하 덕분. ……그건, 절대적이야."

가슴에 손을 얹고 살짝 눈을 내리깐 페리스의 말에 스바루는 묘한 감개를 느꼈다.

지금까지 스바루는 영락없이 페리스는 크루쉬 말고 아무에게도 마음을 열지 않은 게 아닌가 맘대로 생각했었다. 치유술사로서 생명에 관계하는 경험 때문인지 페리스는 때때로 오싹할 만큼 냉혹한 눈을 할 때가 있다.

하지만 푸리에의 추억을 얘기하는 페리스에게는 그런 낌새가 눈곱만큼도 없다.

어디에나 있는 평범한, 가련한 소녀──처럼 보이는, 소년이다.

"그런데 그렇다면 그 푸리에란 사람과 비슷한 수준의 친밀감을 나한테 느끼고 있다는 뜻?"

"뭐? 왜 스바루큥이 푸리에 전하와 똑같아지는데? 죽인다?"

"오싹할 만큼 냉혹!"

으름장 서린 목소리와 서슬 퍼런 눈매에 스바루는 겁먹어 뒷걸음질 쳤다. 그 모습에 페리스는 헛기침한 뒤, "그게 아니라……." 하고 말을 이었다.

"지금 일부러 전하의 이야기를 스바루큥에게 한 건 그런 이유가 아니라…… 아아, 정말! 왜 이래두 모르는 거야옹, 바보!"

"아무리 그래도 너무 부조리하잖아! 이야기가 요리조리 날아다녀서 모르겠다고! 결국 넌 나더러 어쩌라는 거야!"

발을 구르는 페리스가 제 분을 못 이겨 화를 내자 스바루도 질세라 큰 소리로 맞받아쳤다.

"스바루 군과 펠릭스 님, 큰 소리를 지르고 무슨 일이시죠?"

그 소동을 주워듣고 객실에서 짐을 꾸리고 있었을 렘이 계단 아래로 내려왔다. 스바루는 걱정스러운 얼굴의 렘에게 어떻게 설명해야 할까 머리를 긁었다.

"아니, 나도 뭔가 거들 일은 없을까 했는데, 페리스가 그 훼방을 놓아주서 말이야. 덤으로 스스로도 무슨 말을 하려고 했는지 모르게 돼버렸고."

"스바루쿵의 눈치가 나쁘니까 그렇지ー. 아유, 무슨 말을 하려구 했었더라……. 스바루쿵이 모두의 일을 훼방 놓으려고 했던 부분부터니까…….."

"훼방이라고 하지 마! 거들려고 했었다고. 왜냐면, 내가 시작한 탓에……."

"그거다!"

스바루의 시원치 못한 말을 고개를 쳐든 페리스가 힘차게 가로막았다. 그대로 그는 머리의 야옹이 귀를 잘게 떨고 스바루의 가슴에 손가락을 들이댔다.

"스바루쿵의, 그 『탓』이란 말투가 싫다냥. 『탓』이 아니라 『덕분』. 이렇게 모두가 밤을 새우고 있는 것두, 빌 영감이 백경과 싸울 수 있는 것두, 다 그래."

"내 덕분……?"

실감이 솟지 않는 말에 스바루는 갸웃거렸다. 그러나 옆에 있는 렘도, 만족스러운 내색의 페리스와 같은 의견이라고 말하고 싶은 듯 스바루에게 미소 짓고 있다.

　"왕선에 도전하는 것두, 백경과 싸우는 것두, 원래는 모두 크루쉬 님 자신을 위해서잖아. 모두 다, 누군가를 위해."

　입을 다무는 스바루를 대신해 페리스가 여전히 입술에서 말을 꺼내고 있다.

　"백경의 토벌은 빌 영감의 비원이라구. 선대 검성, 빌 영감의 부인분이 백경에게 당했을 때, 빌 영감은 곁에 있어주지 못한 모양이라서."

　"선대 검성……."

　"원수를 갚으려고 빌 영감은 죽기 살기로 백경을 쫓았어. 그야말로 『안개』를 붙잡는 것처럼 앞이 막막한 가운데, 기록에 남은 백경의 출현 장소, 시기, 날씨…… 그걸 위해 집까지 뛰쳐나와서, 다양한 가설과 조건을 검증해 겨우 법칙성 같은 걸 잡아낸 거야."

　그 집념이란 대체 얼마나 되는 것이었을까.

　안개의 마수라고 두려움을 사며 그 존재를 누구나 알고 있음에도 생태의 전모가 전혀 밝혀지지 않은 강대한 적. ──그 존재를 단 홀로 찾아서 계속 항거한 것이다.

　"하지만 모처럼 알아낸 그 이야기에, 아무도 귀 기울이려고 하지 않았어."

　노검사가 서적 및 문헌에 혈안이 되어 복수심과 함께 며칠 밤을 지새웠던가.

집념이 결실을 보여 겨우 찾아낸 단서마저도 누군가를 움직일 힘에 미치지 못하고——.

"대정벌의 상처 자국은 왕국에 뿌리 깊게 남아있어. 왕좌가 공위가 된 시기도 빌 영감 편을 들지 않았지. 백경과 싸울 기개도, 백경에게 정신을 기울일 여유 또한 아무에게도 없어서……지원자를 모집하는 것도 할 수 없어져서, 빌 영감의 심경은 아마 절망적이었을 거야."

원수를 갚겠다고 소원했는데, 그런데도 증오스러운 상대의 발밑에도 다다를 수가 없다.

스바루는 그 무력감이 만들어내는 절망을 알고 있다.

약하다는 죄는 결코 자기 자신을 도망치게 놔주지 않으므로.

"모든 걸 다 버리구 홀로 백경에게 도전하는 것도 생각했나 보더라. 이기지 못하는 것보다 싸우지 못하는 것 쪽이 수모라고 여긴다. ——남자는, 정말로 바보라지. 빌 영감의 부인분도 아마 그런 걸 바라지 않을 텐데 말이야."

"그러네요."

그렇게 페리스에게 동의한 사람은 지금까지 잠자코 있던 렘이었다.

렘은 자신의 가슴에 손을 얹으면서 옅은 청색 눈으로 스바루를 살짝 곁눈질했다.

"렘은, 사랑한 사람이 줄곧 건강하게 있어 주길 바라요. 설령 렘이 없어지더라도 렘의 기억은 웃으며 떠올려 줬으면 해요."

"……추억이 될 이야기를 하기에는 너무 이르지 않냐."

감상적인 렘의 말에 참다못한 스바루는 자기도 모르게 대꾸했다. 뻗은 손으로 렘의 머리를 슬쩍 찌르고, 그대로 얹은 손바닥으로 부드럽게 어루만졌다.

렘은 그런 스바루의 난폭한 감정 표현이 사랑스러운 듯 눈웃음을 지었다.

"그럼 그 빌헬름 님에게 말씀을 주신 게, 크루쉬 님이시군요."

"크루쉬 님은 정말로 자상하신 분이니까. 절망하고, 비탄하고, 아무도 돌아보지 않게 된 상대에게도 손을 내미시고 말아. 소중한 누군가를 위해, 뭔가 하려던 사람이라면 더더욱 그래. ──전하도, 그럴걸."

렘의 말에 끄덕인 페리스가 어딘가 멀리 보는 눈으로 고개를 돌렸다. 한 번, 눈을 감고 난 후에 고개를 든 페리스는 평소 같은 표정으로 혀를 내밀었다.

"네, 이상한 이야기는 끝. 장황하게 얘기했지만 즉 스바루큥이 고민할 필요는 전혀 없거든! 오히려 아무도 스바루큥을 위해 움직이고 있는 건 아니거든! 스바루큥이 생각하는 만큼 스바루큥에게 흥미 있는 사람은 아무도 없거든!"

"멋쩍다고 하는 소리인지 아닌지 모르겠지만 상처 받거든!"

"괜찮아요. 렘은 스바루 군에게 흥미진진해요. 스바루 군이 이 수준일 거라고 짐작하는, 그 열 배 이상은 확실해요."

"그건 그거대로 황송해!"

고약한 페리스의 발언과 엉뚱한 지원 사격을 해 주는 렘. 스바루는 두 사람에게 휘둘리면서도 무슨 말을 들었는지 본질은 이해했다고 생각한다.

"뭘 이렇게 에두르는지⋯⋯."

"그렇게 나는 다 이해한다는 내색이 왠지 열 받아. 흥이다. 스바루큥 주제에."

"그건 그렇고⋯⋯ 페리스, 다소, 입이 너무 가볍구려."

"냣?!"

퉁명스러운 태도를 취한 페리스가 배후에서 들린 목소리에 놀라 작게 들썩였다. 쭈뼛쭈뼛 그가 돌아보자 그곳에는 뒷짐을 진 노신사가 서 있었다.

빌헬름은 움츠러드는 페리스를 가늘게 뜬 눈으로 지그시 응시하다가 말했다.

"남의 망신을 지나치게 떠들고 다니는 건 좋은 취미라고 할 수는 없다고 여깁니다만?"

"망신이라니, 당치두 않아. 페리 입장에선, 빌 영감의 해설서 같달까냥?"

두 손 손가락을 마주 대고 입술을 삐죽이면서 아양 떠는 자세의 페리스. 겉보기는 야옹이 귀 미소녀인 그 깜찍한 모습에 속아 넘어갈 뻔했지만, 안타깝게도 남자다.

당연히 빌헬름에게도 그 미인계가 통할 턱이 없다.

"어쨌든 간에 당사자의 허가도 얻지 않고 나불나불 떠들 건 아니겠지요."

"네에."

말 붙일 구석도 없이 내쳐져서 페리스는 어깨를 축 늘어뜨리고 터덜터덜 물러났다. 떠날 적에 가볍게 손을 들고 윙크를 남기고 가는 구석이 역시 페리스였다.

다만 이 자리에 남은 스바루의 심경은 솔직히 말해 최악이었다.

의도하지 않고 빌헬름의 과거를 듣고 만 스바루 쪽은 거북살스러워서 못 견딜 지경이었다.

대신에 자신의 흑역사를 털어놓아 상쇄해 볼까 생각도 했지만, 그게 도대체 어떤 불모지를 만들지 상상하고 단념했다.

그 결과 침묵만이 이어져서 스바루의 이마에 한 줄기 땀이 흘렀다.

"듣기 불편한 이야기를 듣게 해서 죄송합니다. 늙은이의 하찮은 망집과, 무익하게 보낸 시간의 얘기입니다. 잊어 주십시오."

침묵을 깨트린 빌헬름은 방금 이야기를 없었던 걸로 치부하려고 했다.

씁쓸한 웃음을 짓고 있는 그의 모습에 스바루는 잠자코 그 의사를 존중하자고 결심했다.

아무것도 묻지 마라. 그것이 빌헬름의 소망이다. 아무것도 묻지 않겠다.

"아내분을 사랑하고 계시는군요."

──렘 씨?!

……라고 속으로 경칭을 붙여서 부를 만큼 스바루는 동요했다. 그 정도 기세로 렘이 감히 지뢰밭에 발을 들이민 것이다.

그런 스바루의 초조함을 아랑곳하지 않고, 눈썹을 치뜬 빌헬름은 한 박자 띄우고 대답했다.

"네. 안사람을 사랑합니다. 무엇보다, 누구보다, 아무리 시간이 지나더라도."

그곳에 담긴 세월만큼 빌헬름의 고백은 무겁다.

과거에 스바루는 몇 번쯤 빌헬름의 입으로 애처에 대한 마음을 들었다.

그때마다 빌헬름이 부인을 얼마나 소중하게 여기고 있는지 전해진 바지만, 그것이 고인에 대한 마음임을 알고 나니 다른 감개가 있기 마련이다.

"내일 준비가 아직 남았기에 이만. 두 분도 오늘 밤은 느긋하게 쉬십시오."

빌헬름은 입을 다문 두 사람에게 등을 돌리고 천천히 멀어졌다.

"내일은——."

그 떠나는 등에 스바루는 저도 모르게 말을 걸고 있었다.

발이 멈춘다. 그렇지만 돌아보지는 않는 등에 스바루는 마저 말했다.

"내일은 저도, 렘도 함께 싸울 테니까요."

"그건……."

"동맹한 상대가 강적과 싸운다는데 가만히 못 본 척할 놈이 어디 있겠어요. 걱정하지 않아도 렘은 싸울 줄 알고…… 저 또한 할 수 있는 일이 있습니다."

연거푸 빠르게 말을 거듭해 스바루는 협력을 거부당할 것을 미연에 막았다.

그리고.

"힘을 합쳐서 그 고래 자식을 때려잡자고요! 나도 온 힘을 다해 도울게요!"

"————."

뻗은 오른손의 엄지를 세우고서 스바루는 빌헬름과의 공동전선을 맹세했다.

그 선언에 빌헬름은 잠시 말이 없었지만.

"——안사람은, 꽃을 감상하는 걸 좋아하는 여성이었습니다."

나직하게, 스바루의 맹세에 대한 대답과는 취지가 다른 말로 대답했다.

"검을 휘두르는 것을 좋아하지 않았으나, 누구보다도 검에게 사랑받았지요. 검에 사는 것밖에 용납되지 않아 안사람 또한 그 운명을 받아들이고 있었습니다."

스바루는 당대의 검성인 라인하르트의 실력을 실제로 그 눈으로 보았다.

『검성』의 가호는 사람의 몸에는 너무나도 터무니없는 힘을 내린다.

그 사람의 미래를 얽매어 가능성을 한없이 좁혀버릴 만큼.

"그런 안사람에게서 검을 빼앗아 검성의 이름을 버리게 한 것이 저였답니다."

일찍이 빌헬름은 재능이 없는 몸이라고 자신에 대해 스바루에게 얘기한 적이 있다.

그 때문에 그는 지금의 영역에 이르기 위해서 반생을 검에 바쳤다고도.

 그 비원에 도달할 때까지 이 노인은 몇 번 좌절을 맛보고 몇 번 마음이 꺾였을까.

 그리고——.

 "검을 버리고 한 여자가 된 그녀를 저는 아내로 삼았습니다. 그로써 모두가 그녀를 용서한다고, 검성이 아닌 한 사람의 테레시아로서 살 수 있다고. ——하지만 검은 그녀를 용서하지 않았습니다."

 검을 버렸을 터인 그 여성이 어째서 백경의 토벌대에 참가했던가.

 그러나 빌헬름의 술회는 그 부분은 거론하지 않았다.

 "스바루 님, 감사를."

 단숨에.

 "내일 싸움에서 저는 제 검에 대답을 찾을 수 있습니다. 안사람의 무덤 앞에도, 겨우 발길을 옮길 수가 있겠지요. 겨우 안사람을 만나러 갈 수 있습니다."

 말을 남기고 빌헬름은 이번에야말로 방을 나섰다.

 방에 남은 스바루는 넘치는 감정을 참느라 온몸을 떨 수밖에 없었다.

 그저 빌헬름의 각오에 같은 남자로서 일종의 존경심을 품지 않을 수 없었다.

 사람이란 저토록 진지하게, 한마음으로 사랑을 관철할 수 있는 것이다.

"스바루 군은……."

정적이 내려앉은 공간에 문득 렘의 말소리가 퍼졌다.

말없이 스바루가 그쪽을 돌아보자 마침 쳐다보던 렘과 시선이 얽혔다.

"렘이 없어지면, 똑같이 오래도록 기억해 주시겠어요?"

"……재수없어지는 소리니까 대답하고 싶지 않아."

뚱한 목소리로 말하고, 스바루는 렘의 이마를 손가락으로 가볍게 찔렀다.

렘은 그 손가락이 닿은 이마에 손을 대고는, 마치 바라던 대답을 얻은 것처럼 행복한 얼굴로 웃었다.

2

이튿날 아침, 백경 토벌까지의 타임 리미트—— 17시간 반.

"자, 크루쉬 님께서 지시하신 거니까, 여기에서 마음에 드는 애를 고르면 돼."

"마음에 드는 애라고 해도 말이야……."

스바루는 새벽바람이 서늘한 크루쉬 저택에서 죽 늘어선 지룡을 앞에 두고 막막해하고 있었다.

평소의 여자 같은 차림새에서 일변해 근위기사단의 하얀 제복을 입은 페리스가 스바루에게 지룡을 자랑스레 내보이고 있었다. 순백의 망토를 나부끼며 기합으로 충만한 얼굴의 페리스는 스바루의 대답에 불만스럽게 볼을 부풀렸다.

"뭐냥! 모처럼 크루쉬 님의 온정인데, 마음에 안 든다는 소리야옹?"

"아니라고. 내가 탈 지룡을 고르게 해 주는 거야 고마운데, 지룡의 좋고 나쁘고는 솔직히 모른단 말이다. 내가 지룡 외길 10여 년의 베테랑으로 보이냐?"

"음～음, 전혀. 그러네. 직감으로 고르지그래? 목숨 맡길 애구, 죽어버리기도 할 걸 생각하면, 페리 원망 사구 싶지 않으니까 쓸데없는 참견 하고 싶지 않아라―."

"그만둬! 이상한 플래그 세우지 마! 누가 죽어줄까 봐!"

결전까지 20시간밖에 남지 않았음에도 페리스의 태도에는 굳은 기색이 전혀 없다. 괜히 긴장하는 것보다야 낫지만 너무 느슨한 것도 생각해 볼 일이다.

현재 크루쉬 저택의 앞마당에는 백경 공략전에 임하고자 마련한 다수의 지룡이 줄지어 있다.

화물 운반용의 지룡도 많지만, 특히 중요한 게 실전에 참가할 기룡(騎竜)의 선정이다. 칼스텐 가문이 선별한 만큼 혈통이 뛰어난 명룡밖에 없다고 듣기는 했는데.

"뭘 봐도 멋있다 이상의 감상이 나오지 않는 건에 대해서. 렘은 어때?"

참전하는 전사들 대다수는 애룡을 데리고 왔기에, 후보 중에서 자신의 지룡을 고를 권리는 스바루에게 우선적으로 주어졌다. 그러나 기왕 얻은 권리도 이대로는 돼지 목의 진주다.

스바루의 물음에 옆에 있던 렘은 자기 앞에 있는 지룡의 목을 어루만지면서 대답했다.

"그러네요. 렘의 경우, 웬만한 지룡은 누가 높은지 제대로 가르쳐주면 말을 들어줘서, 지룡의 차이를 따져본 적이 별로 없는지라……."

"그렇겠지. 렘의 방침은 자못 스파르타식이더라. 이거, 어째야 하남."

렘의 손길을 받은 지룡이 마치 복종을 표시하듯 지면에 풀썩 주저앉았다. 아마도 생물적인 격의 차이를 실감한 모양이다. 별로 참고가 되지 않고, 할 수도 없다.

"너무 시간을 들여두 뒷사람 밀리니까 빨랑 골라 봐~."

"남의 일이라고 아무 소리나 하지 마라."

"남의 일인 거야 사실이지만, 딱히 그렇다구 아무 소리나 하는 건 아니거든. 실제로 어느 아이를 골라두 후회시키지 않을 정도의 질을 갖추고 있다냥. 그러니까 직감으로 찍으라니깐."

"그야 이치는 그럴지도 모르겠는데…… 응?"

페리스의 재촉을 받으면서 나열된 지룡을 둘러보던 스바루의 발이 멎었다. 함께 걷던 렘이 발을 멈춘 스바루를 이상하다는 듯 보고 물었다.

"스바루 군, 왜 그러세요?"

"아니……. 얘가 좀 신경 쓰여서."

멈춰 선 스바루 앞에 있는 것은 칠흑색 피부의 아름다운 지룡이었다.

날카로운 생김새에 노란 눈. 등에 채운 안장에, 머리를 감싸는 지룡용 가죽 투구. 장비들은 다른 지룡과 다를 바 없지만 인상적인 건 그 눈이었다.

"_____."

조용히 스바루를 주시하는 눈이, 다른 지룡의 것과는 일선을 긋고 있었다.

다른 지룡처럼 자기 자신을 과시하는 것도, 충성을 표시하듯 받드는 것도 아니다. 칠흑의 지룡은 그저 침착하게 자신이 선택되기를 기다리고 있었다.

"너, 혹시 요전에 저택에서 나랑 안면 튼 지룡이냐?"

불현듯 스바루는 그 개성을 본 기억이 나서 지룡 쪽으로 손을 뻗었다.

옆의 렘이 살며시 놀라 순간적으로 스바루의 손을 만류하려고 들었다. 하지만 렘의 제지보다 스바루의 손에 지룡이 코끝을 비비는 쪽이 더 빨랐다.

"······아무래도 얘가 가장 좋을 것 같은데."

"놀랐어요. 이 지룡, 도도한 걸로 유명한 종류인 줄 알았는데요······. 스바루 군의 손을 먹어버릴까 싶었는데."

"확실히 지금의 난 좀 부주의했네!"

그런데 그런 걱정은 할 필요 없게 느껴졌다. 파장이 맞았다고 해야 할까.

스바루는 코끝을 비벼대는 검은 지룡에게 목숨을 맡기기로 결심했다.

"페리스, 얘로 한다. 한눈에 반했어."

"아아― 그러서요. 오, 좋은 애를 골랐네. 스바루큥도 낯짝이 참 두꺼워……. 그리고 렘이 토라지니까 한눈에 반했다는 소리 하지 말구."

"딱히 토라지진 않았어요. 친하게 잘 지내겠습니다. 할 수 있어요."

　확인하듯이 말을 반복하는 구석이 살짝 불안하지만, 렘의 허가도 나왔기에 스바루의 기룡은 이대로 결정되었다. 아직 준비가 좀 남았다는 페리스를 그 자리에 남기고, 스바루는 렘을 동반해 그대로 저택 안으로 간다.

　출발 예정 시간까지 앞으로 남은 시간은 얼마 되지 않았다.

　크루쉬 저택에는 백경 공략전을 위해 토벌대에 참여하는 인원이 속속 모이기 시작하고 있었다. 그중에서도 대청으로 돌아간 스바루의 시선을 유달리 끈 것은……

"뭐, 뭐야, 저 집단……?"

　스바루는 어안이 벙벙해져 무심코 그쪽을 빤히 쳐다보았다. 그러자 그 시선을 깨달은 그 집단 중 한 명이 쿵쿵 발소리를 울리면서 다가왔다.

"뭐꼬, 형씨도 토벌대 중 한 명이가! 잘 부탁한다, 형씨!"

　아침의 맑은 공기를 날려버릴 기세의 화통한 음량이 스바루 쪽으로 터져 나왔다.

넓은 저택의 구석구석까지 두루 닿을 법한 목소리다.

그 소리를 코앞에서, 지근거리에서 뒤집어쓴 스바루는 견딜 재간이 없었다.

귀에 손을 대고 얼굴을 요란하게 찌푸리며 항의를 담아 상대를 마주 노려보지만.

"아가씨한티 얘기는 들었다! 형씨가 오늘 고래 사냥의 입안자 맞제?! 오늘은 우리네도 고래 사냥에 껴줘야겠다! 날씨 좋아서 다행 아이가!"

"목소리가 커! 내 반응이 그 동글동글한 눈에 안 비치고 있냐?!"

거센 바람이 몰아치는 듯한 말소리에 응수하는 스바루의 목소리도 자연히 고함으로 변했다.

그 노성에 더욱더 속없이 크게 웃는 건 개의 얼굴을 한 수인(獸人)이었다.

온몸은 갈색 체모로 뒤덮였고, 짙은 갈색의 털이 세로로 길쭉한 머리통을 모히칸처럼 장식하고 있다. 날카로운 눈매와 송곳니투성이 입이 두드러지지만, 묘하게 애교 있는 얼굴이었다.

단, 그 키는 2미터 남짓. 우락부락한 육체를 가죽제 의복으로 감싼 모습에선 야성과 문명이 난투전 끝에 화해한 느낌이 넘쳐난다. 그 헐벗은 상반신을 지키는 강철의 어깨받이에 호신 상회의 문장이 그려져 있는 게 눈에 들어왔다.

"그 문장에 카라라기 사투리 쓰는 수인······이란 말은, 아나스타시아의 『철 어금니』인가!"

"뭐꼬! 목소리 작구만, 형씨! 뭔 말 하는지 하나도 모르긋다!"

"시끄러! 뭘 먹고 크면 그렇게 커지는 거야! 너 무슨 종족이야!"

"보믄 알 끼 아이가, 코볼트다카이! 견인족이 코볼트 말고 어데 있노?!"

"호오, 코볼트······. 그거 거짓말이지?!"

자칭 코볼트의 수인이지만 스바루가 상상하는 코볼트는 개 얼굴의 난쟁이다. 개 얼굴과 이족보행은 맞지만 체격이 상상하고 너무 다르다.

"내는 리카드라고 한데이. 그기 처자도 잘 부탁한다!"

"네, 리카드 님. 정중한 인사 감사합니다. 렘이라고 합니다."

리카드의 쾌활한 인사에 마음의 준비를 하고 있던 렘은 정중하게 통성명을 나누었다.

그 대화를 본체만체하고 있으려니, 리카드가 있던 집단──수인들이 모여 있던 한구석에서, 능글거리는 표정의 아나스타시아가 다가오는 모습이 보였다.

그 음흉한 웃음에 스바루가 볼멘 표정을 짓자 그녀는 심술궂게 갸우뚱하고 말했다.

"안된데이─. 나츠키. 리카드는 불리한 내용은 안 들리는 귀 갖구 있땜시. 잘 어울리는 요령은, 글케 부주의하게 접근하지 않는 기다."

"조우하기 전에 가르쳐주길 바랐다. 정말, 너도 사람이 못됐어."

"미안하데야? 나츠키가 어떤 반응 할지, 시험해 보고 파서 못 견딘기라."

"사람만이 아니라, 성격이 못됐군. 엇, 아팟!"

숨죽여 웃는 아나스타시아에게 험담을 뱉자, 스바루의 머리를 수인── 리카드가 커다란 손바닥으로 찔렀다. 그는 이빨을 내비치듯 크게 입을 벌리고 말했다.

"마, 형씨! 아가씨한티 어딜 함부로 말해싸고 카나! 울 고용주이니께 좀 더 보드랍게 하그라! 기본적으로 누구 상대든 손익계산 없이 말하니께 친구가 읊어! 지금이라면 보드랍게 하면 한방이다, 아마!"

"리카드. 니, 머 숨기는 데에 안 맞으니께 악담은 안 하는 편이 낫데야?"

"악담 아이다! 내는 아가씨 걱정하는 기다! 아가씨, 옛날부터 사람 사귀는 기 잘하는 편이 아니었꼬, 카라라기에서 이리 와서 아는 사람도 없으믄 불안하지 않나?! 그러니께 여기서, 엽! 뚜르라라──, 친구 1호 군이다카이!"

"남을 중간에 세워놓고 조잘조잘 떠들지 마! 그리고 너무 남의 머리 잡고 짤짤 흔드는 거 아냐! 모가지 빠지겠다! 무식하게 힘만 세서!"

말뜻 그대로 인간 같지 않은 완력에 휘둘려 목이 빠지기 전에 어떻게든 떨쳐냈다. 허겁지겁 리카드에게서 도망친 스바루는 바로 목을 돌리면서 몸을 굽혔다 폈다 하기 시작했다.

"아, 위험하다, 위험해. 결전 전에 잡담하다가 부상 이탈이라도 하면 웃지도 못하지. 아무리 나라도 이만큼 분위기 올려놓고 그 결말은 수용 못한다고……."

"뭐꼬, 과장스럽구마! 사이좋게 하자는 기쁜인디!"

"그 사이좋게에서 국민성의 차이가 나오고 있다고. 카라라기 사람은 다들 이래?"

"그럴 리 없다 아이가. 리카드가 특별. 내 보고 있으믄 고상하고 정숙한 국풍을 확인할 수 있는 기랑 다르제? 응?"

리카드 옆에 서서 아나스타시아가 유들유들하게 발언했다. 스바루는 깊이 한숨을 내쉬고, 옆에 있는 렘을 앞으로 밀고서 말했다.

"알겠냐? 진정으로 정숙하다는 건 렘 같은 걸 보고 하는 말이야. 봐라, 이 고아함."

"세상에……. 귀엽다니, 쑥스러워요."

"음ㅡ, 좋은 느낌으로 이상한 아라 장래가 유망하데이. 나츠키도 좋은 아 잡았네."

예능 상대역을 잡았다는 투로 말하는 게 마음에 걸리지만, 렘의 반응도 스바루가 바란 반응과 약간 달라서 변명을 더 얹어보기가 참으로 어려웠다.

"그 모습을 보면, 서로 상견례는 마친 모양이로군."

그렇게 이상야릇한 모임이 된 스바루 일행 쪽에 크루쉬가 모습을 드러냈다.

크루쉬는 평소 입는 남장 같은 예복이 아니라 장식을 극단적으로 줄인 경갑을 차려입고 있었다. 움직이기 쉬운 면을 중시해 기동성에 비중을 둔 갑옷은 그녀다운 선택이긴 하지만, 스바루의 눈에는 방어력에 불안이 있는 것처럼 보였다.

"전장에 나갈 복장은 움직이기 쉬운 편이 낫다. 걱정하지 않아도 갑옷에는 흙의 대장장이가 견고의 가호를 새겼어. 내 마나가 다하지 않는 한, 겉모습 이상의 강건함을 발휘하는 물건이다."

그런 스바루의 시선이 띤 의도를 깨달은 크루쉬가 가슴의 플레이트 부분을 쓰다듬으며 대답했다.

"그런 것도 있나. 변함없이 마법과 가호가 치트 서렸군……. 나도 아직 깨어나지 못했을 뿐이지 무지 편리한 가호가 잠들어 있진 않았으려나."

"아무리 오래 잠들어도 호흡하는 방법은 잊을 리가 없겠지? 가호를 받은 자에게 가호란 그러한 것이야. 자각이 없다면 포기하는 게 낫다."

전에도 비슷하게 부정당한 경험이 있어 스바루는 입술을 삐죽이며 기대를 팽개쳤다.

어린애처럼 토라진 스바루를 렘이 달래듯이 쓰다듬는 한편, 크루쉬는 자신을 내려다보는 리카드의 거구를 올려다보고 말했다.

"과연. 이야기로는 들었지만, 소문 이상의 용사로군. 경이 아나스타시아 호신의 심복이라는 『철 어금니』의 단장인가."

"어디까지나 고용살이지예. 크루쉬 칼스텐 씨 맞겠제? 소문하꼬 얘기는 바깥이랑 아가씨한티 들었는디, 실물은 이기 또 참……."

리카드가 팔짱을 끼고 자신을 올려다보는 크루쉬 쪽에 개의 후각을 가진 코를 쿵쿵댔다. 이어서 콧잔등에 주름을 잡고 목울대를 떨며 웃었다.

"걸물이고마! 이기 왕선, 제법 힘들지 않겠노, 아가씨!"

"그—러—니—께, 이렇게 은혜 팔아치우고 있는 참 아이가. 가격표로 얼마 달아줄지 리카드가 일하는 모습에 달렸으니께, 단디 하그레이."

"와하하하! 사람 부리는 기, 개 부리는 기가 험한 아가씨데이!"

리카드의 크루쉬 평에 아나스타시아는 부정하지도 않고 동의했다.

화통하게 웃는 리카드와는 오래 알고 지낸 사이인지, 그와 이야기를 나누는 아나스타시아에게는 겉모습에 맞는 소녀다운 분위기가 언뜻 엿보였다. 그에게 어지간히도 마음을 터놓고 있는 것이리라.

스바루도 목소리 크기를 제외하면 리카드에게 스스럼은 느끼지 못했다. 그의 인품, 혹은 견품(犬品)일까. 약간 거리낌이 지나치게 없다는 느낌은 있지만.

"어젯밤은 잘 쉬었나?"

크루쉬는 리카드에게서 시선을 떼고 스바루에게 말귀를 돌렸다. 스바루는 지금 막 리카드에게 꺾이려던 목을 돌리면서 대답했다.

"덕분에 말이지. 크루쉬 씨네가 다망하던 중에 태평하게 자는 것 같아서 잠자리는 그다지 편치 않았지만."

"적재적소라는 것이지. 경이 할 일은 어젯밤, 나와 러셀 펠로, 아나스타시아 호신을 모아서 백경 토벌을 결론 내린 시점에서 달성되었다. 하기야 나로서는 토벌전에까지 협력을 청해준 건 뜻밖이었다마는."

옅게 미소 지은 다음에 크루쉬는 입매를 다잡고 곧게 스바루를 응시했다.

스바루는 호박색 눈이 복잡한 감정을 그리는 것을 보고 무슨 일인가 싶어 몸을 움츠렸다.

"백경과의 전투에 협력하는 건 고맙지만…… 경은 싸울 수 있나?"

"못 싸우는데? 날 전력으로 계산할 거라면, 그건 고양이 손을 빌리고 싶을 만큼 절박한 때라도 쉽지 않을 거라고 말해두지. 개 손을 빌리라고, 덩치가 크지만."

"지금, 내 얘기 하지 않았나?!"

"했었지만 안 끼어도 돼! 거, 자기 편한 소리만 주워듣는 귀로구만!"

스바루가 말을 중도에 끊는 리카드에게 고함치지만, 크루쉬는 그 너무나도 깔끔한 비전투원 선언에 눈을 동그랗게 뜨고 있다. 스바루는 그런 그녀에게 어떻게 설명할지 골머리를 썩이면서 말을 이었다.

"전력으로서는 거시기하지만…… 백경 상대라면 나란 인간이 비교적 도움이 된다……고 생각해."

"들어 보지. 그 근거는."

"나 자신도 별로 안 기쁜데…… 아무래도 내 체취는 마수를 끌어들이는 성질이 있다더라고."

미묘한 뉘앙스가 어린 스바루의 발언에 또다시 크루쉬가 입을 다물었다.

그러나 스바루 옆의 렘이 "틀림없어요."라고 묘한 긍정을 해주자, 약간 고민하는 낌새를 보이다가 뒷말을 재촉했다.

"일단, 알았다고 말해두지. 소상한 설명 부탁한다."

"체취라고 하면 어폐가 있는데, 체질이 그렇단 뜻이야. 실제로 어제 말한 저택에서의 마수 소동 때, 이 체질로 마수를 끌어내는 짓도 했었거든."

"그렇……군. 그 체질이 있단 점이, 경이 마수의 위험성을 알리는 『미티어』를 소지하고 있다는 사실로 연결되는 거로군."

"아, 뜻밖의 복선으로……. 아니, 이쪽 이야기."

의아한 눈초리를 받아서 스바루는 쓸데없는 말을 할 뻔한 입을 닫았다.

"아무튼 그런 체질인 까닭에, 아마 백경에게도 효과가 있을 거라고 봐. 내가 있으면 다소나마 백경의 표적을 유도할 수 있을 거야. 단지 그때의 마수와는 위험성이 천지 차이니 싸울 수 있다고 기대를 받는 건 좀 부담스러워."

울가름은 대형견 수준의 위험성이었지만 그래도 거의 죽을 뻔했던 것이다.

몸길이 가지고 위험도를 잴 수 있는 건 아니지만, 백경은 울가름의 수천 배에 이르도록 거대했다. 스바루 단독으로는 영격은커녕 회피도 뜻대로 하지 못할 것이다.

"그러니까 빌린 지룡으로 백경의 코앞 등지를 달리며 주의를 끌겠어. 그 빈틈을 노려서 총공격을 먹여준다……라는 게 내 추천 전술인데."

솔직히 스스로도 말하면서 뭐 하나 싶은 작전이기는 하다.

전력으로서는 기대할 수 없어도 산 미끼로는 쓸모 있으니 전장을 뛰어다니게 해달라고 청하는 것이다. 자살 지망생이라도 기겁할 역할 분담이었다.

"——놀라 마땅하게도, 거짓말하는 낌새가 없군."

턱에 손을 얹고 반신반의의 시선이던 크루쉬가 체념한 듯이 한숨을 내쉬었다. 『풍견의 가호』로 스바루의 발언을 가늠해 진위 여부와 작전의 유효성을 고려한 것이리라.

"어제부터 반나절 동안 이렇게 몇 번씩 자신의 가호를 의심할 기회가 올 줄은 몰랐어. 만능이라는 가당찮은 생각을 하던 건 아니다만⋯⋯."

"살짝 자신감 상실돼?"

"그건 아니다. 세상에 내 의도를 넘어서는 것쯤이야 얼마든지 있다고, 어깨가 다잡히는 심정이야."

그 말과 함께 크루쉬는 오기로 하는 말로는 보이지 않는 웃음을 머금었다. 아름다운 사자가 연상되는 표정. 그녀는 그것을 곧장 늠름한 표정 아래로 감추고 말을 이었다.

"페리스에게서 당가에서도 으뜸가는 지룡을 택했다고 들었다. 경이 그 역할을 사서 맡겠다면 어쩔 수 없지. 단, 기본적으론 내 지시에 따라줘야겠다."

"아, 그 차림새니 당연하겠지만 역시 크루쉬 씨도 싸우는 거구나."

"저택에서 의자에 앉아 그저 길보만을 기다리는 행위를 내가 할 수 있을 것 같나?"

크루쉬는 갑옷 쇠장식을 손가락으로 튀기고 당연하다는 듯이 가슴을 폈다.

그 사나이다운 모습에 스바루는 뻔한 걸 물었다고 순순히 고개를 숙였다.

"——아무래도 다 모인 모양이군."

스바루의 사의를 받아들인 크루쉬가 불현듯 한쪽 눈을 감고 중얼거렸다.

그 말이 계기가 된 듯이 저택의 대청에 잇달아 사람들이 발을 들였다. 전원이 전투복을 차려입고 엄준한 표정을 지은 이들이다. 해묵은 장비들에, 역전이 연상되는 무인의 풍모. 그러나 스바루는 그들의 편중된 연령이 마음에 걸렸다.

"왠지 젊음이 꽤 부족한 멤버로 보이는걸."

떠오른 감상을 그대로 입에 담고 마는 스바루.

스바루의 눈앞을 가로지르는 사람들은 토벌대에 참가하는 이들일 것이다. 열을 짓는 열 명가량의 멤버들은 평균 연령이 제법 높은 축이다. 50대를 밑돌지 않으리라.

스바루가 중얼거린 그 말이 닿은 건 아니겠지만, 문득 남자들 중 한 명이 돌아보았다. 무심코 몸을 굳히는 스바루 쪽으로 남자가 홀로 걸어왔다.

"크루쉬 님, 대령했습니다. ——그쪽의 그 친구가?"

"아아, 그러하네."

중후한 목소리로 크루쉬에게 물은 사람은 머리카락과 수염까지 회색으로 바랜 초로의 남성이었다.

남성에게 크루쉬가 수긍하자 그는 스바루 쪽으로 돌아서서 그 어깨에 손을 뻗었다. 그리고.

"고맙네, 소년."

"엥?"

"자네 덕분에 우리의 비원이 이루어지네. 이만큼 기쁜 일은 없어."

어깨를 거머쥔 손에서 남성의 강한 감정이 전해져서 스바루는 저도 모르게 허둥대고 말았다. 동요하는 스바루에게 남성은 "고맙네." 하고 한 번 더 어깨를 두드린 다음 떠났다.

"전원, 백경과 관계가 있는 분들인 거겠죠."

떠나는 등을 배웅하면서 렘이 스바루의 귓전에 속삭였다.

"백경과 관계가 있단 말은…… 과거 토벌대의 관계자라든지, 그렇게 되나."

"일선에서 물러나 있던 자들도 많았다마는. 빌헬름의 호소에 이번 토벌대에 참가한 용사들뿐이지. 사기와 훈련도는 현역 왕국기사단보다 못하지 않아."

"복수에 불타는 노병들이란 시추에이션이라……. 타오르는데."

끓어오르는 뭔가를 느끼면서 스바루는 노병들을 보고 있는 크루쉬를 힐끔 살폈다.

빌헬름의 복수를 성취시키기 위해 백경을 토벌할 뜻까지 세운 크루쉬다. 노병들을 참전시켜 그 숙원을 이루게 하는 것 또한 필시 같은 심정일 것이다.

그것이 어젯밤에 페리스가 말한 크루쉬의 『자상함』이며, 아마도 그녀의 삶에 강한 영향을 주었다는 『전하』의 의사일지도 모른다.

"이번 전력은, 설마 이곳에 있는 사람들만은 아니겠지?"

"이곳에 와 있는 건 주된 참가자들이지. 나머지는 리파우스 가도에 부대를 전개하기 위해 이미 플뤼겔의 거목으로 출발했을 거다."

예정 시간이 임박하는 가운데, 모여 있는 건 토벌대의 주역 멤버라는 뜻이다.

노병들이 참가하자 더욱더 결전 직전의 분위기가 고조된다. 당연하지만 질 수 없다는 기분이 강해져 스바루의 가슴에 긴장감이 치밀어 올랐다.

"슬슬 시간이 됐군. 경들도 대청에 있어주길 바란다."

말수가 줄어든 크루쉬가 입구의 마각결정(魔刻結晶)을 쳐다보고 그렇게 말을 남겼다.

출발 전의 인사말. 이른바 사기 고양을 위한 연설 같은 게 있는 것이리라.

크루쉬가 걷기 시작하자 빌헬름과 페리스도 때맞추어 대청에 모습을 비추었다. 페리스는 아까 정원에서 얼굴을 봤을 때와 같은 행색이지만, 빌헬름은 달랐다.

평소 입던 검은 예복을 벗고, 급소만을 지키는 최소한의 방어구만을 몸에 걸친 경장이었다. 허리에는 좌우로 합계 여섯 자루의 홀쭉한 검을 차고 있고, 풍기는 검기가 예사롭지 않았다.

"오, 러셀 씨도 왔노. 야기 좀 해 보까."

빌헬름 일행에 뒤이어 빛바랜 금발을 가진 러셀의 얼굴도 있었다. 철야한 후의 표정에는 피로가 있지만, 목전에 큰 전투를 앞둔 두 눈에는 힘이 들끓고 있었다.

"저 표정 보면 부족할 것 없단 느낌의 얼굴인데. 아나스타시아 씨 쪽은?"

"내가 실수라도 할 끼 같노?"

"하지 않겠지만, 물어만 봤을 뿐."

아나스타시아에게는 주도면밀성에서는 왕선 후보자 중에서 으뜸간다는 이미지가 있다.

준비가 착착 완료되고, 예정 시간이 다가옴에 따라 전의가 대청을 팽팽하게 채운다.

이제 곧, 모든 것이 결전을 향해 움직이기 시작한다.

"그런데 그 전에."

한 가지, 할 일이 있다.

스바루는 곁에 있는 렘이 갸웃거리는 모습을 흘깃 보고, 멀어지려는 등에다 말을 붙였다.

"아나스타시아 씨. 잠시, 러셀 씨 끼워서 얘기 좀 해도 되겠어?"

"——흐음."

멈춰 서서 돌아보는 아나스타시아의 표정이 장삿속을 띠었다.

스바루가 뭔가를 제안할 거라는, 그 분위기를 민감하게 알아챈 얼굴이다. 눈에서 그때까지 어려 있던 소녀다운 기색이 사라지고 주판알을 튕기는 장사꾼의 안광만이 남았다.

그 돌변이 지금은 든든하다.

스바루는 못된 표정의 아나스타시아를 데리고 러셀 쪽으로 발길을 돌렸다. 두 사람의 접근을 알아채자 피곤한 얼굴이던 러셀의 얼굴에도 생기가 되살아났다.

정말이지, 듬직한 작자들이다.

"두 사람을 상인, 그것도 선견지명에 밝은 대상인이라고 내다보고 할 얘기가 있어. 벌써부터 성급하다고 웃을지도 모르겠는데 말이야, 고래 퇴치 다음의 이야기야."

그런 운을 떼면서, 백경 토벌 전에 한 가지 『포석』을 깔기로 했다.

3

"——400년이다."

정각이 되고, 집합한 전사들 앞에서 그 말이 시작을 고했다.

묵직한 음성과 팽팽한 공기.

곧추세운 등골에 통증이 퍼지는 듯한 날카로운 감각 속에서, 이 자리에 모인 전원의 주목을 받는 크루쉬가 당당하게 가슴을 펴고 곧게 서 있다.

칼스텐 가문의 문장 『이빨을 드러낸 사자』의 각인이 새겨진 보검을 바닥에 세우고, 칼자루 위에 손을 올린 크루쉬가 천천히 전원의 얼굴을 내다보고 말했다.

"세계사에 남은 최악의 재앙, 『질투의 마녀』가 세계를 위협하던 시대로부터 400년. 그 마녀의 손으로 만들어진 백경이 세계를 사냥터로 삼고 제 마당인 양 약자를 유린하며 횡행한 뒤로 그만한 세월이 지났다."

일찍이 세계의 절반을 멸하고, 여전히 공포의 대명사로 전해지는 『질투의 마녀』.

그 마녀의 종복이자 주인을 잃은 지금도 자유를 구가하고 있는 안개의 마수.

14년 전의 대정벌을 비롯해 각국에 무수한 희생을 낳고, 수많은 전의를 집어삼킨 괴물.

"백경으로 말미암아 빼앗긴 목숨은 헤아릴 수도 없다. 그 안개의 악랄한 성질도 어우러져 정확한 희생자의 수는 아무도 알수 없다고 해야겠지. 400년의 시간을 거쳐 이름이 새겨진 묘비와 이름조차 남기지 못하는 묘비의 수는 늘어나기만 할 따름이다."

크루쉬의 말에 고개를 내리깔고 이를 악물며 오열을 참는 노병이 있다.

움켜쥔 주먹에 손톱을 박고 피를 뚝뚝 흘리는 전사가 있다.

그 가슴 내부에 바닥나지 않을 격정을 품고서, 그저 고요히 분노를 폭발시킬 기회만을 기다리던 노검사가 있다.

그들의 한이, 쌓아온 주검의 수와 같은 원념이, 탁한 어둠이 되어 대청의 공기를 에워싸기 시작했다.

　하지만——.

　"하지만 그 무위한 나날은 오늘로써 끝난다."

　"————."

　"우리가 끝낸다. 백경을 무찌르고 수많은 슬픔을 끝내자. 슬픔에도 다다르지 못한 슬픔에, 정당하게 눈물 흘릴 기회를 주자."

　"우——!"

　"이미 주인을 잃은 몸임에도 끝나지 않는 명령에 따르고 있는 처량한 마수를 끝내자."

　가슴이 뜨거워진다.

　침묵하는 이들 모두 스바루와 같은 열기를 공유하는 것이 전해진다.

　고개를 내리깔고 있던 노병이, 주먹을 쥐고 있던 전사가, 눈을 감고 있던 노검사가, 지금은 그 눈을 부릅뜨고 정면에 서 있는 크루쉬를 응시하고 있었다.

　그들의 시선에 어린 열기를 받아서 크루쉬는 손을 앞에 내지르고 목소리를 높였다.

　"출진한다! ——장소는 리파우스 가도, 플뤼겔의 거목!"

　"오오——!!"

　응답하는 목소리가 중첩된다. 땅을 구르는 굉음이 바닥을 출렁이는 착각을 낳는다.

터져 오르는 전의의 열기에 들떠, 스바루 또한 정신이 들고 보니 부르짖고 있었다.

그중에서 유달리 강하고, 높게, 크루쉬가 뽑아낸 보검을 하늘에 겨누어 쳐들고 외쳤다.

"오늘 밤, 우리의 손으로── 백경을, 토벌한다!!"

백경 공략전── 이세계에 소환된 이래로 최대의 작전이 지금 시작된다.

제3장 『백경 공략전』

1

이번 『백경 토벌』의 원정은 크루쉬 칼스텐 공작을 필두로 실행되었다.

14년 전의 『대정벌』이래, 백경 공략을 위한 대규모 작전은 이것이 첫 사례로, 여태껏 유례를 찾지 못할 격전이 될 것임이 예측되었다.

이 원정을 위해 편성되어 크루쉬의 지휘 하에 있는 대토벌대, 그 대장을 맡은 것은 검성의 계보── 빌헬름 반 아스트레아.

빌헬름을 따르는 토벌대는 열다섯 소대로 나뉘어서, 각 소대의 대장을 대청에서의 연설에 참가했던 노병들이 각자 떠맡고 있다. 소대 구성은 각 부대가 15명씩으로, 크루쉬가 이끄는 토벌대의 총수는 약 220명쯤 된다.

단, 총전력은 이걸로만 그치지 않는다. 결전의 땅인 플뤼겔의 거목에는 러셀의 지시로 선행한 보급대가 필요한 물자의 운반과 전개를 하고 있을 터다.

더하여 아나스타시아에게서 빌린, 리카드가 이끄는 수인 용병단 『철 어금니』 집단이 30명. 이쪽은 전체를 리카드가 관장해서 그 휘하에 두 명의 부단장을 두고 있는 형국이다.

그리고 그 『철 어금니』의 부단장이라는 것이……

"미미다—!"

"헤타로입니다."

……하고 기운차게 손을 드는 애와 꾸벅 고개를 숙이는 애, 두 새끼 고양이 수인이다.

오렌지색 체모에 스바루의 허리춤까지밖에 오지 않는 키. 깜찍한 이목구비와 목까지 쏙 가리는 순백의 로브가 실로 딱 어울려서 단적인 감상을 읊자면.

"납치하고 싶을 만큼 귀여운데!"

"아가씨한테도 자주 들어—!"

"누, 누나는 또 그런 소리를 하고……."

스바루의 감상에 미미라고 이름 밝힌 소녀가 발랄하게 웃고, 헤타로라고 이름 밝힌 소년이 미묘하게 당황한 기색으로 나무랐다. 부르는 명칭으로 보아 두 사람은 남매—— 쌍둥이일까.

말괄량이 누나와, 그 뒷바라지를 하는 야무지고 어른스러운 남동생이란 모습이다.

그 흐뭇한 모습에 이견이야 없지만 중요한 건 외모가 아니라 그 실력. 소풍 가는 게 아닌 것이다.

"그나저나 의심했던 건 아니지만…… 너, 정말로 부단장이었군그래."

"웅―? 오빠야, 미미랑 어디서 만난 적 있던가? 음음―, 기억이 안 나는 느낌이 예싸아롭지 않다!"

미미가 두 팔을 크로스하고 갸우뚱하지만, 스바루는 쓴웃음으로 그 질문을 얼버무렸다.

그녀가 스바루를 본 기억이 없는 건 어쩔 수 없다. 스바루에게 미미와의 첫 대면은, 하나 전 회차에서 일어난 사건이다. 그것도 그다지 떠올리고 싶지 않은 부류의.

하긴, 그때나 지금이나 미미의 끝 모를 명랑함만은 변함없지만.

"신경 쓰지 마. 내 이름은 나츠키 스바루다. 그래서, 두 사람은 실력은 있고?"

"그럼 신경 안 쓸래―! 그리고 미미랑 헤타로가 모이면 최강! 티비도 있으면 더 엄청 세! 초최강! 촤킹―!"

"으음, 저기, 네. 그래요. 누나랑 둘이서 열심히 하겠습니다."

자기주장이 강한 누나의 고삐를 남동생이 어떻게든 잡고 있는 모양새다. 두 사람을 보고 있자니 이 세계의 쌍둥이에는 아래쪽에게 뒷바라지를 맡기는 누이밖에 없느냐는 의문이 솟구쳤다.

"――? 왜 그러세요, 스바루 군?"

의문이 가는 대로 렘을 쳐다보자, 이상하다는 얼굴로 갸우뚱하기에 사교성 웃음.

그러고 나서 스바루는 헛기침하더니, 다시 미미 남매 쪽을 돌아보고 말했다.

"그건 그렇고, 대단한 자신이군. 부단장이라면 싸움질만으론 못 해 먹을 텐데."

"초절기교─! 그리고 단장은 싸움이 시작되면 곧장 앞질러 가서 전혀 주변 안 보고 크왕 하니까, 헤타로가 무지 노력해!"

"누나랑 단장님 대신에, 제가 모두에게 지시를 내리고 있어요."

"아아, 과연……. 고생을 알겠다."

호쾌한 웃음과 함께 호전적으로 전장에 뛰어드는 거구와, 옆에 있는 누나의 모습이 눈에 선하다.

그렇다면 부단장이라고 해도 그에 맞는 책임을 다하는 건 헤타로 쪽뿐일지도 모른다. 귀여운 누나는 천진난만한 저돌맹진을 그림으로 그린 듯한 아이다.

"되도록 크루쉬 님의 지시에 따르겠지만, 저희는 저희 나름의 방식으로 싸우겠어요. 그 부분을 나츠키 씨에게 전해두지 않으면 혼란을 부를 거란 생각에……. 나츠키 씨?"

"아니, 눈치가 좋아서 진지하게 놀랐어. 이 꼼꼼한 배려, 렘 수준인데?"

"흐흥─, 대단하지─!"

"누나는 또 금방 그렇게 우쭐거리고…… 귀여워."

멀쩡한 배려를 보인 헤타로를 칭찬하자 왠지 미미 쪽이 콧대를 세우며 가슴을 폈다. 그리고 헤타로는 그런 미미에게 난처한 표정을 짓다가 끝에 가서 살짝 속마음을 흘린 듯하다.

방금 떠올린 이 세계의 쌍둥이는 동생 쪽이 하이 스펙이냐는 의혹에, 동생 쪽이 누나 응석을 지나치게 받아준다는 의혹까지 추가되었다. 그것까지 포함해서 헤타로는 렘 수준이라고 할 수 있었다.

미미가 구김살 없이 자란 데에는 아마 헤타로의 영향이 작지 않을 것이다.

남매와의 상견례도 마치고, 스바루는 흘끔 휴대전화로 시간을 확인했다.

──백경이 출현하는 정각까지, 남은 시간은 열두 시간.

목적지까지 남은 거리는 앞으로 절반쯤. 도착하는 시간은 결전 다섯 시간 전일까.

"거목까지 가면 작전의 최종 확인도 해야겠군. ……내 행동은 특히 더 주위에 주는 혼란이 장난 아닐 것 같으니."

"이번에는 렘도 전선이 아니라 스바루 군 곁에서 대기하니까요. ──올가름 때 같은 후회는, 절대 하고 싶지 않은지라."

스바루의 중얼거림에 렘의 눈은 조용한 결의를 불태웠다.

"사실 렘은 반대예요. 마녀의 잔향으로 백경을 끌어들이겠다니, 너무 위험하다고 생각하고…… 애초에 그 냄새가 스바루 군에게서 나는 건."

"써먹을 수 있는 건 뭐든 써먹을 거야. 그래서 승률이 소수점만큼이라도 오른다면 땡잡은 거지. 모자란 점뿐인 나는 그렇게라도 안 하면 뒤처진 걸 만회 못해."

"스바루 군은 멋져요."

스바루의 각오 앞에서도 렘은 그 부분만은 고집스럽게 양보하지 않았다.

삐친 듯이 얼굴을 돌리는 렘의 행동에서, 좀처럼 보이지 않는 감정이 넘쳐났다. 그 사실에 스바루는 쓴웃음이라기에는 너무 부드러운 웃음을 지었다.

스바루는 렘의 태도가 보이는 뚜렷한 변화를 반나절 만에 충분하고도 남을 만큼 실감하고 있다.

마수 소동 사건 이후로 렘은 스바루에게 마음을 열어주었다고만 여겼었다. 하지만 참된 의미로 서로 마음이 통한 것은, 전날의 그 사건이 있었기 때문이다.

멈춰 있던 시간을 움직인다. 이건 렘의 말이었지만, 그 말이 딱 맞았다.

그렇기 때문에——.

"이기고 싶어."

자그맣게, 스바루는 그 희망을 입에 담았다.

현재, 사태는 지금까지 거친 루프에선 상상할 수 없을 만큼 순조롭게 진행되고 있음이 분명하다.

그토록 호소해도 아무도 귀 기울여주지 않던 요구를 성공시켰다. 결별은 필연이던 크루쉬 진영과의 관계도 양호하다. 렘과의 관계도, 스바루 자신의 부끄러운 내심을 까놓은 사실은 차치하고, 유대감이 더욱 굳건해졌다고 자부한다.

그러나 한편으로 지금까지 이상으로 위험한 전개로 들어선 것 또한 사실이다.

백경의 위협은, 그것을 목도한 스바루의 마음에도 여전히 선명하게 틀어박혔다.

렘 수준의 전력으로도 이빨이 전혀 들어가지 않고, 공격이라고도 하지 못할 꼬리 한 방에 용차가 산산조각 나서 날아가는 거체. 벌린 아가리는 대지까지 한꺼번에 지룡을 꿀꺽 삼키고, 맷돌 같은 흉악한 이빨이 살점을 뭉갰을 때의 단말마가 귀에서 떨어지지 않는 것이다.

그 존재와 맞선다는 생각만 해도, 손발에 떨림이 퍼지는 걸 막을 수 없다.

하지만 그렇게 스바루의 마음이 약한 쪽으로 기울 때마다…….

"_____."

옆에 있는 렘의 눈이, 마치 마음을 꿰뚫어 보듯 스바루를 들여다보는 것이다.

그것만으로도 스바루의 마음은 겁을 잊은 듯이 불타오른다.

렘의 눈앞에서 약하고 형편없는 나츠키 스바루로 있는 건 용납되지 않는다.

"각오 하나로 모든 게 다 번듯하게 바뀌는 건 아니란 것쯤이야 알지만……."

소극적인 자세를 그만두었다고는 해도 사태가 극적으로 호전되는 건 아니다.

미래는 더욱 위험한 루트로 들어섰고, 준비가 완벽하다고도 결코 말할 수 없는 상황이다.

스바루가 할 수 있었던 건 한정된 시간 속에서 최선이라고 여겨지는 인원에게 말을 걸고, 그다음은 모조리 그네들에게 떠넘긴다는, 여느 때와 같이 남의 힘이나 빌리는 방식뿐이었다.

그런데도 크루쉬를 비롯한 그네들은 스바루에게 그 이상을 바라지 않았다. 또한 스바루를 결코 쓸모없는 골칫거리로서 함부로 대우하는 것도 아니었다.

그저 그때그때의, 할 수 있는 일을 할 수 있는 만큼 열심히 해낸다.

스바루는 그 할 수 있는 일의 폭이 좁기에, 하다못해 그 틀의 넓이를 제대로 파악해 그 좁은 틀 안에서 무엇을 할 수 있을지 고민해야만 한다.

"요컨대, 늘 하던 거랑 같지. 당연한 일이었지만."

"뭐꼬, 형씨. ——각오를 다진 얼굴 하고 있구마."

별안간 용차 옆에 선 리카드가 스바루를 보면서 그렇게 웃었다.

스바루는 큰 손도끼를 등에 멘 개의 수인을 노려보며, 그 입 끝을 강한 척 일그러뜨렸다.

"암. 좀 늦지만 딱 꽂혔어. 각오를 다진 난 굉장하다고? 여하튼 죽어도 미래를 포기하지 않으니까."

"건 또 어기차구마! 아가씨가 있으믄 좋아죽을 얘기데이! 역시 형씨, 아가씨 친구에 딱 맞는다고 생각한다!"

"입장만 아니라면 악수하는 것도 나쁘지 않다고 생각하기는 해. ……아아, 그래도 아나스타시아와 사이좋게 지내려면 귀찮을 성싶은 놈이 있고."

아나스타시아를 떠올리면 그 옆에 선 미장부의 모습도 세트로 떠오른다.

율리우스에게 연병장에서 때려눕혀진 것도 지금은 꽤 옛날 일로 느껴졌다. 체감 시간으로는 몇 주일, 현실 시간으로는 아직 닷새가량밖에 지나지 않았겠지만.

그때, 그런 스바루의 말에 리카드가 커다란 입에 숨기지 못하는 의미심장한 웃음을 머금었다.

그 반응과 장난스러운 눈을 보아 그는 스바루가 저지른 추태를 들은 듯하다. 자연히 스바루는 부루퉁한 감상에 젖어 고개를 돌렸다.

"웃을 거면 대놓고 폭소나 해 주셔. 나도 지금이라면 그때의 내가 얼마나 분위기 파악을 못했는지 깨우쳤으니까."

"아이다 아이다! 내가 우스운 건 고거하곤 또 딴 얘기다. 마, 좀만 더 지나믄 자연히 알 끼고, 여서 까발리는 건 촌시런 짓이니께!"

혼자 납득한 리카드는 자신의 갈기를 매만지면서 화제를 매듭지었다. 변죽만 울리는 태도가 마음에 걸리지만 캐물어도 대답은 돌아오지 않으리라.

"그러고 보니 출발했을 때부터 묻자고 묻자고 생각했는데 말이야."

"뭐꼬, 머든 묻그라. 내랑 형씨 사이 아이가! 엔간한 거만 아니면 머든 얘기해싸봐! 엔간한 기라믄 쩐 나름이데이, 쩐!"

"그 부분은 역시 너도 카라라기인답군. ……너희가 타고 있는, 그 커다란 개 같은 생물 말인데, 엄청나다 싶어서."

스바루는 야단스러운 리카드의 엉덩이 아래의, 그들이 타는 생물을 손가락으로 가리키고 뭐라고 표현하면 적절할지 망설이면서 물어보았다.

리카드를 비롯한 『철 어금니』가 타는 짐승은 지룡과는 완전히 다른 생물이었다.

대형견……이 표현상 가장 가까울까. 그러나 그 체구는 대형 육식동물── 원래 세계의 사자나 호랑이에 필적하고, 속도와 체력은 지룡보다 못하지 않다.

스바루의 그 질문에 리카드가 이해한 얼굴로 타고 있는 짐승의 등을 두드렸다.

"이쪽에선 별로 눈에 안 보이니께. 이기, 라이거라는 생물이다카이. 이쪽의 지룡이랑 같을 만큼 카라라기에선 애끼고 있제. 무슨 영역 다툼 관계로 루그니카나 다른 나라믄 번식 힘들어서 수가 적은기라."

"라이거……."

언뜻 봐서는, 스바루의 경험상으론 올가름의 아종 따위로 보인다. 다행히 머리 부분에 뿔은 보이지 않고 생김새도 마수와 비교하면 분명하게 애교가 있었다.

마수가 늑대에 가까운 생김새라면, 라이거는 확실히 개에 가깝다고 할 수 있다.

그런데 그 초대형 개에 개 모양 수인인 리카드가 타고 있는 상황은──.

"왠지 엄청 이상한 기분이 드는 그림인데. 너, 본인에게는 위화감 없어?"

"가끔 듣기는 하는디, 딱히 머. 우리 자신은 수인과 동물로 야무지게 구별할 수 있고…… 아, 들으면 화내는 놈도 있으니께 조심하그라. 내야 신경 안 쓰는디."

"아니, 나도 말하고서 아니다 싶었으니까 확실하게 사과할게. 미안하다."

"와하하, 의리 있는 친구구마!"

리카드는 이를 드러내고 웃은 다음 라이거의 뒷덜미를 벅벅 어루만졌다.

라이거는 주인의 행동에 반응하지 않지만 묵묵히 주인을 태운 모습에는 확실히 개와 같은 충성심이 있는 것처럼 느껴졌다. 사이즈는 달라도 개다운 면모는 잃지 않은 모양이다.

"라이거는 마력(馬力)으론 지룡에게 지지만도, 대신에 가뿐한 데에서 수준이 다르데이. 고래 퇴치에서 난전되믄, 우리 독무대니께 잘 봐두그라."

"마력이라. 용과 개가 일반적이어도 역시 동물 파워는 그렇게 부르는군. ……그러고 보니 말은 못 봤네."

있다는 말 자체는 에밀리아의 입으로 들은 적이 있다. 하지만 여태껏 한 번도 발견하지 못한 점을 보면, 보급률은 꽤 낮은 모양이다.

그 뒤에 스바루는 후방의, 행군하는 토벌대의 후속진을 손가락으로 가리켰다.

"그 마력의 차이가 있어서 차량 한 대를 개썰매처럼 여럿이서 끌고 있는 건가. 실전 전에 개가 지칠지도 모를 건 감안하면, 운반은 용차에 맡기는 편이 나았던 거 아냐?"

"지네들 짐 정도야 알아서 관리해야제. 그리고 걱정은 할 필요 없다 아이가. 짐차 끄는 라이거는 라이거대로, 그거 용으로 단디 단련해둔데이. 응석 받아주는 기는 논외고, 백경만이 적이다 생각하믄 발밑 채일 수도 있으니께."

움찔. 스바루는 속으로 품은 동요가 표정에 나오려는 걸 어떻게 참아냈다.

한편, 리카드는 스바루의 그런 놀람을 깨닫지 못한 기색으로 말을 이었다.

"가는 중에 도적 따위에게 시비 걸리지 않는다고도 단정 몬하니 말이다. 쓸데없는 일로 시간 빼앗겨서 제때 몬 맞춘다니 최악 아이가. 그러니 짐 정도는 알아서 관리한다 이기다."

"……이렇게 완전무장 한 집단을 습격할 용기가 있으면 도적 같은 걸 하겠어? 가령 한다고 치면 용기가 아니라 에두른 자살이지."

"그기야 그렇고마!"

리카드는 그렇게 말하고 우렁차게 웃더니 스바루에게 손을 들고 용차에서 멀어졌다. 탄 짐승을 선두로 몰면서 주위 사람들에게 요란하게 말을 거는 모습이 보였다.

"리카드 님, 저렇게 전투 전에 모두의 긴장을 풀어주고 다니시는 모양이네요."

"＿＿＿＿＿."

멀어지는 리카드를 배웅하고, 렘이 몰래 스바루에게 속삭여 일러주었다.

스바루는 그제야 비로소 저 덩치 큰 수인의 배려를 깨닫고 쓰게 웃었다.

"각오, 다졌을 텐데 말이지……."

연장자의 눈으로 보면 아직 어림없다는 뜻이리라.

임박하는 백경과의 일전——. 난관은, 그 대승부를 넘어선 다음에도 기다리고 있건만.

"노려라, 영웅……이라고 해도, 제법 빡센 노릇이구만. 나 참."

렘에게도 안 들릴 목소리로 작게 중얼거리는 스바루. 그러나 그 뺨은 웃음을 짓고 있었다.

해야 하는 일과 하고 싶은 일이 일치하며, 그 일을 해달라고 떠밀어주는 사람이 있다. ——이만큼 하는 보람이 있을 장면이 있을까.

오는 일전을 앞두고, 이쪽의 전의는 완벽하다.

"——자, 승부해 보자고, 운명님."

2

다행히 토벌대는 트러블도 없이 무사히 목적지에 도착했다.

도착은 정각 다섯 시간 전—— 결전의 밤하늘에는 하얀 달이 뜨기 시작하고 있다.

토벌대가 먼저 전개해 있던 선견대와 합류하자 무구의 점검 및 작전의 최종 확인이 이루어졌다. 대화에는 당연히 스바루도 참가했고, 각자 처신을 포함한 작전의 마무리가 끝나자 그 뒤에는 결행 시간까지 자유행동 하기로 했다.

그리고 저마다 각자 생각대로 작전까지 남은 시간을 보내는 가운데, 스바루는——.

"아—따, 크네."

"기뻐 보이네요, 스바루 군."

목이 아프도록 올려다봐도 꼭대기가 보이지 않을 만큼 장대한 거목의 줄기. 스바루는 지면을 융기시키며 성대하게 꾸불대는 나무뿌리에 발을 올리면서 흥분을 숨기지 못한 채 솔직한 감상을 입에 담았다. 그 모습을 렘이 흐뭇하게 지켜보고 있다.

"남자란 뭐랄까, 크고 강한 것에 감동하는 생물이라고. 처음 지룡을 봤을 때도 감동했지만 대자연도 장난 아니군! 플뤼겔, 일 멋지게 했어."

거목의 줄기를 만지면서 스바루는 나무를 심었다는 현자의 위업을 칭찬했다.

나무를 심는 것 말고 무엇을 했는지 알 수 없는 위인이라나 보지만, 역사에 이름을 남길 위업을 하나라도 해치웠다면 아무 문제 없다. 플뤼겔, 이름도 멋있고.

"아, 그런데 줄기에 누구 이름이 새겨져 있는데. 수학여행도 아니고 좀 매너가 없군, 매너가. 렘, 조각칼 빌려주라."

"아무리 스바루 군이라도 그런 짓 하면 혼낼 거고, 혼날 거예요."

조각된 이름에 대항심을 불태우는 스바루를 렘이 정론으로 부드럽게 나무랐다. 그 뒤에 그녀는 토라진 스바루를 보고 작게 웃다가 슬며시 거목을 올려다보았다.

"이곳에, 백경이 나오는 거군요."

"그래, 나와. 시간이 되면 휴대전화가…… 이 『미티어』가 우니까."

주머니에서 휴대전화를 꺼내서 스트랩에 손가락을 걸고 좌우로 흔들었다. 알람은 이미 세팅해 백경의 출현 시간에 울게끔 설정을 마쳤다.

그 사실은 최종 미팅에서 공유했으며, 크루쉬에게 설명하느라 고심한 부분이기도 했다. 진실을 밝히지 못하는 죄책감은 결과로 만회하자고 세게 마음을 먹었다.

다만 렘에게도 진실을 털어놓지 못하는 건 역시 가슴 아프지만——.

"그 『미티어』가, 마수의 존재를 알려준다……."

"응, 그런 거지. 까놓고 말해 이게 없다면 이번에 내 가치란……."

"——거짓말이죠?"

느닷없이, 눈을 가늘게 뜬 렘이 한 말에 스바루의 심장은 틀림없이 멈추었다. "허." 하고 말소리가 되지 못하는 숨이 새어 나오고, 심장 고동이 뒤늦게 재개했다.

"＿＿＿＿＿."

지금 렘에게 무슨 말을 들었던가.

뭔가 잘못 들었나 하는 부질없는 기대는 스바루를 주시하는 렘의 눈에 깨졌다.

그녀는 확신을 품고서 그렇게 말하고 있다.

"무, 무슨 말을 하신다용? 이기 거짓말이라믄 내는 우야서……."

"카라라기 사투리 같은 뭔가가 되었고요, 스바루 군에게는 안 어울려요."

"아니 실제로, 이게 거짓말이면 말이 안 되잖아. 크루쉬 씨네도 수긍했다고."

렘에게 빈말은 통하지 않는다. 그래도 스바루는 거짓말을 관철하려고 했다.

만약 사실이 밝혀지면 반드시 사태의 악화를 불러들이기 때문이다. 거짓말이 폭로되면 스바루가 크루쉬 일행의 사정을 알던 상황의 앞뒤가 맞지 않는다. 그 앞뒤를 맞추려면, 『사망귀환』에 관해 설명하는 것 말고 방법이 없다.

물론 『마녀』가 규정한 금기를 따르는 한, 『사망귀환』은 누구에게도 밝힐 수 없다.

하물며 현재 마녀의 손바닥은 에밀리아의 심장을 쥐어 터트릴 만큼 악랄한 진화를 이룩했다. 같은 페널티가 발생할 것을 가정하면 렘도 피해자가 될 수 있다.

──절대로 렘에게 사실을 들키면 안 되는 것이다.

그런데도 렘은, 변명하는 스바루에게 느릿느릿 고개를 가로젓고 말했다.

"크루쉬 님과 다른 분들은 스바루 군이 거짓말을 할 필요가 없다고 판단하셨을 뿐이에요. 이런 일로 거짓말을 하면, 크루쉬 님만 아니라 아나스타시아 님과, 러셀 님을 위시한 상인조합까지 적으로 돌리고 마니까요. 그런 짓, 할 의미가 없어요."

"그건……."

부정할 수 없는 사실이다.

동맹교섭 장면에서 크루쉬라면 스바루의 치졸한 이론무장 따위야 얼마든지 반론할 수 있었을 터다. 러셀과 아나스타시아, 교섭에 도가 튼 두 사람도 마찬가지이리라.

그런데도 그네들이 의심스러운 점에 눈을 감고 교섭을 받아들인 건, 스바루에 대한 신뢰 같은 게 아니라 상황을 고려한 다음에 나온 판단에 불과하다.

그 교섭은 장소든 인원이든 스바루가 설정한 것이다. 스바루에게는 그네들을 속일 필연성이 없다. 물론 그렇게 생각할 거라는 계산 역시 스바루가 깐 보험 중 하나다.

다만 이는 살얼음판 위에서 이해관계가 일치한 것이다.

스바루가 『거짓말』을 관철함으로써 비로소 성립되는 부류의 거짓 신뢰다. 그리고 결과만 따른다면 이 거짓말은 앞으로도 영원히 밝힐 필요가 없는 거짓말이다.

그러나 렘에게는 다르다.

렘의 입장은 지금도 변함없이 스바루 편이다. 스바루도 지금은 이 이세계에서, 자신에게 가장 친밀한 입장에 선 사람이 렘이라는 건 충분히 잘 알고 있다.

렘에게 계속 거짓말하는 행동은 크루쉬 일행을 속이는 것과는 완전히 의미가 다르다. 허위를 깨닫고서 받는 인상이 전혀 딴판이 되는 것이다.

크루쉬 일행에게 밝히지 않는 건, 이해관계의 일치 때문.

렘에게 밝히지 않는 건, 렘을 믿고 있지 않기 때문. ──그렇게 여겨져도 할 수 없다.

그렇게 여겨지더라도 절대 진실을 밝힐 수는 없으므로.

"렘, 나는……."

"괜찮아요, 스바루 군."

"뭐?"

스바루는 겉치레 말로 어떻게든 렘을 지키려고 획책했다.

그러나 그 행동은 입가에 미소를 띠고 고개를 가로저은 렘에게 거절되었다.

렘은 놀라 입을 다물지 못하는 스바루에게 진지한 시선과 함께 말했다.

"스바루 군이 거짓말하고 있는 것쯤, 렘은 알아요. 내내 계속, 스바루 군을 보고 있는걸요."

쑥스럽게 배시시 웃은 렘은 장난기 어린 몸짓으로 입가에 손가락을 대었다.

그리고 그 손가락을 스바루 쪽에 겨누고 말을 이었다.

"그 거짓말의 이유를 설명하지 못하는 것도 알아요. 하지만 딱히 그걸 설명해 주지 않는다고, 렘에게 마음을 쓸 필요는 없거든요?"

"_____."

"왜냐면 렘은, 스바루 군을 통째로 믿고 있으니까요."

플뤼겔의 거목 밑동에서 마주 보는 두 사람 사이에 바람이 지나간다.

렘은 살며시 가슴에 손을 대고, 입을 다문 스바루 앞에서 선언했다.

"스바루 군이 백경이 나타날 장소를 안다고 말한다면, 믿어요. 마녀교가 에밀리아 님을 노린다고 말한다면, 그것도 믿어요. 가령 달이 떨어져서 이 나라가 멸망한다고 스바루 군이 말한다면, 그것도 믿을 수 있어요."

"……거기까지는, 말 안 해."

"네, 그러네요. 하지만 그만큼 진심이란 뜻이에요."

렘은 웃음을 지우고 나서 진지한 눈으로 스바루를 바라보았다.

그리고 그녀는 조용히 허리를 낮추어 치맛자락을 두 손끝으로 잡고 인사하면서 말했다.

"이 몸, 이 마음은 전부, 스바루 군에게 심취하고 있어요. ── 따라서 렘은 지금도, 앞으로도 절대 스바루 군을 의심하는 일은 없어요."

"──────."

"그러니 믿게 하자든가, 거짓말로 구슬리자든가, 그런 식으로 자신을 몰아넣을 필요는── 아무 데도 없답니다."

스바루는 목이 메고 뜨거운 것이 치미는 것을 가까스로 참았다.

눈시울을 누르고 얼굴을 위로 쳐든다. 떨리는 입을 크게 벌리며 외친다.

"아─! 역시 커다란 나무를 쳐다보고 있으면 흥분되는데─!"

"네, 그러네요."

"이건 한동안 나무 위쪽이라도 쳐다보지 않으면 마음이 안 가라앉겠네─. 다른 이유는 하나도 없지만 한동안 아래는 못 보겠네─."

"네, 그러네요."

눈물이 넘치지 않게끔 스바루는 허세를 부리며 얼굴을 마냥 위로 쳐들고 있었다.

그러나 렘은 그런 스바루의 나약한 강한 척을 자상하게 자애로 포개고, 폭로하지 않았다.

지금 다시 한 번, 스바루는 자기 자신의 진짜 미련함을 이해했다.

——처음부터 전부, 렘에게 털어놓아 버렸으면 좋았던 것이다.

모든 걸 다 이실직고할 수는 없지만, 그래도 일어날 참극에 대한 내용을 그녀에게 전했더라면 스바루가 두 번 세 번 비극을 거듭할 필요는 틀림없이 없었다.

스바루는 이유를 설명할 수 없으니까, 말해도 믿어주지 못할 테니까 혼자서 할 수밖에 없다고 단정해 갖은 실패를 반복했다.

하지만, 렘은 그렇지 않았던 것이다.

그녀는 이유의 설명을 요구하지 않는다. 말하지 않더라도 스바루를 믿어주고 있다.

지금도 이렇게, 진실을 설명하지 못하는 스바루를 용서하고, 위해 주고 있듯이.

"미안하단 말보다 고맙단 말이겠지. 이럴 때는."

스바루는 눈물의 둑을 필사적으로 지켜내고, 어떻게든 렘을 다시 돌아보았다.

그런 스바루의 대답에 렘은 함박웃음으로 끄덕였다.

"천만의 말씀……이에요. 그리고 렘 쪽이 훨씬, 훨씬 더, 훨씬 더더—, 스바루 군에게 감사하고 있으니 쌤쌤이에요."

"솔직히 나로선 이미 렘에게 해줄 수 있던 몫쯤 가뿐히 초과해서 여러모로 보답 받은 느낌이라 못 견디겠지만."

"안 그래요."

렘은 살짝 고개 숙이고 스바루의 말을 부정했다.

"원래라면 이런 이야기를 하는 것도 스바루 군을 괴롭힐 뿐인 걸 아는데, 그런데도 말해버리는 건 렘의 투정이니까요."

"그런 식으로 생각 안 해. 사정 숨겨서 미안한 건 내 쪽이야."

"그래도 역시 투정이니까요. 그런데도, 죄송해요."

말에는 자조가 섞여 있지만 고개를 든 렘의 표정은 밝았다. 그런 모순된 모습에 스바루가 쩔쩔매는 걸 렘은 기쁘게 보다가 살짝 고개를 기울이며 말했다.

"스바루 군이 짊어진 짐을, 아주 약간이나마 맡기자고 생각해준다. 지금의 렘에게는 그런 존재일 수 없다는 것이 견딜 수 없을 만큼 슬퍼요."

"나는……."

렘의 각오가, 그 속마음이, 지금도 이렇게 전해지고 있다.

스바루는 거목의 줄기에 등을 기대고 심호흡을 한 번 했다.

그 가슴속에 치솟는 따스한 정을, 그대로 말로 바꿀 용기를———.

"나는——— 에밀리아를 좋아해."

"네."

그것은 렘과 한 번 주고받은 말의 재탕이다.

그 말이 그녀를 몹시 상처 입히고 괴롭히는 걸 알면서도, 그런데도 스바루는 다시 그 말을 입에 담았다.

그렇지만.

"하지만."

"_____."

"하지만 너하고 있으면, 마음이 떨려. ……지독한 놈이라고, 여겨줘도 돼."

지독하게, 자기 편한 말이라고 생각한다.

하지만 거짓 없는 스바루의 마음이었다.

렘의 마음에는 보답할 수 없음을 알지만, 이렇게까지 마음을 따스하게 해 주는 건 그녀의 말뿐이기에.

렘이 왠지 열기가 담긴 숨결을 포옥 내쉬고 말했다.

"정말로, 스바루 군은 지독한 사람이에요."

"……알아."

"거짓말이에요. 사랑해요."

"안……다니까."

애정을 재차 분명하게 말로 들은 스바루의 얼굴이 단숨에 빨개졌다.

밤이 아니라면 그 붉은색은 자못 두드러졌으리라. 스바루는 발갛게 익은 얼굴을 숨기듯이 뒤돌아서서 나무에서 멀어지도록 걷기 시작했다.

"슬슬 돌아가자고. 백경이 나오기 직전까지 몸과 마음을 번듯하게 가다듬어야지."

렘의 옆을 지나가기 전에, 허공에 흔들리는 그녀의 오른손을 잡았다.

손이 잡힌 렘은 "아." 하고 작은 소리를 질렀지만, 금세 잰걸음의 스바루에게 보조를 맞추었다. 렘은 그런 자신을 보려 하지 않는 소년의 옆얼굴을 장난기 어린 눈으로 바라보며 말했다.

"스바루 군."

"……뭔데."

"렘은 둘째 부인이라도 상관없어요."

무심코 발이 멈출 뻔한 말이었다.

못 버티고 스바루가 돌아보니 렘은 사람 잘 따르는 강아지 같은 얼굴로 꼬리를 살살 흔들며 스바루의 대답을 기다리고 있었다.

아아, 정말이지. 이 소녀는 끝까지——.

"에밀리아땅이 일부다처에 관용적인 애라면."

"그럼 말이죠. 돌아가면 에밀리아 님을 설득해야겠네요. 렘은 힘낼 거예요."

렘은 잡힌 손의 반대쪽 손으로 주먹을 쥐고, 단단히 마음먹듯 말하고 웃었다.

그 농담 같은 말에 긴장이 풀려 스바루는 정말로 못 당할 아이라고 자신의 약한 모습을 뚜렷하게 자각했다.

에밀리아도 그렇고 렘도 그렇고, 이런 장면에서 남자는 여자에게 도저히 못 당한다.

그 약한 모습만은, 지금까지의 그것과 다르게 인정하는 게 싫지는 않았지만.

3

──정각이 임박하고 거목 주위에는 전장 특유의 긴장감이 팽팽해지고 있었다.

교대로 식사와 선잠을 취해 전투 구역에 모인 토벌대의 컨디션은 완벽하다. 기병과 동반한 지룡과 라이거도 콧김을 거칠게 내쉬며 이제나저제나 호령을 기다리고 있다.

숨을 죽이고 마음을 가라앉히며 전원이 그때를 기다렸다.

리파우스 가도의 밤하늘, 바람이 센 오늘 밤은 구름이 흐르는 움직임이 빠르다.

달빛이 구름에 가릴 때마다 백경의 거체가 하늘을 헤엄치고 있는 게 아닌가 시선을 드는 사람이 끊이질 않는다. 그만큼 경계심이 모두의 마음을 지배하고 있는 것이다.

"정각까지 앞으로 얼마 안 남았군."

크루쉬는 조용히 뇌까리고 옆에 서 있는 페리스가 살짝 끄덕이는 걸 눈초리 끝에 포착했다.

오랜 세월 크루쉬를 섬기고, 항상 경묘한 모습을 잃지 않는 것이 장점인 페리스도 지금만은 평소의 해학을 주워섬길 여유가 일절 없다.

팽팽한 긴장에 휘말렸다……는 게 아니다.

페리스는 자신의 역할── 자신이 이 토벌대에서 일종의 생명선임을 이해해 그 역할에 철저하자고 마음에 다짐한 것이다.

실제로 페리스의 활약에 따라 이 싸움에서 최종적인 승자의 수가 변할 것이다.

크루쉬는 자기 진영의 승리를 믿고 있다.

하지만 희생 없이 백경을 토벌할 수 있다고 여길 만큼 우쭐하고 있지도 않다. 그러나 그 필요한 희생의 수를 줄일 수는 있다고, 그렇게 생각할 정도의 자신감은 품고 있다.

그 자신감이 자신의 기사인 페리스에 대한 신뢰에서 나오는 것이기에, 이를 자신감이라고 불러야 할지는 다소 의문의 여지가 있지만.

"_____."

정면에, 토벌대 최전열에 선 사람은 검을 찬 빌헬름이다.

노검사는 허리에 찬 여섯 자루 가운데 두 자루 검을 두 손에 쥐고 즉각 달려 나갈 수 있는 자세를 잡고 있다.

검귀(劍鬼)가 풍기는 고요한 검기는 시퍼렇게 날이 선 영역에 있으며, 비원의 시간을 맞이하려는 그 순간까지도 세련된 것이었다.

그 순수한 검귀의 참모습에 크루쉬는 장소에 안 어울리는 감탄을 품지 않을 수 없었다.

사람은 그저 한결같이, 저렇게까지 영혼을 맑게 유지할 수 있는 법인 것이다.

크루쉬는 언젠가 자신 또한 저 영역에 이르고 싶다고 진심으로 생각했다.

"_____."

빌헬름과 함께 저마다 표정에 각오가 감도는 토벌대에 참가한 용사들의 사기도 높다.

크루쉬의 명령에 따라 백경을 기다리는 그들의 마음에도 의문은 있을 것이다. 백경 출현의 가장 큰 정보원인 스바루와 그들이 신뢰 관계를 쌓기에는 시간이 지나치게 부족했다.

그런데도 그들이 이의를 제기하지 않고 따르는 이유는, 크루쉬의 판단을 존중하기 때문. 크루쉬는 그 신뢰에 부응할 의무가 있음을 강하게 자각하고 있다.

"———."

예정된 시간이 다가오고, 슬금슬금 기분 좋은 전의가 크루쉬의 안쪽을 애태우기 시작했다.

크루쉬의 손은 보검의 자루를 만져 그곳에 새겨진 『사자』 문장의 감촉을 확인했다. 어릴 적부터 밴 손버릇으로, 그 행동은 크루쉬에게 각오를 불어넣는 마법이었다.

"———."

이겨야만, 한다.

옆에 페리스의 존재를, 그리고 손끝에는 『사자왕』의 유지를 느끼고 있다.

그것만으로도 크루쉬는 아무리 강대한 적이 상대더라도 싸울 수 있기에.

그리고——.

"——웃!"

그것은 갑자기 암야에 잠긴 리파우스 평원에 울려 퍼졌다.

경쾌한 소리가 연속된다. 고막을 울리는 그것이 음악임을 뒤늦게 깨달았다.

소리의 발생원으로 눈을 돌리니 빛나는 『미티어』를 손에 든 스바루의 모습이 있었다. 그 수중에 있는 『미티어』에서 그 음악이 시끄럽게 흘러나오고 있다.

스바루가 말했던, 그때를 고하는 신호다.

"전원, 경계——!"

크루쉬의 호령이 떨어지자 토벌대가 일제히 자세를 갖추었다.

스바루의 이야기에 따르면 『미티어』의 알림에서 수십 초 안으로 백경이 출현한다고 한다.

그의 말을 믿는다면, 지금 이 순간에 그 거체가 하늘을 헤엄치기 시작해도 이상하지 않다. 장소도 『미티어』의 알림이 있던 이상, 이곳이 정확할 터다.

의심할 여지는 얼마든지 있지만, 스바루에게는 그 의심을 만들 이유가 없다. 크루쉬는 의문과 의심을 팽개치고 신경을 곤두세우면서 그 마수를 기다렸다.

그러나.

"————."

정적 속에서 그 강대한 마수가 나타날 기척은 느껴지지 않는다.

맥이 빠졌다……는 표현은 올바르지 않지만, 1분이 경과해도 변화가 발생하지 않는 전장 속에서 크루쉬는 웬일로 동요를 금하지 못했다.

정보의 착오, 예상의 오차, 모종의 돌발 상황.

리파우스 가도에 내려앉은 고요함은 변함없으며 주위의 경치에도 적의 모습은 없다.

지금도 달빛이 구름에 가려져 어둡고 거대한 그림자가 평원에 드리워져 있지만——.

"——큭."

크루쉬는 고개를 쳐들고 자신의 얕은 생각을 이내 저주했다.

달빛이 사라진 평원에 그림자가 내려앉았다.

월광을 차단한 구름이 천천히 고도를 낮추어 눈앞에 다가들었다.

——구름이 아니다.

그것은 너무나도 거대한 물고기 그림자를 하늘에 드리운 마수였다.

크루쉬가 숨을 집어삼킨 것과 동시에 토벌대의 거의 모든 인원이 같은 이해에 이르렀다. 그리고 전원의 의사가 통일되자 그들의 시선이 크루쉬에게 날아들었다.

——선제공격. 그 명령을 기다리고 있는 것이다.

기선을 제압해 백경의 출현지에 포진하는 데에는 성공했다.

나머지는 계획대로 기습을 갈겨 이 전선을 지배하면 그만이다.

"————."

크루쉬는 숨을 들이켜고, 첫 호령을 터트리려고 결심했다.

백경은 아직도 작고 가냘픈 이쪽의 존재를 알아채지 못했다.

거대한 머리로 둘러보는 백경의 움직임은 마치 자신이 어디에 있는지 확인하려는 것 같다. 그리고 그 동작은 경계심이 없고, 무엇보다 빈틈투성이로——.

그 모습에 크루쉬의 각오가 잡혔다.

"――전원."

총공격. 그 말을 입에 담으려다가……

"――갈겨버려!!"

"――알 휴마!!"

크루쉬를 추월해 호령이 터지고, 동시에 마법의 영창에 따라 마나가 전개되었다.

세계가 얼어붙는 소리를 내고 어마어마한 밀도의 강대한 고드름이 생겨났다. 한 자루 한 자루가 저택의 대들보에 필적할 사이즈의 고드름이 도합 네 자루. 그것이 초고속으로 사출되고, 하늘을 달리는 고드름이 백경의 몸통에 직격. 한 박자 늦게 마수의 절규와 분출된 피가 대지에 쏟아졌다.

당황해서 쳐다보니 지룡에 같이 탄 스바루와 렘이 앞장서서 달려 나가고 있었다.

렘의 허리에 안겨든 스바루가 주먹을 쳐들고, 마법의 선제공격을 달성한 렘은 자기 역할을 다했다는 양 회심 어린 표정이다.

그 두 사람의 주제넘은 행동――이 아니라, 새치기에 토벌대가 동요했다.

달려 나가는 두 사람의 모습에 크루쉬는 자신의 입이 크게 일그러지는 걸 참지 못했다.

분노가 아니라, 웃음 때문이다.

"전원, 저 바보들을 따라라!!"

동요를 지운 크루쉬의 호령에 토벌대의 구성원들이 반사적으로 공격을 개시했다.

먼지가 피어오르고 그 너머에서 백경의 절규가 다시 드높이 리파우스 가도의 밤하늘에 메아리쳤다.

──백경 공략전이 만반의 준비 끝에, 그 포문을 열었다.

4

『바람막이의 가호』의 효과는 몇 번 맛봐도 부자연스럽게 느껴져서 못 견디겠다.

진동, 바람, 자세. 본래라면 받아야 할 영향 일체를 차단하는 불가능한 현상이다.

질주하는 지룡의 등에 직접 올라탄 스바루는 렘의 허리춤에 매달리면서 시력을 집중했다. 마르기 시작하던 입술을 핥아 가볍게 축이고 숨을 집어삼켰다.

정각에 휴대전화의 알람이 울고, 백경은 어두운 밤 속의 평원에 그 모습을 드러냈다.

하늘을 가르며 그림자에서 기어 나왔다. 그렇게 표현할 도리밖에 없는 거체의 출현이다. 근원적인 공포가 느껴지는 거구에 생명을 위협당한 기억이 되돌아와 스바루의 간담이 쪼그라들었다.

주위를 보자 스바루처럼 같은 존재를 알아챈 토벌대에 긴장이 퍼졌다. 계획대로라면 크루쉬의 호령이 떨어지고, 그 순간 일제공격이 시작될 터다.

　하지만 찰나의 순간, 그 크루쉬마저 숨을 집어삼키는 공백이 생길 정도의 위압감.

　그것이 치명적인 실책이 될 수도 있는 게, 극한 상태에 치달은 전투의 공포다.

　따라서 스바루는 눈앞의 어깨를 두드리고.

　"——갈겨버려!!"

　"——알 휴마!!"

　크루쉬가 숨을 내뱉기 한순간의 한순간 전에, 전선의 포문을 여는 외침을 질렀다.

　스바루의 구령에 호응해서 구성된 방대한 마나에 렘이 지향성을 부여한다. 발생한 네 자루의 흉악한 빙창(氷槍)은 하늘에 떠 있는 백경의 아랫배를 날카로운 창끝으로 가차 없이 헤집었다.

　바위에 격돌해 얼음이 바스러지는 소리가 울렸다. 그러나 파쇄가 빙창 전체로 퍼지기 직전에, 관통한 위력이 백경의 두꺼운 피부의 방어를 돌파—— 평원에 피가 뿌려졌다.

　백경의 절규가 평원에 쩌렁쩌렁 울렸다. 고막을 마비시키는 대기의 진동을 맛보면서 스바루와 렘이 탄 칠흑의 지룡은 두려움 없이 앞으로 내디뎌갔다.

　——명언하지만 이는 결코 스바루와 렘이 성급했던 것이 아니다.

백경이 출현한 순간에, 토벌대 내부에 발생한 한순간의 공백.

그 순간에 움직이지 않았더라면 이 선제공격은 필시 성립하지 않았다.

그 공백이 곧 분수령. 그리고 그 아주 약간의 주저가 생사를 가른다는 것을 알았으면서도, 크루쉬만 한 걸물조차 백경의 위용 앞에서는 숨을 집어삼켰던 것이다.

그 출현을 반쯤 확신하고 있어도 실물을 목격하면 사람의 마음에는 파랑이 인다. 그 파문은 사소하나마 생각에 왜곡을 낳고, 왜곡은 정체를, 그리고 정체는 패배를 불러들인다.

그랬으면 싸움은, 이쪽이 불리하게 시작했을지도 몰랐다.

──스바루와 크루쉬의 한순간, 이를 판가름한 차이가 어디에 있었느냐면, 사랑이다.

스바루와 그『미티어』에 대한 신뢰──. 크루쉬의 판단이 영점 몇 초 늦었던 건, 바로 그것을 마음속 깊이 믿을 수 없었기 때문이다. 심정상 믿고는 있어도 위정자로서의 순도가 그녀에게 의심을 잊지 못하게 했던 것이다.

그러나 렘은 스바루의 말을, 백경이 이 순간에 나타날 거라는 발언을, 한 점 흐림도 없이 털끝만큼도 의심하지 않았다. 따라서 렘은 스바루가 지시한 시간에 맞추어 자신이 지닌 최대 화력의 마법을 준비하다가 마수의 출현과 동시에 갈길 수 있었던 것이다.

이걸 렘의 사랑이 쟁취한 결과라고 하지 않고, 뭐라고 하겠는가.

"라고 분석하자니 무진장 부끄러──!"

"스바루 군, 더 단단히 붙잡으세요. 떨어져요!"

스바루가 전투의 개막 과정을 자기 나름대로 분석하고 있을 때, 지룡의 고삐를 쥐고 있는 렘이 그렇게 외쳤다. 그녀의 말은 작전의 일부—— 선제공격이 작렬한 다음의, 제2 단계를 나타내고 있었다.

"전원, 저 바보들을 따라라!!"

배후에서, 바람처럼 움직인 스바루 일행보다 한순간의 한순간 늦은 크루쉬의 호령에 따라 토벌대가 잇달아 포통(砲筒)에 불을 붙인다. ——대포 같은 포통에 마광석을 담아 탄환으로 사출하는 마석포(魔石砲)다.

그 일제포격이 폭음을 울리며 착탄하고, 파괴의 힘으로 백경의 몸을 유린한다.

직격한 순간, 마광석에 담긴 마나가 대응한 속성의 마력으로 변환된다. 불꽃이, 얼음이, 빛이, 렘이 만든 상처를 벌리고 가도에 거무칙칙한 피비가 내렸다.

선혈이 안개비처럼 내리는 가운데, 스바루 일행의 지룡은 기민한 움직임으로 백경의 배후를 잡듯이 크게 돌아 들어갔다. 논의한 것과 같은 움직임이다.

"백경에게 내 존재를 의식시켜서, 토벌대에게 등을 보이게끔 행동한다——!"

"하늘! 『밤쫓이』가 와요! 눈을 감고 있으세요!"

전투 상태에 들어가 그 이마에 순백의 뿔을 내비친 렘이 머리 위를 쳐다보고 외쳤다.

스바루가 그녀의 지시에 허겁지겁 따라서 고개를 내리깔고 눈을 감았다. ──그 직후, 세계가 눈을 깜빡였다.

　백광은 하늘에서 폭발해, 한순간에 밤의 세계를 하얀빛으로 깡그리 불살랐다.

　감은 눈꺼풀 너머로도 시신경을 침범하는 빛의 세기에 놀란 스바루의 목이 막혔다.

　그리고 몇 초 뒤, 쭈뼛쭈뼛 눈꺼풀을 들어 올린 스바루의 눈앞에선.

　"워어어! 들었던 거랑 같네! 죽인다!"

　리파우스 가도에서 밤의 기척이 완전히 사라져 있었다.

　몇 초 사이에 무슨 일이 있었는지 세계의 밤낮이 반전해 한낮의 밝기가 평원을 비추고 있었다.

　머리 위에 이미 저물었을 터인 태양 대신에 빛나는 것은, 백경에 대한 공격과는 별개로 발사된 『밤쫓이』라고 불리는 효과를 가진 특수한 마석이다. 그 효과는 본래 담긴 마나 분량만큼 빛덩어리를 실체화해 어스름을 밝힐 수준에 불과하다지만.

　"그걸 재력을 퍼부어 산더미처럼 사들여서 유사태양을 떡하니 마련했다 이거지?"

　"백경이 밤에 숨으면 포착하기 까다로우니까요. ──자아, 지금부터예요!"

　왕도에서도 손꼽히는 상인 2강이 손을 잡고 방방곡곡 뛰어다녀 모은 마석의 진가다.

　범위는 거목 일대. 제한 시간은 한 시간 남짓. ──결전을 마

제3장 『백경 공략전』　115

치기에는 충분하고도 남는다.

　밤의 어둠을 잃은 평원의 하늘에 뚜렷하게 도드라진 거체. 그것은——.

　"저것이……!"

　지금까지 한 번도 똑똑히 확인하지 못했던 백경의 존재가 백일하에 드러났다.

　"——!!"

　밤하늘에서 끌려 나온 데에 격분한 듯 백경이 거체를 떨며 포효했다.

　터져 나온 굉음은 이미 소음의 범주로 그치지 않고 일종의 파괴 행위에 가까웠다. 대기가 진동하고 훈련된 지룡마저 본능적으로 겁을 먹는, 포악한 함성이다.

　괴이한 면모는 온몸에서 피를 흘리고 있지만 그 헤엄치는 모습에선 부상의 영향을 찾아볼 수 없다. 백경은 평원의 하늘에서 고개를 돌리며 자신에게 덤벼드는 조그만 인간들을 대범하게 굽어보고 있었다.

　"뭐가, 이렇게 커……."

　새어 나온 목소리가 떨린다. 스바루는 손발에 쥐가 난 듯 움직이지 않는 감각을 막지 못했다.

　그때까지 스바루가 보고, 접촉하고, 증오해온 백경이라는 존재의 위협이란 그 존재의 불과 일부에 불과했음을 전모를 앞에 두고서야 비로소 이해했다.

　백경——. 그 이명으로 불리는 만큼, 그 마수의 모습은 백색으로 뒤덮여 있었다.

암반처럼 꺼칠한 가죽에 무수한 하얀 체모가 가지런히 돋아나 있다. 아랫배에서 뻗어난 가슴지느러미는 사신의 낫 같은 형상이며, 한 둘레 작은 등지느러미와 꼬리지느러미도 같은 형상이다.

머리와 옆구리에는 무수한 아가미구멍이 파였고, 구멍은 호흡하듯 개폐를 반복하고 있다.

그러한 추악한 차이를 제외하면 백경의 모습은 역시 스바루의 지식에 있는 고래와 매우 닮았다. ——그러나 그 크기가 예상을 적잖게 배신하고 있다.

스바루가 아는 한, 세계 최대의 고래는 흰긴수염고래였다. ——전장은 30미터 안팎으로, 그야말로 지구상 최대의 포유류라고 할 수 있다.

그런데 멀찍이 보이는 백경의 거구는 30미터를 너끈히 넘어서서 50미터에 육박할까 싶은 규모다. 그 거체는 생물이라기보다 이미 하나의 산에 가깝다.

하나의 하얀 바위산이, 기가 막히게도 유유히 하늘을 유영하고 있다.

"스바루 군."

이가 후들거리며 당장에라도 몸서리를 칠 것만 같은 스바루를 부르는 목소리가 들렸다.

그건 등을 보이며 조그만 몸의 허리춤에 스바루를 안아 든 렘의 목소리다. 바로 눈앞, 숨결마저 들릴 만한 거리에서 그녀는 스바루 쪽을 돌아보지 않고 물었다.

"무서워요?"

도발이 아니라 신뢰가 호소한다.

이를 꽉 악다문 스바루는 입을 억지로 뒤틀다가, 벌렸다.

"그래, 무서워. ──저걸 쓰러뜨리고 칭찬받는, 내 미래의 찬란한 모습이!"

너스레로 렘의 기대에 응답한 스바루는 그 어깨를 뒤에서 두드렸다.

"내 목숨은 전부 맡긴다! 자, 신나게 도망쳐 주자고!"

"렘의 목숨도 스바루 군의 것이에요. ──그럼 그렇게 하죠."

각오를 다진 스바루의 용감하게 도망쳐 다닌다는 선언에, 살포시 미소 지은 렘이 고삐를 거칠게 후려쳤다. 칠흑의 지룡이 울부짖고 백경의 끔찍한 형상에도 기죽지 않으며 대지를 박찼다.

정면에서 이쪽으로 도는 백경의 오른쪽 아래를 비스듬히 달려나가, 꼬리 쪽으로 돌아 들어가려는 노림수다.

백경이 토벌대에서 돌출되어 접근하는 스바루 일행에게 거대한 눈을 돌렸다. 대형 용차조차 한입에 삼키는 아가리가 벌어지고 맷돌 같은 이빨이 줄지은 입이 포효하려는 자세로 들어갔다.

파괴마저 뒤따르는 소리의 세례. 그 예감에 지룡에 걸터앉은 스바루는 몸을 움츠려 대비했다.

그 머리 위를──.

"눈을 다른 데 팔다니, 퍽이나 만만하게 보였군그래──!!"

용맹한 여걸의 목소리가 들린 다음 순간, 백경의 머리가 곧게 일자로 얕게 갈라졌다. 강고한 바위를 가볍게 도려내는 보이지 않는 참격에 백경의 거체에서 재차 피가 터져 나왔다.

고개를 돌려 참격의 출처로 시선을 던진 스바루는 후진의 선두를 달리는 하얀 지룡── 그 등에 서서 팔을 휘두른 자세인 크루쉬를 보았다. 하지만 그녀의 손은……

"아무것도 안 들고 있어……?!"

"사정거리를 무시한 무형의 검── 백인일태도(百人一太刀)로 유명한, 크루쉬 님의 검술이에요."

스바루의 경악에 렘이 낮은 목소리로 대답했다.

렘이 말한 크루쉬의 일화는 금시초문이지만, 그 단어만으로도 짐작할 수 있는 점이 있다. 맨손처럼 보이는 크루쉬는 그 이름에 걸맞은 기량의 전투력을 지니고 있다고.

눈에 보이지 않는 참격에 초동이 제압되어 움직임이 정체된 백경에게 추가타가 들어간다.

마석포가 다시 가동한다. 화력이 집중된 백경의 거체에 잇달아 착탄에 따른 대미지가 축적되어, 공중에서 요동치는 마수의 고도가 떨어졌다.

구름과 같은 높이에 있던 백경의 위치가 고개를 수직으로 꺾을 수준에서 벗어난다면, 그때는──.

"칼이 닿는 거리다."

지룡 한 마리가 땅을 박차고 도약해, 그 체구에 어울리지 않게 가뿐히 하늘로 달려 올라갔다.

그런데도 강대함을 자랑하는 백경과 비교하면 질량 차이는 역력하다. 코앞에 떠오른 지룡의 모습은 백경 입장에서 바라보면

날파리나 매한가지였으리라.

——곧게 내달린 검광이, 그 마수의 콧잔등을 세로로 깊이 갈랐다.

은빛 섬광이 하얀 바윗결을 거뜬히 베어 가르는 광경에 포화가 울부짖던 전장에서 소리가 사라졌다.

그것은 마법도, 마석포에 기인한 것도, 실체가 없는 칼날이 일으킨 참격도 아니라, 사람의 손이 단련해 사람의 손으로 휘둘러진 강철이 마수에 도달한 증거.

장구한 세월을 소비한 인간의 오기가 안개의 마수에게 분명히 도달했다는, 그 증거다.

"——14년."

가른 코끝에 검을 박은 사람이 웅크려 앉으면서 나직이 중얼거렸다.

휘두른 것과 반대쪽 검을 꽂아서 자세를 유지하며 마수의 피에 젖은 도신을 터는 단련된 등. 그 등은 대기가 일그러질 정도의 검기를 내뿜고 있었다.

"한결같이 이날만을 꿈꿔 왔다."

등을 곧추세우는 그림자에 백경이 몸을 뒤틀었다. 자신의 머리끝에 올라탄 그림자를 떨어뜨리려고 하늘에서 몸을 꼬던 백경은 신음을 터트리며 통이 구르듯 회전한다.

강풍이 가도의 하늘에 휘몰아치고, 거구가 유영한 결과에 누구나 숨을 집어삼키고 눈을 부릅떴다.

그러나.

"————!!"

반원을 그린 백경이 고통에 절규하고 정신없이 꼬리를 휘두르며 하늘에서 춤추었다.

방금 세로로 갈라진 상처에 추가로 가로 일자의 상처가 더해져 십자 상처를 이마에 새긴 백경의 등을 그림자가 사뿐한 발소리와 함께 밟았다.

──검귀가 흉흉한 웃음을 머금고, 파란 눈동자가 살의로 빛났다.

"여기서 떨어져 죽어 나자빠져라. ──하찮은 괴물놈이."

말을 내뱉고 검을 두 손에 하나씩 잡은 빌헬름의 몸이 바람으로 탈바꿈했다.

백경의 머리에서 꼬리 쪽으로 등을 밟으며 달리고, 마수의 거친 살갗을 두 손에 잡은 칼날로 마구잡이로 난도질한다.

단단하고 강인해야 할 외피를 어려움 없이 갈라내며 거무칙칙한 피로 하늘을 채색하면서 질주하는 그 모습은 정녕코 검귀.

거체를 요동치는 백경에게는 몸에 들러붙은 빌헬름에 대해 유효한 수단이 없다. 가벼운 몸놀림으로 내달리는 노검사를 떨어뜨리겠다고 다시 폭풍을 휘감으면서 하늘에서 옆회전 했으나.

"일부러 베이러 오다니 협력적이라서 좋군!"

허공에서 백경의 몸이 돌아가기 직전, 짧게 도약한 빌헬름은 발밑에 검을 꽂았다.

그러자 박힌 칼날이 그 자리에서 한 바퀴 도는 백경의 몸을 보기 좋게 그어서 백경은 스스로 자기 몸을 칼날에게 헌상한 형국이 되었다.

절규. 피안개가 퍼지고, 그 반신을 얼룩으로 물들인 검귀가 웃었다. 웃음과 함께 노구가 쌍검을 쳐들면서 거체의 측면으로. V자로 휘둘러진 검이 살점을 도려내고, 검붉은 상처의 단면이 드러났다.

노호가 하늘을 뚫는다. 낙하하는 검귀를 노린 백경의 꼬리가 옆으로 휘둘러졌다. 그러나 직격하기 직전에 날아든 지룡이 빌헬름의 몸을 낚아채어 즉사의 위력을 교묘하게 피해냈다.

착지. 즉시 지룡은 다시 질주. 백경이 분노에 맡겨 멀어지는 검귀를 쫓으려고 한다.

"딴 디 보지 마라, 등신아! 니놈 상대론 울 아들도 있데이!!"

고개 돌리자마자 큰 손도끼의 한 방이 백경의 턱을 직격. 두 손으로 안아야 할 만큼 거대한 백경의 이빨을 밑동부터 들어내고, 둔탁한 소리와 함께 누리끼리한 어금니가 날아갔다.

그대로 백경의 안면을 비스듬히 달려 올라가는 건 라이거에 걸터앉은 채로 함성을 지르는 리카드다. 지룡과 비교해 가뿐하다고 설명하던 대로, 맹견은 그 민첩성을 유감없이 발휘해 주인을 태운 채 상공으로 올라가는 백경의 몸을 뛰어다녔다.

"어허어허, 아직 안 끝난다!"

질주하는 라이거 위에서 짐승보다 더 짐승 같은 포효를 지르는 리카드가 큰 손도끼를 휘둘렀다. 외피를 으스러뜨리고 살점을 들어내는, 호쾌한 활약상이다. 그리고 그 리카드에 이어서.

"에얍―, 간다―!"

"누나는 앞으로 너무 나서지 마! 다들, 지금이야!"

소형 라이거에 탄 쌍둥이 부단장이 산개해 후속 용병단에게 지시를 내렸다. 사납게 도약하는 라이거 무리가 백경에 달라붙어 그 거체를 발판 삼고 유린이 시작되었다.

창칼을 휘둘러 백경에 대미지를 주는 모습은 독충이 모여드는 광경 같다.

백경은 자신에게 들러붙는 외적을 뿌리치고자 거구를 들썩이는 것 말고 속수무책. 거체인 까닭에 자잘하게 손이 미치지 못한다는 약점이 드러나고 있다. 거기에 더해서.

"전원, 떨어져라!!"

전장을 관통하는 크루쉬의 호령이 떨어지고, 달려들던 『철 어금니』가 백경의 몸에서 일제히 뛰어 물러났다. 모든 라이거가 사뿐히 착지하고, 해방된 백경이 겨우 반격으로 이행하고자 크게 선회했다. ──그 판단은 실수다.

"옆구리를 드러냈군──!"

머리 위로 쳐들었다가 떨어지는 크루쉬의 두 번째 공격. 대각선으로 베는 참격이 백경의 측면을 비스듬히 가로지르고, 그 일태도를 예고로 제3진이 여기에 가담했다.

여태까지 공격에 참가하지 않고 오로지 마법의 영창에만 집중하던 마법부대의 공격이다.

"──알 고아!!"

복수 인원의 영창이 중첩되어 발생한 것은 적열의 극광이다.

하늘에 태양과 달이 동시에 떠 있는 세계에서, 저공에 두 번째

태양이 작열을 두르고 태어났다.

그것이 불의 마법이 부른 화력을 아우른 것이라고 이해했음에도, 겁화에 지져지는 세계의 장렬한 모습에 눈을 뗄 수 없었다. 직경 10미터 이상에 이르는 대화구의 열파는 떨어진 위치에서도 살갗을 태우며, 눈꺼풀이 지키는 안구의 수분을 모조리 앗아가려고 불타오르고 있다.

그 대화구가 일렁이며 초속을 얻는다. 그리고.

"우오오오!"

초속이 가속하고, 가속이 고속으로 변하고, 화구가 옆구리를 드러낸 백경의 몸통에 직격.

축적된 상처를 통해 불꽃이 체내를 태우고, 내장이 끓어오른 백경의 절규가 울려 퍼졌다.

산산이 부서진 불꽃의 파편이 평원에 튀고, 여파를 피해서 용병들이 허둥지둥 피난했다. 스바루와 렘도 그 피난 사이에 끼면서 타오르는 백경의 모습을 눈으로 계속 좇았다.

그 압도적인 전과—— 일방적이라고도 할 수 있는 전황은 바로 더할 나위 없는 형태로 기습이 성공했기 때문이다. 이대로 아무것도 못하게 하고 마수를 토벌할 수 있는 게 아닐까.

"꽤 효과가 있는 느낌인데! 이대로 그냥 끝낼 수 있지 않겠어?!"

불꽃의 여파가 닿지 않는 위치에서, 지룡의 등에서 백경을 보던 스바루가 주먹을 틀어쥐었다.

지금까지는 백경을 완전히 억제하며 적지 않은 피해를 주고 있을 터다.

14년 전 대정벌의 실패, 그 전례 때문에 경계했지만 낙승 분위기마저 있다.

사전에 준비한 작전이 족족 들어맞아 벌써부터 승리를 목전에 둔 고양감이 있었다.

그러나 그런 스바루의 낙관적인 의견이 부정된다.

"아니요. ——사실은 지금 기습으로 땅에 떨어뜨리고 싶었어요."

고개를 내저은 렘이 분한 듯이 불꽃을 두른 마수를 노려보았다.

스바루는 그녀의 말에 눈을 동그랗게 뜨고 무슨 일인가 싶어 백경의 모습에 눈을 돌렸다.

마수의 반신은 지금의 대마법에 불타올라 체모를 연소하는 불꽃은 꺼질 낌새가 없다. 마석포와 직접 공격에 따른 상처도 많고, 피를 뚝뚝 흘리는 모습은 보기만 해도 아프게 느껴졌다.

하지만.

"고도가…… 안 떨어졌어."

백경의 존재는 여전히 고개 꺾어 봐야 할 공중에 있다.

타고 있는 짐승의 도약으로 닿지 않을 높이가 아니지만, 단신으로 사람이 도전하려면 까다롭기 짝이 없다.

무엇보다 마수를 땅에 떨어뜨리지 않고서는 다음 작전으로 이행할 수 없다.

"초장에 칠 수 있는 패는 몽땅 쳤다꼬. 그란디도 안 떨어진다는 기는, 즈네 터프함이 한술 더 뜬다는 얘기다."

큰 손도끼를 어깨에 걸머지고 백경의 피로 얼굴 털을 적신 리카드가 옆에 다가왔다.

그는 개 얼굴에 달린 코를 킁킁대다가 뾰족한 귀를 실룩실룩 떨고 말했다.

"한 판 떠본 느낌에 따르믄, 두툼한 살갗 아래에 공격 먹이는 기는 쉽지 않다. 내 무기처럼 우격다짐이거나, 빌 씨 정도의 기량이 없으믄 갈수록 태산이다카이."

"물리공격은 그럴지도 모르지만, 마법 공격은 통하는 분위기로 보이던데?"

"그것도 미묘한 눈치예요. 언뜻 화려하게 적중한 듯 보이지만, 저 하얀 털이 마나를 흩어서 위력을 죽이고 있어요. 렘의 마법도 겉보기처럼 먹히지 않았어요."

렘은 분한 내색으로 자신의 최대 화력 마법이 통하지 않았음을 말했다.

그녀의 말에 스바루가 고개를 돌려 바라보니 확실히 백경의 육체에는 얕은 상처는 다수 있지만, 전력의 저하로 이어질 깊은 부상은 없는 것 같았다. 하지만 적어도.

"아까 불의 마법만큼은 역시 털을 태워서 그런지 효과가 있는 것처럼 보이는걸."

"마력 흩는 털 태워서, 그 밑의 구워진 고래고기라면 요리할 수 있다. ──단순하구마."

스바루의 추측에 리카드가 사납게 이를 드러내고 동의했다.

그는 그대로 큰 손도끼를 거머쥐고 라이거의 등을 두드려 다시 최전선으로 뛰어들었다.

"아까랑 같은 느낌으로 남은 힘을 빼야긋다! 크루쉬 씨한티도, 중요한 순간에 그 큼직한 한 방 때려 박도록 부탁해두그라!"

맘대로 주문을 달고 백경 아래로 기어 들어가 다시 도약해서 그 몸에 들러붙었다.

주변을 둘러보니 한 번은 거리를 벌렸을 터인 빌헬름도 꼬리 쪽에서 백경 위로 향하고 있고, 스바루 일행과 같은 결론에 도달한 토벌대도 신속하게 다음 행동에 옮기고 있다.

다시 말해, 총공격 제2진이다.

"현 상황으론 화력이 백경에게 집중하고 있으니 우리가 접근하면 방해가 되겠군. 렘, 아까 같은 마법은 못 갈겨?"

"아까랑 같은 규모의 영창은 시간도 걸리고, 물 속성 마법이라면 마나가 흩어져서 대미지가 들어가지 않아요. 그 이하 위력으로는 애초부터 화력 부족이 되고요."

방금 나온 리카드의 결론에 따르면, 렘도 무기인 모닝스타 꼬나들고 최전선에 참전해 타격력을 살려서 백경에게 공격을 가하는 게 옳은 선택일 것이다.

그러나 그렇게 하라고 하기에는 스바루가 발목을 잡는다. 처량한 이야기지만 스바루의 체질을 이용한 미끼 작전을 실행하려면 렘과 스바루가 분단될 수는 없는 것이다.

"분하지만 움직임이 있을 때까지 보고 있을 수밖에 없나……."

"답답한 심정은 내 쪽도 똑같지만, 말이야옹."

말하면서 슬로페이스로 전장을 관망하는 스바루와 렘이 탄 지룡에 다른 지룡이 나란히 섰다. 페리스가 탄, 기룡용 갑주를 장비한 중장갑 지룡이다.

"페리도 참 공격 수단 없으니까, 기본적으로 보고 있을 수밖에 없거든? 이골이 났다면야 이골 났지만, 답답하긴 늘 답답하더라."

"그런 만큼 넌 회복에 특화된 토벌대의 생명선이야. 앞으로 납시면 난처하지. 그 역할만 번듯하게 해치워다오. 부탁한다고."

이 마당에 이르러 평소 같은 가락으로 접해오는 페리스에게 스바루는 확실하게 다짐했다. 그 대답에 페리스는 "흐응." 하고 한쪽 눈을 감았다.

"정말, 고작 하루 사이에 변했구나. 도대체 무슨 일이 있었니?"

"굳이 말하자면, 좀 나은 남자가 된 거지."

움직이는 전황에 눈길을 던지면서 스바루는 씁쓸한 감정을 곱씹고 무뚝뚝한 얼굴로 대답했다.

그런 스바루의 태도에 페리스는 의미심장하게 손가락을 뺨에 짚고 물었다.

"혹시, 렘이 스바루큥을 남자로 만들어준 거냥?"

그 대답은 예스이자 노이기도 하다.

스바루는 장소 분별할 줄 모르는 속된 면모를 발휘하는 페리스의 입을 다물게 만들까 해서 호통을 치려 했다.

"빌헬름 님이——!"

하지만 그 행동은 렘의 외침에 어린 위급한 감정에 차단되었다.

당황해서 렘이 보는 방향에 시선을 맞추자, 거기에 백경의 등을 달리는 노검사가 있었다.

검을 등에 꽂고 달리는 빌헬름이 백경의 몸통을 세로로 찢고 있다. 꼬리에서 등에 걸쳐 질주하는 빌헬름을 뒤늦게 터져 나오는 선혈이 분수처럼 뒤쫓는다.

귀신 같은 활약이란 그야말로 지금의 빌헬름을 두고 말하는 것이었다.

검귀의 상궤에서 벗어난 검 실력에 바라보는 토벌대의 사기가 폭발적으로 올랐다. 마석포의 연사 속도와, 용병단과 기룡대의 집단 공격이 기세를 더했다.

고통을 견디다 못해 허공에서 몸을 뒤트는 백경은 토벌대의 공격에 전혀 대응하지 못하고 있다.

안개의 마수── 400년이나 되는 시간 동안 세계를 괴롭혀온 재앙의 가련한 작태에, 스바루는 풍향이 완전히 이쪽의 등을 미는 바람이 되었다고 확신했다.

"츠아아아아아아압!"

기합과 함께 번뜩인 빌헬름의 검격이 백경의 머리까지 선을 긋고, 그대로 기세를 타며 노구가 거구의 끝에서 뛰어내렸다. 허공에서 몸을 돌려 거꾸로 뒤집힌 노인을.

"어허잇!"

바로 밑에서 타이밍을 맞춘 리카드의 큰 손도끼가 맞아 쳤다. 칼등 쪽으로 돌린 큰 손도끼가 낙하하는 빌헬름을 노리고, 검귀는 다가드는 손도끼의 타격에 발바닥을 맞춘다.

"싯──!!"

리카드의 완력에, 빌헬름의 도약력이 더해져 탄환처럼 검귀가 날았다.

　사출된 빌헬름이 쌍검을 휘둘러대고 백경의 안면에 참격이 미쳐 날뛴다. 코끝에서 뺨까지 끔찍하게 난도질한 빌헬름은 거대한 눈을 노리고 찌르기를 질렀다.

　"————!!"

　백경의 왼쪽 눈에 쌍검이 칼막이까지 파묻히고 파괴된 안구에서 수정체가 흘러나왔다.

　빌헬름은 파묻힌 검을 즉각 내버리고 새롭게 두 자루 칼날을 뽑아내어 일섬——. 좌우로 짓쳐든 참격이 안구를 아래위로 베고, 빙글 돌아간 칼날이 다시 세로로 좌우의 상처를 만들었다.

　그 결과 백경의 왼쪽 눈은 사각으로 도려지고.

　"눈이 떨어진다——!"

　네 번의 참격에 도려나간 백경의 왼쪽 눈이 빌헬름과 함께 자연 낙하——.

　누군가가 외친 소리가 현실로 변모해 피와 체액을 뿌리는 안구는 땅에 격돌. 터져서 찌그러진다.

　그 바로 옆에 빌헬름이 착지한다. 검귀는 그대로 원형을 잃은 안구에 검을 꽂고, 그것을 바로 위에 있는 백경의 오른쪽 눈에 보이게끔 들어 올렸다.

　"——꼴사납다."

　입 끝을 말아 올려 처참한 웃음으로 승리를 뽐내는 빌헬름.

　검귀의 처절한 싸움에, 농락되는 백경은 속수무책이다.

　그 전투력 차이는 압도적인 체구의 차이에 좌우되지 않는다는 게 역력했다.

한쪽 눈을 잃기에 이르자 백경도 간신히 그 사실을 받아들였을지도 모른다.

"백경의 눈 색이……!"

"온다!!"

"스바루 군, 머리를 숙이고 있어——!!"

그 변화를 스바루가 알아챈 순간, 페리스가 외치고 렘이 지룡을 가속시켰다.

정지했던 까닭에 『바람막이의 가호』의 효과는 끊어졌다. 스바루는 렘에게 매달려서 거센 바람과 진동을 버티고, 겨우 머리 위의 백경에게 눈길을 돌렸다.

그 시야 속에서 백경의 모습이 일변했다.

"————!!"

포효와 함께 한쪽 눈이 도려내진 분노에 마수의 애꾸눈이 새빨갛게 물들었다.

핏빛에 물든 안광이 거리를 벌리려고 물러서는 토벌대에 꽂혔다. 그 직후, 백경이 증오와 분노에 몸서리치고 육체에 변화가 발생했다.

——변화가 시작된 순간, 스바루는 말로 하기 어려운 혐오감을 차마 견딜 수 없었다.

백경의, 입이 열린 것이다.

아니. 그 말은 맞는 것 같으면서도 맞지 않다. 사실을 정확하게 전달하면, 이러하다.

──백경의 온몸에 나 있는 무수한 아가미구멍이 일제히 입을 열고, 소리를 지르기 시작한 것이다.

"────!!"

찢어지는 비명 같은 소리는 마수의 온몸에 생긴 무수한 입에서 넘쳐 나오는 것이었다.

이승의 것이라고는 생각되지 않는 불협화음은, 들은 존재의 정신을 직접 손톱으로 쥐어뜯어 청각을 통해 뇌신경을 범해 능욕했다.

피해는 인간만으로 그치지 않았다. 지룡과 라이거 같은 짐승들도, 본능 그 자체에 호소하는 근원적인 공포에 다리가 움츠러들고 말았다.

이 순간, 백경 토벌전이 시작되고 나서 최악의 무방비가 토벌대를 지배하고 있었다.

그리고.

"……아."

교성을 지르는 무수한 입에서 어마어마한 양의 『안개』가 방출되었다.

그것은 순식간에 평원에 쏟아져 『밤쫓이』의 효과로 밝혀진 세상을 하얗게 덧칠했다.

시야가 막힌다. 온몸이 움츠러든다. 스바루는 백경이 이쪽을 적이라고 인정했음을 이해했다.

──『안개의 마수』가 함성을 지르고, 전투의 막이 진정한 의

미로 열렸다.

5

 ──리파우스 가도에 홍소가 울려 퍼지고 있었다.

 거체로 유유히 하늘을 유영하는 백경은 온몸에 열린 작은 입에서 불협화음을 내보냈다.

 본래의 입이 포효할 때, 그것은 대지를 뒤흔드는 파괴를 수반했다. 하지만 제멋대로 난 수많은 입에서 터진 소리는, 바람을 쥐어뜯는 것처럼 일그러져서 끔찍했다.

 고막을 후려치는 게 아니라 뇌를 가는 바늘로 휘젓듯이 불쾌한 것이다.

 스바루는 그 섬뜩한 백경의 변화와 동시에 풍향의 변화도 감지했다.

 그토록 거창하게 선제공격을 먹이고 빌헬름을 비롯한 토벌대와 용병단의 밀집 공격까지 가했다. 백경에게 준 대미지는 결코 적지 않다.

 총화력은 스바루가 백 번 죽어도 에누리가 남을 정도고, 비교 대상을 마수 쪽으로 더 돌린다면 울가름 무리여도 열 번은 섬멸할 수 있을 법한 공격력이었다.

 연거푸 그 공격을 퍼부어 한쪽 눈을 잃을 정도의 대미지를 입힌 것이다.

결판까지 나지는 않아도 최소한 땅에 떨어질 정도의 전과를 기대했었는데——.

"큰일 났다, 안개가……!"

찢어지는 비명을 계속 지르고 있는 백경은 그 무수한 입에서 『안개』를 흩뿌리고 있다.

가도 광범위에 걸쳐 하늘에서 켜켜이 쌓이는 안개의 침식이 진행된다. 시야는 서서히 희끗하게 바뀌고, 『밤쫓이』의 마석이 가진 효과가 사라져가고 있었다.

——『안개의 마수』, 그 진가가 발휘되고 있다.

안개로 덮여 시야가 나빠진 평원에서는 토벌대의 연계가 맞물리지 못한다.

무엇보다 백경의 모습 그 자체가 안개의 바닷속에 녹아들듯 사라지고 있지 않은가.

"이게 뭐야……?!"

"——스바루 군, 렘에게 목숨을 맡겨주세요!!"

스바루가 사라지는 거체에 동요하자 앞으로 몸을 기울인 렘이 그렇게 외쳤다. 스바루는 그 외침에 대한 대답으로, 렘의 몸에 깊이 팔을 둘러 껴안았다.

렘이 놀리는 고삐에 따라 지룡이 몸을 돌려 땅을 파헤치면서 질주를 개시했다.

방금까지 옆에 있던 페리스도 비슷하게 안개 안쪽으로 지룡 머리를 돌렸다. 백경이 전투 상태에 들어갔다면 반격은 필연. 부상자가 나오는 건 당연히 피할 수 없다.

그렇다면 그 상황에서야말로 『청(靑)』이라고 불리는 최고의 치유술사인 그가 맡을 역할이 있다.

그러나, 그렇지만.

"전원, 후퇴——!!"

안개 안쪽에서 노호가 터져 하얀 바다에 뛰어들려던 그들을 견제했다.

들린 노호는 크루쉬의 목소리였다.

스바루는 무슨 소리냐며 고개를 들려 했지만, 그 직후였다.

"으어?!"

순간적인 판단으로 지룡이 진로를 바꾸고 원심력에 휘둘린 몸이 왼쪽으로 쏠린다. 전방에서 비슷하게 급선회한 페리스의 지룡은 오른쪽으로. 스바루 일행은 양쪽으로 갈라지는 모양새가 된다.

그리고 쏠리는 시야 끝으로 하얀 폭위가 밀어닥쳤다.

"——이봐이봐이봐이봐?!"

농밀한 질량을 수반한 안개가 그 두 팀이 벌린 진로의 한복판을 단숨에 휩쓸었다.

뚫고 지나간 안개는 높은 파도 같은 기세여서, 회피가 한순간 늦으면 지룡째로 삼켜졌으리라.

기껏 안개 가지고 무슨 호들갑이냐며, 실물을 보지 않았으면 웃어넘겼을지도 모른다. 하지만 지척에서 그 『안개』의 이질성을 목격하면 아무도 그런 넉살은 주워섬기지 못할 것이다.

안개는 쓸어간 평원의 지면을 녹이듯이 도려내어, 진로 위를 모조리 무산(霧散)시키고 있다.

만약 저 안개를 정통으로 맞으면 인체라도 같은 말로에서 벗어나지 못한다.

"저런 걸 맞았다간……!"

백경이 만들어내는 안개의 위협성에 대해 스바루도 사전 브리핑으로 충분하고도 남을 만큼 들었다고 여겼다. 그러나 실물은 그 예상을 아득히 웃도는 것이었다.

"이게 진짜 『안개』……."

『안개의 마수』라고 불리는 백경, 그 『안개』의 성질에는 크게 두 종류가 있다.

하나는 가도를 모조리 뒤덮었듯이 자기 자신이 헤엄치는 영역을 넓히기 위한 확산형 안개.

그리고 또 하나가 지금 막 눈앞에서 대지를 뭉텅 소실시킨 소멸형 안개다.

여태까지 내보이지 않았던 공격 수단이 후자의 파괴를 수반하는 소멸형 안개였다. 그리고 그 위협성은 언뜻 보면 알 수 있는 파괴력은 물론이요, 그것만으로도 그치지 않는다.

그것은──.

"합!!"

기합과 함께 번뜩이는 빛. 용맹한 목소리가 안개를 걷어내어 눈앞의 하얀 경치가 느닷없이 트였다.

안개 너머에서 뛰쳐나온 건 하얀 지룡의 등에 선 크루쉬다. 아마도 눈에 보이지 않는 참격의 가공할 사정거리를 활용해, 건너

편까지 낀 안개를 걷어내어 시야를 확보한 것이리라.

크루쉬는 땀이 밴 이마를 거칠게 닦고 지룡 위에서 가쁜 숨을 내뱉었다. 그 안개가 개인 중심부에 있는 그녀를 표식 삼아 뿔뿔이 흩어졌던 토벌대가 급히 모이기 시작했다.

집합하는 각 소대. 크루쉬는 그런 부하들을 둘러보고 물었다.

"——몇 명이 당했지?"

"저희 부대의 대원수는 12명—— 세 명, 모자랍니다."

"……누가 당했지?"

"모르겠습니다……!"

크루쉬의 초조감에 장년의 인물이 쥐어짜내듯이 응답하고 고개를 가로저었다.

그것은 본래 이해가 되지 않는 대화였다.

대원의 수를 파악하고 있는 소대장이, 탈락한 대원의 이름도 기억나지 않는다고 보고한다.

그런 어처구니없는 일이 있을 리가 없다. 하지만.

"이쪽은 14명, 1명이 탈락."

"저희 부대는 2명. 동일하게 불명."

"6명……. 죄송합니다! 위치가 깊어서 안개를 피하지 못했습니다……!"

같은 보고가 잇달아 올라오고, 어느 소대장에게서도 사라진 동료의 이름이 나오지 않는다.

그 이상 사태야말로 백경이 방사하는 『안개』의 진정한 위협성이다.

"소멸의, 안개……!!"

전율이 목을 치달아 스바루는 어금니를 떨며 그렇게 읊조렸다.

말 그대로 『안개』를 뒤집어써서 소멸한 존재는, 그 존재의 기억째로 세계에서 사라지는 것이다.

누가 사라져버렸는지, 사실 자체는 남아도 그 존재는 누구의 기억에도 남지 않는다.

크루쉬가 토벌대의 각 소대를 15명씩으로 맞춘 참뜻은 그 점에 있다.

『안개』 때문에 소대에 결원이 발생했을 경우, 누가 당했는지도 알 수 없어지고 만다. 그래도 결락된 사실만은 파악하고자 소대의 수를 맞춘 것이다.

──스바루는 이전 회차에서 맛본, 공연히 섬뜩하던 공포의 정체를 이해했다.

가도에서 동행한 행상인 오토가 백경에게 당한 동업자의 존재와 마수의 발을 잡고자 남은 렘의 존재를 완전히 망각했었을 때의 일이다.

그때는 오토가 지나친 공포 끝에 불편한 기억을 지워버렸다고 억측했지만, 그것이 백경의 『안개』의 영향하에 있었다고 가정하면 앞뒤가 맞는다.

안개에 지워진 동업자와 렘이, 그 세계의 기억에서 사라진 것이다.

저택에 돌아갔을 때, 쌍둥이 언니인 람마저 렘을 잊고 있었듯이.

지금 또한 같은 일이 일어났다. 그런데 또다시──.

"나만이, 기억하고 있어……."

멍하게, 스바루는 그 의심할 여지 없는 현실을 입에 담았다.

사라진 행상인을, 스바루를 도망쳐 보내기 위해 희생한 렘을, 스바루가 그 루프 도중에 잊지 않았던 것처럼 스바루만은 기억하고 있다.

크루쉬 슬하에 모인 소대장들—— 그 구성원 가운데 두 명이 다른 사람으로 바뀌었다.

소멸의 『안개』를 뒤집어써서 본래 소대장이 사라진 것이다. 대신에 차석이 소대장이었다는 사실로 인식이 변경되고, 그 갑작스러운 배치 전환을 아무도 깨닫지 못하고 있다.

그 괴이한 상황을 앞에 둔 스바루는 백경이 진정으로 『마녀』와 마찬가지로 이질적인 존재임을 이해했다.

모두가 잊는 사건을, 잊지 않고 여전히 기억하는 나츠키 스바루.

그것은 스바루만이 가진 『사망귀환』과 아마 무관계하진 않을 것이다.

"안개에 숨은 이상, 어디서 놈이 덮쳐들지는 모른다. 밀집하는 건 심각한 졸책이겠지. ——산개해서 퇴마석을 쓰겠다."

크루쉬는 토벌대의 구성원들을 둘러보고 짤막하게 대화를 매듭지었다.

스바루는 그 지시에 모두가 끄덕이는 모습을 곁눈으로 보다가 이 자리에 빌헬름과 리카드의 모습이 없다는 걸 깨닫고 눈을 부릅떴다.

설마, 그 두 사람마저도 소멸당한 것은 아닐런가.

"돌아왔나, 빌헬름."

하지만 그런 스바루의 초조는 안개 저편에서 되돌아온 인영이 부정했다.

짙은 안개를 베어 걷으며 나타난 것은 온몸에 백경의 피를 뒤집어쓴 처절한 모습의 검귀다. 빌헬름은 피로 더러워진 검을 닦으며 덤이라는 듯 양 뺨의 피도 거칠게 닦아내고 대답했다.

"너무 주제넘었습니다. ──피해는."

"합쳐서 21명……. 소대 하나가 소멸한 형국이다. 쓰러진 이들의 명예마저 이미 정확하게 지키지는 못해."

안개로 말미암은 소멸은 글자 그대로 존재의 말소다.

누구의 기억에도 남지 않는 사람들의 족적은, 모든 것이 공백이 되어 세계에 남는다.

그렇다면, 그때까지 분명하게 있었을 터인 유대와 마음, 사랑은 어디로 사라진 것일까.

바라보고 있으려니 빌헬름의 배후로 라이거 무리가 모습을 드러낸다. 그중에는 대형 라이거에 탄 리카드와 두 부단장의 모습도 있다. 아무래도 빌헬름과 마찬가지로 백경에게 들러붙듯이 싸우던 일파 쪽이 도리어 피해가 적은 모양이었다.

"성가신 안개가 나와부렸어. 퇴마석은 희소품이데이, 수는 좀 불안하다. ……쓸데, 잘못 짚으믄 끝장이다카이."

"한 번만 더 같은 수준의 집중 공격이 먹히면 땅에 떨어질 거다. 모습을 잃은 이상, 기습을 피하기 위해서도 이 순간은 처음으로 사용할 때겠지. 이견은?"

크루쉬의 결단에 전원이 찬동하고, 그녀의 시선이 페리스가 이끄는 지원대로 돌아갔다.

　"페리스, 퇴마석을 마석포로 쏴라. 2회분밖에 없다. 취급은 신중하게 하도록."

　"이미 준비는 완료했습니다ㅡ. 언제든지 명령만 하신다면."

　페리스가 가슴을 두드리자 크루쉬가 턱을 주억이고, 그녀는 전투를 재개하기 전에 다시 전원을 보았다.

　"지금부터가 고비다! 백경에게 우리의 공격이 통하는 건 경들의 손아귀에 남은 감각이 증명하고 있다! 확실히 놈은 강대하다. 본성을 알 수 없어. 우리의 죽음은 최악의 경우 누구의 기억에도 남지 않을지 모른다. 하나!"

　크루쉬가 빈손으로 참격을 쏠 수 있는 그녀에게는 괜한 짐덩어리일 허리의 검ㅡ 칼스텐 가문의 보검을 뽑아서 하늘에 쳐들고 소리를 높인다.

　"묘비에 이름을 남기지 못한 죽은 이들을 위해서도, 앞으로 있을 세상에서 안개의 위협에 노출될 약자들을 위해서도, 우리는 희생을 내더라도 놈을 무찌른다! ㅡㅡ날 따르라!!"

　"ㅡㅡ오오!!"

　저마다 하늘에 무기를 쳐들고 일제히 쾌재를 부른다.

　어마어마하게 고조된 사기에 안개가 떨리고, 가라앉으려던 전의에 착화해 불을 지폈다.

　"퇴마석, 발사아!!"

　크루쉬의 호령에 페리스의 지휘하에 있는 부대원들이 일제히 마석포를 위쪽으로. ——그 직후, 폭음과 함께 안개 상공에 마석이 발사되고.

"안개가, 갠다——!"

천상에서 부스러진 마석의 빛이 시야를 덮고 있던 하얀 안개를 단숨에 지웠다.

물론 평원 사방에 채워져 있던 안개 전부가 걷힌 건 아니다. 어디까지나 안개의 농도를 옅게 해 시야 확보조차 어렵던 상태를 해소한 것에 불과한 상태다.

하지만 그것만으로도 효과는 충분히 있었다고 할 수 있다.

——백경의 『안개』는 놈이 가진 막대한 마나가 변이한 것이라고 한다.

즉, 백경이 지향성을 주어서 가시화한 마나의 산포가 『안개』에 해당하는 것이다.

그것을 퇴마석—— 본래 효과는 주위에 있는 마나를 강제적으로 무색 마나로 환원, 무효화하는 부류의 마석이지만, 그 힘으로 『안개』의 마나를 무해하게 바꾸어 날려버린 것이다.

퇴마석의 효력이 너무 강하면, 아군의 마법 공격 위력도 감소할지 모르는 위험한 도박이었지만, 잔류하는 안개를 보는 한 그 걱정은 할 필요가 없는 듯했다.

"안개 전부를 지우기에는 부족……한가."

"대신에 이쪽 마법에도 영향은 없어요. 렘도 만전이에요."

살짝 끄덕인 렘이 이마 위에 있는 뿔을 빛내며 그렇게 대답했다.

주위에 마나가 휘몰아치는 기척은 렘이 다시 마력을 가다듬기 시작했다는 사실의 증거다.

"──으라차! 겁이나 먹고 있을 수 없지. 여태 아무 도움도 안 됐다고. 슬슬 우리가 나설 차례 아니겠어!"

"네! 갈게요!"

렘이 지룡의 고삐를 흔들고, 울음소리에 맞추어 스바루의 엉덩이가 들썩였다.

달리기 시작하는 지룡 위에서 렘의 허리를 붙잡고, 안개가 옅어진 머리 위로 백경의 모습을 찾아다닌다.

크루쉬를 선두로 달리기 시작한 토벌대도 각자 산개하면서 거구를 찾는다. 언제 다시 전투의 막이 열릴지 알 수 없는 긴장감에, 스바루는 급속하게 목의 갈증을 느끼고 있었다.

백경의 출현은 여전히 찾아볼 수 없다.

그것은 전투가 시작되기 전, 밤하늘에 백경이 나타나기를 기다리고 있었을 때의 감각과 비슷해서······

"──안개."

불현듯 스바루의 뇌리에 꺼림칙한 예감이 스쳤다.

딱히 이렇다 할 근거가 있던 건 아니다.

퇴마석의 효과와, 그 안에서의 마법 운용. 작전 전의 대화들에 더해, 이전 회차에서 백경과 맞닥뜨린 경험 등이 떠올라 그 불안은 불현듯 솟아올랐다.

대기 중에 잔류해 있는 건 확산형 『안개』다.

백경의 영역을 확대해 시야를 교란하는 『안개의 마수』의 십팔번. 사전에 알려진 정보는 그뿐이지만, 이 두려움의 이유를 그뿐이라고 단정해도 되는 것인가.

하지만 그 의문이 머릿속에서 구체화되기보다……

"──!!"

안개가 옅어진 리파우스 가도에 삐걱거리는 교성이 울려 퍼지는 쪽이 빨랐다.

"뭐야뭐야뭐야뭐야?!"

앙칼진 울음소리는 여자의 비명과 닮아서 치미는 혐오감에 귀를 막고 싶어진다. 포효와도 홍소와도 다른 차원의 끔찍함은, 안개를 타고서 온 평원을 핥았다.

"지금 건……!"

의문을 말로 뱉으려다가 스바루는 깨달았다.

온몸에 들러붙은 『안개』가, 녹아들듯 체내로 침입하려는 사실을.

그리고──.

"아아아아아아아아──?!"

최초로 이변이 발생한 것은 옆에서 나란히 달리던 기룡의 소대다.

정신이 멀쩡한 인간이 지르는 소리라고는 여겨지지 않아, 스바루는 그 괴성에 어깨를 펄쩍 떨었다. 이변을 알아채서 돌아보니 바로 옆에서 달리던 기병들이 잇달아 지룡에서 떨어지고 있었다.

"이봐! 왜 그래?!"

외치는 스바루의 의사에 따라 지룡이 U턴해서 그들 쪽으로 갔다. 스바루는 기수를 잃어 우왕좌왕하는 지룡 사이를 빠져나가 추락한 남자들에게 말을 걸었다.

"괜찮은 거야?! 낙마하면 그냥 부상으로 안 끝난다고……."

그 부상을 걱정한 스바루는 무심코 도중에 말을 중단하고 말았다. 지룡에서 추락해 땅바닥에서 몸부림치던 기병들——그 상태가, 상처가 걱정된다는 차원이 아니었기 때문이다.

"우우우우우아아——."

괴성은 인간이 터트리는 것이 아니라 짐승이 울부짖는 소리에 가까웠다.

거품을 물며 허옇게 눈을 까뒤집고 경련하는 남자가 있다. 신음성을 지르며 필사적으로 자신의 팔을 쥐어뜯는 남자가 있다. 어금니가 깨질 때까지 이를 악물고 땅바닥에 머리를 찧는 남자가 있다.

증상은 일관되지 않지만, 그래도 알 수 있는 게 있었다.

광기. 그것이 『안개』를 매개로 전염되고 있다고.

"이건……."

"아까 목소리로, 『안개』가 정신에 직접……. 마나 멀미와 비슷하지만, 지독해요……."

"마나 멀미……? 역시 단순한 『안개』가 아니었단 뜻인가?!"

렘의 눈치와 몸에 들러붙는 안개의 감촉으로 스바루는 『안개』 본래의 효과를 깨달았다.

확산형 안개는 범위 내에 있는 존재에게 회피 불능의 상태 이상을 초래하는 함정이었던 것이다. 그 절대적인 효과에 받은 피해는 보는 바와 같다.

『안개』에 영향을 받은 게 스바루 일행과 주위의 소대뿐이라고 생각할 수는 없다. 실제로 멀찍이 살필 수 있는 범위만으로도 복수의 소대가 발을 멈추고 아군의 이상에 대처하는 모습이 보였다.

"안개에 내성이 있는 녀석이랑, 없는 녀석이 있는 건가……? 난 아무것도 안 느껴지는데!"

"램은 약간, 머리가……. 지금, 진정할게요."

심호흡을 거듭한 램이 이마의 뿔을 만지면서 자기 자신을 진정시켰다.

그동안 스바루는 지룡에서 내려와 자해하는 그들을 말리려고 달려갔다.

"이봐, 그 이상은 그만둬! 상처가…… 으어!"

"돼돼돼돼돼써! 오지 마아아아아!"

혼란에 빠진 남자가 손을 뿌리치고 팔을 사정없이 할퀸다. 날카로운 통증에 스바루가 펄쩍 물러나자, 남자는 다시 자해 행위로 돌아가 피범벅이 되도록 얼굴을 쥐어뜯기 시작했다.

"아픈데, 이거 위험한 거 아닌가? 자칫하면 죽을 때까지 멈추지 않는다고!"

"스바루 군! 상처는?!"

"살짝 울 만큼 아프지만 별것 아냐! 그보다 이걸 어떻게든 하지 않으면 다들 자멸해버려! 어떻게 안 되겠어?"

달려오는 램에게 되물었으나 그녀는 광란하는 기병들을 보고 마땅치 않은 표정으로 고개를 가로저었다.

"안타깝지만 렘의 치유 마법으로 어디까지 효과가 있을지. 육체만이 아니라 게이트를 통해서 직접 오드에 간섭하고 있어요. 이렇게 강력한 마나 오염, 펠릭스 님밖에……."

"애당초 이 정신오염은 몇 명이나 저항해낸 거야? 이쪽은 나랑 렘 말고는 거의 전멸이라고?!"

스바루 일행과 나란히 달리던 한 부대는 거의 괴멸——무사한 몇 명만이 스바루와 비슷하게 자해하는 동료를 말리려고 기를 쓰는 중이다.

"중요한 페리스가 오염 먹었으면 완전히 외통수라고, 어쩌지……."

스바루에게 보이는 범위만으로도 이 지경이다. 다른 곳도 같은 상태라면 절망적일 수밖에 없다.

크루쉬와 빌헬름 같은 주력에 더해, 페리스 같은 지원의 요체가 격추되면 그로서 끝이다. 전투 지속조차도 어려워진다.

"움직일 수 있는 자는 부상자를 거목 옆으로! 다소의 실력 행사는 허락한다!"

하지만 안개 저편에서 또다시 크루쉬의 목소리가 들려왔다. 응답하는 목소리도 연거푸 이어졌다. 아무래도 크루쉬는 안개의 영향을 모면한 모양이었다. 같은 위협에 대처하는 상황이 전해져왔다.

——전체 공격을 지시한 직후의 즉각적인 방침 전환이다.

크루쉬의 목소리에는 속이 타는 기색이 있고, 스바루도 백경의 악랄한 수법에 분노를 느끼고 있다.

"죽이기보다 부상자를 만드는 편이 전력상 힘들다고 한다지만, 그걸 괴물이 하냐……!"

"펠릭스 님도 무사하신 모양이에요. 저분이 치료를 맡으면 최소한 오염의 효과만은 걷어낼 수 있을 테지만……."

말을 머뭇거린 렘이 하고 싶은 말을 스바루도 알 수 있었다.

이만큼 피해가 나면 페리스의 손은 완전히 막혀버린다. 부상자를 회수하기 위해 인원을 쪼개야 하고, 그만큼 전력은 부족해진다. 그리고 무엇보다──.

"시간이 모자라. 페리스가 전원을 고칠 때까지 계속 무방비하게 있을 수는 없다고."

"최악의 경우, 백경은 밀집한 토벌대를 통째로 안개로 삼킬지도 몰라요. 거기까지 지능이 있다고는 생각하고 싶지 않지만…… 이 상황을 만들어낸 이상, 낙관은."

"본능으로 해내고 있을 가능성도 있지만…… 어느 쪽이든 야성은 우습게 볼 수 없지."

그 위험성은 각오하고서 크루쉬는 부상 입은 토벌대를 페리스에게 맡길 심산이다.

당연히 백경이 부상자에게 접근하지 못하게끔 시간을 벌 필요가 있다.

한꺼번에 적을 치는 쪽보다 매력적인 미끼를 늘어뜨릴 필요가.

"──후우."

숨을 깊게 내쉬어 허파 속을 텅 비운다.

한계까지 산소를 몸에서 쥐어짜내자 자연스레 답답하게 느껴지던 가슴속—— 심장 고동이 천천히, 명확한 리듬을 따르는 것을 스스로도 알 수 있었다.

스바루는 자신이 뜻밖일 만큼 침착해서 저도 모르게 쓴웃음을 지었다.

이 심장은 언제나 상황에 휩쓸리는 채로 눈앞의 사태에 농락당해서는, 스바루의 심정을 반영하듯 폭주를 반복했던 바다.

그런데 어째서 지금 이 중대 국면의 결단을 앞두고 이토록 침착한 것인가.

"……남에게 빌린 것이어도, 용기는 용기란 뜻인가."

스바루는 가슴을 치고 숨을 크게 들이켰다. 한 번 멈추고 눈을 감았다가, 숨을 내뱉고서 눈을 뜬다. 앞을 본다. 정면에는 지룡에 탄 렘이 스바루를 내려다보고 있다.

스바루가 무슨 말을 할지, 무엇을 바라는지, 그것을 기다려주고 있다.

"렘, 가장 위험한 상황에 함께해 줘."

"네. ——어디까지라도."

스바루의 부탁을 렘은 주저 없이, 미소까지 띠며 받아들였다.

그 말을 들은 스바루는 지룡으로 달려갔다. 렘의 손을 빌려서 날아오르듯 지룡에 올라타고, 지상에서 날뛰는 동료들을 뜯어말리는 기사들에게 외쳤다.

"나랑 렘이 백경을 끌어들이겠어! 당신들은 그 틈에 페리스의 치료를 받아줘. 괜찮겠다 싶은 사람들은 페리스에게 맡긴 다음, 크루쉬 씨한테 합류해!"

"끌어들이겠다고?! 도대체, 어떻게 해서……."

"이렇게 하는 거지."

의혹 어린 소리를 지르는 노병에게 웃음을 던진 스바루는 숨을 빨아들이고 목청껏 소리쳤다.

"――들리는 놈들은 귀를 막아!! 그럴 판국이 아닌 놈들은 그대로 있고!!"

스바루의 온 힘을 다한 목소리가 안개 낀 평원에 울려 퍼졌다.

그 스바루의 큰 목소리를 렘은 기분 좋게 듣다가 두 귀에 손을 얹었다. 근처에 있던 기사들도 허겁지겁 귀를 막았다. 아마도 목소리가 닿는 범위에 있는 토벌대는 그렇게 했을 것이다.

작전 전의 브리핑에서 스바루가 신신당부한 대로.

그리고 스바루는 스스로 금기에 접촉한다――.

"나는 『사망귀환』해서――."

그 말을 입에 담은 순간, 솟구치는 공포가 스바루의 간담을 옥죄었다.

의도가 빗나가 그 검은 마수(魔手)가 동료에게, 렘에게 손을 뻗기라도 한다면.

하지만 그 공포를 찍어 누르고 마녀에게 들리도록 소리를 높였다.

――내 심장이라면 줄 테니까, 손 좀 거들어!!

눈을 부릅뜨고 약함을 꾹 참으며 마음속으로 외치는 스바루.

──그 직후, 그것은 찾아왔다.

『사랑해.』

귓전에 속삭이는 듯한, 가냘픈 목소리다.

그러나 거기에 담긴 열정, 가슴 떨리게 하는 것은 무엇이었을까.

스바루는 저절로 눈꼬리에 눈물이 맺히고 호흡이 막히는 감각에 박살 났다. 멀어져 가는 목소리를 쫓아가 지금 당장 껴안고 싶은 충동에 쫓겼다.

애틋함이 온몸을 지배하는 열기 속에서, 의식은 새하얗게 불타올라──.

"……돌아왔다."

한순간의 해후 만에 스바루의 의식은 현실에서 각성했다.

직전까지 스바루를 지배하던 열기가 멀어지고, 그때까지 어떤 감개를 느꼈는지도 떠올릴 수 없었다. 그저 각오하던 격통이 찾아오지 않았던 듯한, 그런 기이한 위화감만이 남아있었다. 그렇더라도.

"렘, 어때. 내게서 마녀의 냄새는……."

"네. 냄새 나요!"

"노린 바와 같지만 표현이 안 좋지 않아?!"

석연치 않으면서도 렘의 보증을 받아 목적은 달성했다.

마녀의 독기를 몸에 두른 스바루는 주위의 기사들을 돌아보며 소리를 질렀다.

"우리는 바로 이곳을 떠날 거야! 되도록 거목에 접근하지 않게끔 할 테니, 크루쉬 씨 부대랑 잘 합류해줘!"

"아, 알았다! 무운을 빈다!"

"피차 말이지!"

기사들의 전송과 함께 스바루가 렘의 어깨를 두드리는 걸 신호로 지룡이 달리기 시작했다.

현재, 스바루의 몸에는 신선한 마녀의 잔향── 글자 그대로 보면 모순으로 가득한 냄새가 감돌고 있을 터다. 문제는 이게 백경에게 얼마나 효과가 있느냐는 것인데.

"울가름 때는 숲 전체를 커버할 수 있을 만큼 효과가 있었지만 이번엔 어떠냐⋯⋯. 솔직히 미지수다만."

전 회차 세계에서 백경과 조우했을 때, 백경은 오토의 용차로 이동한 스바루를 집요하게 추적했다. 마녀와 관련한 발언을 하지 않았을 때에도 그 지경이었다. 그때보다 강한 냄새를 풍기는 스바루는, 백경에게 딱 좋은 미끼일 터인데──.

그렇게 생각한 직후였다.

"──?!"

직진하던 지룡이 무언가를 알아채고 바로 자기 판단으로 급선회── 원심력에 스바루가 "으게엑!" 비명을 지르고 허둥지둥 눈앞의 렘을 매달리듯이 껴안았다.

"무슨 일이⋯⋯."

"백경이에요!!"

밀착한 렘이 외친 순간, 바로 옆에서 별안간 안개를 뚫고 거대한 아가리가 모습을 드러냈다.

백경의 거대한 입이 간발의 차이로 진로상에서 벗어나 있던 스바루 일행을 피해서, 아주 살짝 왼쪽을 미끄러지듯이 대지를 씹어 으깨며 도중에 있던 초원을 통째로 집어삼켰다.

암벽 같은 외피를 스치듯이 달리며 마수의 턱이 지면을 짓씹는 소리를 지척에서 들었다. 백경은 입 안에 혈육의 맛이 없음을 깨닫자 그 거체로 공중을 박차 반전했다.

그리고 포효가 스바루 일행을 쫓아왔다.

"으어어어어——?!"

등 뒤로 육박하는 압도적인 질량이 부르는 중압.

찌부러질 듯한 압박감에 쫓기면서, 비명을 지르는 스바루를 태운 지룡이 열심히 대지를 박찼다. 그러나 바싹 따라붙는 백경의 유영 속도는 예사롭지 않았다.

산과 같은 거체로 허공을 헤엄쳐 바람을 추월할 기세로 거리를 단숨에 좁혔다.

세계를 집어삼키는 턱이 성큼성큼 닥쳐든다.

그 콧잔등이 등 바로 뒤에, 비릿한 숨결을 뒤집어쓸 거리까지 오고.

"렘!"

"울 휴마!!"

렘의 영창에 호응해 세 자루 얼음의 창이 대지에서 일제히 튀어나왔다.

얼음의 창은 한 치도 빗나감 없이 스바루 일행을 쫓던 백경을 바로 밑에서 꿰뚫어 그 아랫배를 꿰어서 움직임을 막으려 했다. 하지만.

"멈추질 않아――!"

창백 자루를 한데 묶은 굵기의 빙창이 밑동부터 부러지고, 날카로운 소리와 함께 얼음이 깨졌다. 파괴된 빙창은 순식간에 마나로 환원된다. 상처를 틀어막는 존재를 잃은 백경의 상처에서 피가 분출되지만 그 움직임에 영향은 없다.

저토록 부상을 입고 피를 흘리는데, 여전히 생기를 잃지 않은 내구력의 한계는 어디에 있다는 말인가. 백경을 떨어뜨린다는 난행의 허들 높이에 새삼 전율했다.

그러나.

"울가름 때와 다르게, 이쪽은 맨투맨이 아니라고!"

"――――!!"

거리가 떨어진 백경을 스바루가 중지를 세워 도발. 그 몸짓에 격분한 백경의 포효가 평원에 쩌렁쩌렁 울렸다. 하지만.

"히아아아압――!"

그 몸통을 옆쪽에서 뛰어든 빌헬름의 참격이 세로로 갈랐다.

빌헬름이 칼날을 박고 백경의 옆구리를 뛰어 올라갔다. 피안개 속을 헤쳐나가는 빌헬름과 함께 두 마리 라이거에 탄 새끼 고양이 남매가 얼굴을 마주 보고 말을 주고받는다.

"누나, 맞춰줘!" "간다――! 헤타로!!"

교차하는 라이거에서 뛰어내려 서로 손을 맞잡은 미미와 헤타로. 두 사람은 빌헬름이 새긴 상처 앞에 서서 그 입을 크게 벌렸다.

"와──!" "하──!!"

두 사람의 목소리가 겹치고 파상적으로 퍼지는 음파가 가공할 파괴력의 힘을 불러냈다.

상처를 통해 충격파가 전달되어 백경의 온몸에 난 상처가 다시 출혈을 일으켰다. 거체가 흔들리며 자기 의사와 무관하게 백경의 고도가 단숨에 떨어진다. 괴롭게 몸부림치고 고통을 참는 비명을 지르며 가까스로 추락을 모면한 백경의 등에서 라이거에 탄 쌍둥이가 뛰어 도망쳤다.

"비장의 수 종료!" "단장, 부탁드려요!"

"오오냐, 맡기그라! 얼라들이 애 좀 썼으께, 내도 해 봐야긋지!"

착지한 쌍둥이와 교대해 대형 라이거가 꼬리 쪽에서 백경의 몸을 기어올랐다.

리카드는 큰 손도끼를 쳐들고 안개를 낳는 무수한 입을 두드리며 돌아다녔다. 빌헬름도 비슷하게 거추장스러운 입에 참격을 후려쳐 잇달아 침묵시켰다.

하지만 백경도 공격 수단이 파괴되도록 잠자코 가만있지만은 않았다. 없애도 없애도 끝이 나질 않는 무수한 입에서, 숫제 탄막처럼 소멸형 안개가 방출되었다.

리카드가 라이거에 일임한 기동으로, 빌헬름이 인간의 경지를 돌파한 몸놀림으로 그 안개를 피한다, 피한다, 계속 피한다.

토벌대와 『철 어금니』가 재집결해서 형세가 불리한 빌헬름과 리카드를 원호하고자 마석포 사격을 재개했다. 백경은 자신의 공격이 맞지 않고 날벌레에게 대미지가 축적되는 현 상황에 애가 단 듯이 거체를 뒤틀어 안개를 뿌리기 위해 큰 입을 벌렸다.

"렘——!!"

스바루가 부르는 소리보다 더 빨리 렘이 지룡을 백경의 코앞으로 뛰어들게끔 몰았다. 마녀의 냄새를 풍기는 스바루의 접근에 집중력이 흐트러진 백경이 반사적으로 그쪽을 쳐다보고 달려들려는 순간, 그 의도가 참격에 방해받았다.

"————!!"

"한눈을 팔다니 야박한 짓을 해 주는군. 난 14년 전부터 내내 네놈에게 일편단심이었거늘."

찌르기가 백경의 이마에 꽂힌다. 칼날이 두개골에 파고들어 빌헬름의 움직임이 멈추었다.

그러나 노검사는 즉시 세 번째 검을 포기하더니 놓은 검의 칼자루를 힘껏 걷어차고 뛰어올라, 뽑아낸 다섯 번째 검을 거머쥔다. 곧, 쌍검이 마수의 등에서 미친 듯이 춤추었다.

그 백경의 등 위에서 리카드가 빌헬름과 합류해 큰 입을 벌리고 웃었다.

"즐거워지기 시작했구마! 생각보다 튼튼한디, 강함 자체는 별 볼 일 읎어!"

"아니……. 다소, 손맛이 너무 없어."

리카드는 쾌재를 올리지만 빌헬름이 미간을 좁히며 중얼거렸다. 입술을 깨문 빌헬름은 백경의 꼬리지느러미를 토막 내면서 말을 이었다.

"이 정도 마수에게 안사람이…… 검성이 졌다고 생각하긴 어려워. 기선을 제압한 점이나, 맨 처음 시점에서 안개로 분단되지 않았다는 점을 고려하더라도……."

칼날을 휘두르는 빌헬름의 고찰을, 몸을 돌린 백경이 중단시켰다.

"뜨, 와아아아?!"

그때까지와 다른 마수의 거동. 백경은 고개를 위로 꺾더니 단숨에 급상승하고 그 기세에 리카드가 라이거째로 나가떨어졌다.

그리고 백경 위에 남겨진 빌헬름은…….

"내리기 전에, 하나 더 받아가겠다——!"

빌헬름은 몸을 뒤틀며 하늘로 헤엄치는 마수를 경쾌한 움직임으로 달려 내려갔다.

위로 올라가는 백경의 몸을, 아래로 뛰어드는 빌헬름이 역주하고 있는 것이다. 체중 이동과 찔러넣은 칼날을 이용한 강제적인 자세 제어. 장년의 전투 경험이 노검사의 몸을 활용해 거구의 종단에서 등지느러미 중 하나를 밑동부터 잘라냈다.

"————!!"

백경의 절규를 들으면서 빌헬름이 날아가는 등지느러미를 발판 삼아 대지로 추락했다.

초고고도에서의 추락은 평범하게 생각하면 추락사가 확정일 장면이지만, 빌헬름은 지면에 격돌하기 직전에 발바닥의 등지느러미를 박차서 기세를 죽이고 그 순간에 지룡이 받아냈다.

"빌헬름 씨!"

"_____."

스바루는 무사를 확인하려고 했지만, 빌헬름은 그에 상관하지 않고 지금도 급상승 중인 백경을 눈으로 좇고 있었다.

덩달아서 위를 쳐다본 스바루는 상공을 헤엄치는 백경의 꼬리를 시야에 포착했다.

잘린 등지느러미 부분에서 뚝뚝 떨어지는 피가 폭력적인 기세로 비처럼 쏟아지고 있다. 평원의 풀밭이 붉은색으로 물들고, 피의 비를 뒤집어쓴 빌헬름의 전의는 꼿꼿하다.

설마 스바루도 이대로 백경이 도망칠 거라고 생각하진 않지만, 마수가 상공으로 향한 목적은 현재 불투명하다. 『철 어금니』와 토벌대도 불안하게 하늘을 쳐다보고 있으며, 스바루에게는 거목의 뿌리 둥치에 모인 부상자 집단의 상황이 위태롭게 느껴졌다.

"온다."

하늘을 쳐다보던 빌헬름이 작게 중얼거렸다.

눈을 가늘게 뜨고 두 손의 검을 고쳐 잡는 노검사의 모습에 전원의 경계심이 번쩍 들었다.

그리고 마른침을 삼키며 변화를 기다리다가── 후회했다.

머리 위에 뜬 백경의 행동 따위는 기다리지 말고, 즉각 산개했어야 했다고.

"──안개가 떨어지고 있다아!!"

스바루가 있는 힘껏 부르짖고, 렘이 지룡을 단숨에 반전시켜

전선에서 이탈했다.

주위의 지룡과 라이거도 일제히 뛰기 시작하지만, 이미 다른 사람의 무사를 확인하기 위해 얼굴을 들고 있을 여유조차 없었다.

──하늘을 온통 가릴 듯한 기세로 부풀어 오른 소멸형 안개가 대지에 떨어지고 있다.

구름 그 자체가 떨어지는 듯한 『안개』다. 회피하려면 범위에서 벗어나는 것 말고는 방도가 없다. 바위와 나무 들을 방패로 삼으려 해도 장해물까지 통째로 집어삼키는 파괴 앞에 저항은 무의미하다.

일단 뛰고, 늦지 말라고 기도하면서 달릴 수밖에 없다.

머리 위를 쳐다보는 것조차 두려워 소리 없는 종언이 정수리 위로 육박하는 압박감만이 있다.

정신없이 지룡의 등에 매달려 자세를 낮추고 한계까지 내달려서──.

"빠져나왔나?!"

뭉게구름 아래를 빠져나온 듯 환한 빛이 비쳐들어 등 뒤로 고개를 돌린 스바루는 보았다.

안개에 찌부러진 대지 위에, 때를 놓쳐 삼켜진 여러 그림자가 있다.

결사적으로, 그 표정에 공포와 분노를 아로새긴 인간이, 머리부터 안개에 삼켜져 사라지고 있다.

지룡째로 소멸하고, 땅에 떨어져 무산한 파괴 뒤에는 아무것도 남지 않았다. 누구의 기억에도 이름조차 남지 않았다. 그저 스바루만이 그 죽음을 기억할 뿐이지.

"으…… 아."

작게 신음하는 스바루의 정면. 안개 때문에 뿔뿔이 흩어진 사람들이 아득하다.

그 수도 명백하게 재공세 때보다 상당히 줄어버렸다. 토벌대의 기사들은 물론, 『철 어금니』도 무사하지는 못하다.

하다못해 주력만은 남아달라고 스바루는 시선을 돌리다가……

"빌……."

가까스로 지룡의 등에 한 손을 짚고 안개의 범위에서 달아났던 빌헬름을 발견. 그 등에 말을 걸려다가, 알아차렸다.

——짙은 안개 저편에서, 거대한 입을 벌린 마수가 빌헬름에게 짓쳐드는 모습을.

"——도망쳐!"

"옷——?!"

스바루가 소리치는 것과 빌헬름이 등 뒤로 짓쳐드는 위협을 깨달은 건 거의 동시.

하지만 그것은 이미 뒤늦은 타이밍에 보인 반응에 지나지 않았다.

소리도 없이 접근한 백경의 턱이 대지째로 빌헬름과 그 지룡을 집어삼켰다.

땅을 파헤치고 빌헬름을 중심으로 지면이 통째로 도려내져 모조리 백경의 입 속에 있었다.

"아……."

그 충격적인 광경 앞에서 스바루만이 아니라 렘마저도 말을 잇지 못했다.

저 노인의 집념을 알고 있었기 때문에 그 상실감은 심상치 않다. 무엇보다 주전력을 잃은 사태로 상황은 악화 일변도를 걷고…….

"안 된다!!"

그때, 이번에는 바로 옆에서 다른 인물의 목소리가 터졌다.

그 목소리에 반응하기보다 먼저 스바루 일행의 지룡이 옆쪽에서 부딪쳐온 라이거에게 날려갔다.

"으어어?!"

비틀대는 지룡에서 추락해 이곳저곳 찧은 스바루는 통증에 얼굴을 찌푸렸다. 갑작스러운 폭거를 저지른 장본인은 목소리로 미루어 리카드지만, 그 참뜻을 캐묻기 전에.

"──꺼."

팍. 스바루는 눈앞에서 붉은 꽃이 지는 것을 보았다.

"어?"

갈가리 찢겨 날아가 살점을 흩뿌린 라이거의 끔찍한 주검이 평원에 나뒹굴었다. 그리고 그 위에 타고 있었을 덩치 큰 수인은, 대량의 선혈을 남기고 자취를 감추었다.

백경은 그 리카드의 피를 뒤집어쓴 꼬리를 흔들고 거체를 출렁이며 저공을 헤엄치고 있다.

보호받았다든가.

리카드는 어떻게 된 거냐든가.

갖가지 의문이 떠올랐지만, 그보다도 무시하지 못할 사실이 스바루에게 호소했다.

눈앞에서 리카드를 꼬리로 후려갈긴 백경.

그리고.

"헛것, 이지······."

뒤돌아보면 빌헬름을 대지째로 집어삼킨 백경이 내용물을 씹고 있는 모습이 보인다.

정면과 배후—— 올려다본 상공에는 아직도 안개를 뿌리는 물고기 그림자가 있고.

——세 마리의 백경이 무수한 입으로 홍소하며 인간들의 절망을 불러일으켰다.

슬금슬금, 슬금슬금 하고, 악몽이 다시 희망을 덧칠하는 것을 스바루는 느끼고 있었다.

제4장 『절망에 항거하는 도박』

1

높이 높이, 멀리 멀리, 중첩되듯이 교성이 울려 퍼진다.

안개가 만연한 세계에서 거체를 출렁이며 유영하는 물고기 그림자가 합쳐서 셋.

온몸의 삐뚤어진 무수한 입을 통해 유리를 쥐어뜯는 듯한 소리를 내고 있는 괴이한 몰골의 존재. 수많은 여행자를 잡아먹고 헤아릴 수 없을 정도의 생명을 무(無)로 되돌린 악의의 괴물.

단 한 마리조차 사람들에게 절망을 주기에 충분한 힘을 가진 괴물. 그것이 지금은 세 마리까지 수를 불려 저항하려는 인간들을 비웃고 있었다.

머리 위에 뜬 백경을 쳐다보고 누군가가 무릎을 꿇는 소리가 살며시 와 닿았다. 그 소리는 차츰 연속되고, 높은 소리와 함께 무기를 떨어뜨리는 소리가 연쇄했다.

돌아보니 토벌대에 참가한 기사 중 한 명이 어깨를 떨어뜨리고 고개를 숙인 채 얼굴을 가리면서 무릎 꿇고 있다. 어깨를 떨며 목에 오열이 치미는 모습을 아무도 말리지 못한다.

그 기사의 주위에 있던 동료들 또한 아무도 해줄 말이 없었다.

인원을 모아 만전의 장비를 들고 와서, 기선을 제압해 화력을 후려갈기고, 이래도 모자라느냐고 공세를 퍼부은 다음에——이 부조리한 상황이다.

정신 오염으로 병력은 심각하게 반감되었고, 남은 주전력 또한 새로 출현한 백경의 기습으로 분쇄되고 말았다.

남은 힘을 결집해도 그건 처음에 이쪽이 구비한 전력의 절반에도 못 미친다. 그런 데다가 상대해야만 하는 마수의 수는 세 배——승산 따위 있을 턱이 없다.

누구나 한순간에 깨달았다. 자신들의 생명이, 목적이, 여기서 다하는 거라고 깨우쳤다.

마수의 무시무시함과 끔찍함. 그리고 그 마수가 앗아간 소중한 유대의 무게.

그 유대에 보답하지도 못하는 자신들의 무력함에 어쩔 도리도 없어서.

쌓은 것이 허물어지고 지탱해오던 마음이 꺾일 때, 그 자리에 무릎을 굽히는 것을 누가 탓할 수 있겠는가.

부조리하고 방법이 없는 현실 앞에서 누가 체념을 부정할 수 있겠는가.

"——삼키게 두지 마!"

별안간 노호성이 침묵이 내려앉은 평원에 크게 울렸다.

목소리에 저도 모르게 고개를 들자, 땅을 박차고 백경 중 한 마리에게 뛰어드는 그림자── 급사복 옷자락을 나부끼며 그 손에 흉악한 가시 박힌 철구를 쥔 소녀의 모습이 보였다.

강풍을 두르고 우짖는 철구가 움직임을 멈추고 있던 백경의 콧잔등을 직격. 딱딱한 외피를 쉽사리 으스러뜨리고 노출된 뼈와 살점을 파내고 뚫어, 파괴의 상처 자국을 더욱더 넓혔다.

절규가 터진다. 고개를 들어 올리고 하늘로 올라가려는 백경.

그 꼬리를 지면에서 뻗은 얼음 칼날이 찌르고, 몸을 뒤트는 몸통에 선회한 철구가 가차 없이 직격. 조그만 소녀의 한 방에 백경의 거체가 휘청거리고 피가 뿌려졌다.

"배 속에 삼켜지기 전이라면, 아직 구해낼 수 있을 거야──!"

아픈 어깨를 잡고 이마에서 피를 흘리며 외치는 소년이 있었다.

그는 앞에 나서서 철구를 휘두르는 소녀에게 지시를 내리며 싸움에 참전하지 못하는 자신의 무력함을 답답하게 여기는 심정으로 얼굴을 찡그리고 있다. 그런데도 그는 발을 내디뎠다.

소년의 곁에 지룡이 섰다. 그 등에 천천히 올라탄다. 명백하게 기승에 익숙하지 못한 꼴사나운 자세. 그러나 힘차게 고삐를 움켜쥐고, 입을 열었다.

"아직 아니야! ──아직, 아무것도 안 끝났어!!"

소년은 체념에 지배된 기사들 앞에서 자신의 마음을 북돋듯이 고개를 들어 이를 드러내고, 눈을 부릅떠서, 백경을 노려보고, 부르짖었다.

"──이 정도 절망으로, 내가 멈출 거라 생각하지 마라!!"

2

 스바루는 다가오는 절망의 발소리를 확실하게 실감하고 있었다.

 머리 위에 한 마리, 배후에 한 마리, 눈앞에 한 마리—— 합계 세 마리. 농담이 아니다.

 한 마리만으로도 이쪽 전력을 얼마나 퍼부어야 했는가. 간신히 저 지경까지 상처를 입혔는데, 사정이 안 좋아지니 동료를 두 마리 불러서 본편 개시. 웃기지 마.

 운명은 도대체 얼마나 부조리하게 우리를 농락해야 직성이 풀린다는 말인가.

 리카드에게 보호받은 모양새로 지면에 내던져진 스바루는 쓰러진 자세로 이를 악물었다. 그렇게 어금니를 깨물지 않으면 약한 소리가, 오열이 새어 나올 것만 같았다.

 눈앞이 사악 어두워지는 착각.

 받아들이기 어려운 사태에 뇌가 부하에 견디다 못해, 의식이 그대로 실망감으로 끊어질 것만 같다.

 불현듯 낯익은 절망이 조소하면서 허물없이 어깨에 팔을 두르는 걸 알 수 있다.

 『——뭐얼, 이번에도 슬슬 체념할 때잖아?』

 얼굴도 보이지 않는 음침한 그림자가 귀에 익은 누군가의 목소리로 비릿하게 웃으면서 체념을 재촉했다.

 그 말에 스바루는 눈앞을 막아선 사태의 무게를 똑똑히 받아

들였다.

주위를 보자 기사들도 스바루와 비슷하게 체념하고 무릎을 꺾은 모습이 보였다.

그들도 눈앞의 상황이 어떻게 손쓸 수도 없다고 이해할 수 있었던 것이다. 저항을 시작할 기개마저 빼앗겨서 누구나 눈에서 힘을 잃고 무기를 잡을 기력이 싹 사라졌다.

의지가 꺾이는 모습을 목도해 어깨동무하는 절망에 몸을 맡기려다가, 알아차렸다.

바로 옆에, 스바루와 똑같이 지룡에서 내던져진 렘이 있다. 옆으로 쓰러진 그녀는 반신을 일으켜 그 단아한 옆얼굴에 비통한 감정을 띠고 있었다.

굳은 뺨에 파랗게 질린 입술. 떨리는 눈꺼풀.

이렇게 찬찬히 응시하니, 속눈썹이 길구나 하고 별 뜻 없이 생각했다.

──웃고 있는 편이 훨씬 어울린다고, 그렇게도 생각했다.

그렇기에.

"네놈이 나설 차례는, 앞으로는 결코 없어."

허물없이 어깨에 두르고 있던 팔을 거칠게 뿌리쳤다.

스바루의 그 행동에 놀란 듯이 입가를 어색하게 뒤튼 그림자를 웃는 얼굴로 바라본 뒤에 힘껏 오른쪽 스트레이트──. 검은 그림자가 산산조각 나고, 동시에 떨리던 몸이 멈췄다.

하잘것없다. 한심하다. 망설이고 있을 여유든, 발을 멈추고 있을 시간이든 하나도 없다.

고래가 두 마리 늘어난 게 어쨌다고.

 손발은 움직인다. 고개도 들 수 있고 눈도 보인다. 목소리는
나온다. 목소리는 닿는다. 렘이 있다. 렘이 살아 있다. 그 어떤
것도 아직, 건져내는 걸 체념할 장면이 아니다.

——일어서.

 몇 번이고, 몇 번이고, 거듭거듭, 마음이 부러졌다.

——일어서.

 부조리한 운명에 휘둘려 그때마다 절망의 종언을 떠맡았다.

——일어서.

 이젠 글렀다고 모든 걸 내던지고, 무엇이든 다 내다버린 다음
에 도망치려다가, 그마저 허용되지 않는다고, 자신의 마음 앞
에 끌려 나왔다.

——일어서.

 무엇을 위해서?

"이때를, 위해서 아니겠냐!!"

주먹을 땅바닥에 내리쳐 일으킨 반신에 기세를 붙여 일어선
다.
부르짖으며 고개를 든 스바루 쪽을 렘이 놀란 얼굴로 쳐다보
았다.
스바루는 그런 그녀를 내려다보고 손을 뻗으며 눈앞의 백경을
노려보았다.
"아직 끝이 아냐. ――끝나게 하지 않아."
"……스바루 군."
"해 보자, 렘. 활약할 순간이야."
쭈뼛쭈뼛 뻗어오는 손을 답답하게 거머쥐고 끌어올렸다.
스바루는 일어선 소녀를 가슴에 끌어안고, 눈앞에 다가든 그
얼굴을 마주 보며 말했다.

"체념하는 건 안 어울려. 나나, 너나―― 누구나 다!"

3

포효하는 렘이 사납게 백경에 달려들어 오른쪽 주먹으로 후려
치고 몸을 기어올랐다. 왼팔이 휘둘러대는 철구가 거센 소리와
함께 바위를 뚫고, 피보라를 뿌리며 백경이 고통 어린 비명을

질렀다.

렘이 공격하는 건 등 뒤에서 빌헬름을 집어삼킨 한 마리다. 내용물을 씹듯이 턱이 움직인 건 보였지만 그 검귀가 얌전히 으깨졌다고는 생각하기 어렵다.

"머리만 안 터졌으면 어떻게든 끄집어내주겠다고——!"

고삐를 당기며 스바루는 너무나 미덥지 못한 감각 속에서 지룡의 등에 체중을 실었다.

렘이 아니라 스바루가 스스로 고삐를 다루는 건 거의 벼락치기 실전이었다.

플뤼겔의 거목에 도착할 때까지의 노정과, 도착한 뒤의 자유시간——. 스바루가 기룡을 위해 연습에 소비한 건 그 약소한 시간뿐이었다.

원래 세계에서의 승마 경험 같은 것도 일절 없는 스바루가 불과 연습 몇 시간으로 지룡을 자유롭게 다루게 될 턱이 없다.

방향과 속도만 지시하고 나머지는 떨어지지 않도록 매달리는 게 한계다.

그런데도 지능이 높은 지룡은 스바루의 의도와 실력을 완벽하게 파악하고 있다. 스스로 스바루를 기수로 고른 칠흑의 지룡은, 미숙한 기승자를 떨어뜨리지 않도록 배려해 주고 있었다.

좋은 지룡이다. 발이 빠르고, 체력도 있으며, 무엇보다 무진장 똑똑하다. 지금부터 네 이름은 파트라슈다. 충의가 두터운 파트너, 그렇게 생각했더니 그 이름밖에 떠오르지 않았다.

"가자, 파트라슈! 고래의 코앞에서 빙빙 돌아!"

드높이 외치고 고삐를 튕기며 지룡을 몰았다. 응답한 파트라슈가 앞으로 몸을 숙이며 달려서 강대한 백경 쪽으로 두려움도 모르고 돌진해 주었다.

몸에 달라붙은 렘을 뿌리치려고 몸을 뒤틀던 백경이 스바루의 접근을 감지해 무심코 몸을 그쪽으로 돌렸다. 그 옆을 보인 얼굴에.

"스바루 군의 냄새를 맡는 건 렘의 특권이에요——!"

뛰어오른 렘이 포탄 같은 위력의 발차기를 내리꽂았다.

거대한 안면이 크게 기울고, 그에 뒤따라서 철구가 직격했다. 회전하는 철구가 백경의 뺨을 내뚫고 어금니를 부러뜨려 피와 타액이 풀밭을 검붉게 더럽혔다.

상처에서 노란 체액을 흘리며 절규하는 백경. 그 몸이 마침내 땅에 떨어지자 마치 뭍에 오른 물고기처럼 앞뒤 가리지 않고 날뛰었다.

대지가 파이고 흙덩이가 과격하게 사방으로 날린다. 미친 듯이 휘두르는 꼬리가 땅을 파헤치고, 바람을 일으키며, 불의의 일격처럼 스바루 바로 옆으로 접근—— 하마터면 직격할 순간.

"짜잔, 미미 등장—!!"

새끼 고양이 수인이 타격 직전에 끼어들어 손에 든 지팡이를 휘두르자 마력의 방벽이 전개되었다.

노란색 빛이 타격을 튕겨내어 만들어낸 간격을 라이거와 지룡이 단숨에 내달렸다.

숨을 돌린 스바루는 아슬아슬한 순간에 구원해준 새끼 고양이

――― 미미를 돌아보고 외쳤다.

"살았어! 반격 개시라고 멋있는 소리 해놓고 대뜸 끝날 뻔했다고!"

"흐흥―, 더 칭찬해도 돼―! 하지만 오늘은 오빠가 엄청 노력했으니 쌤쌤해줄게―!"

"노력했다……?"

가슴을 펴다가 스바루에게 웃음을 던진 미미를 보고 갸웃거렸다.

그러자 소녀는 땋은 주황색 머리를 가볍게 손가락으로 튕기고 대답했다.

"다들 덜덜 떨어서 못 서고 있는데, 가장 일찍 일어났잖아―? 장하다―. 장해―. 미미 다음이지만―!"

"대단할 거 없어. 이 정도로 절망이라니 어림없단 것뿐이지."

스바루는 큰 소리로 칭찬하는 미미에게 그렇게 응수하고 입술을 깨물었다.

그렇다. 칭찬받을 만한 일이 아니다.

여기까지, 스바루가 얼마나 쓴맛을 맛보고 음미한 줄 아는가.

그때까지 맛본, 항거하지 못할 절망과 비교하면 아직 싸울 방도가 있는 현 상황―. 체념에 잠기고 있을 여유가 어디 있을까.

체념이랑 놀고 있을 여유가 있다면, 희망을 찾으며 핏덩이를 토하는 편이 낫다.

체념하기보다 항거하는 편이, 훨씬, 훨씬 더욱더 편하니까.

"―――!!"

기세 좋게 곧게 달리는 파트라슈의 정면으로 느닷없이 나타난

물고기 그림자가 큰 입을 벌렸다.

목구멍 안쪽이 그로테스크하게 보이는 지근거리에서, 스바루는 순간적인 회피 행동에 몸을 기울였다. 하지만 입안에 충만한 『안개』가 산포되는 쪽이 회피보다 아주 약간 빨라서——.

"입을 닫아라——!"

머리 위 상단에서 내리친 투명한 칼날이, 벌린 아가리를 세로로 참격했다.

그 위력에 억지로 입이 다물리고 땅에서 몸부림치는 백경 옆을 스바루와 미미가 빠져나갔다. 아슬아슬한 위기 회피에 고개를 드니 전장 저편에서 크루쉬가 달려오고 있다.

그녀는 달리는 스바루와 지룡을 나란히 몰아서 백경을 지긋지긋하게 쏘아보고 말했다.

"언뜻 보아 사태는 최악이긴 하군. 빌헬름은 어떻게 됐나."

"당신이 기억하고 있단 건, 적어도 안개에 지워지지는 않았어. ……렘의 분전 나름이라고 해야겠지."

스바루는 이리저리 고개를 돌리다가 반전해서 이쪽을 표적으로 정한 백경을 경계하면서 대답했다.

그 대답을 들은 크루쉬 또한 분전하는 렘 쪽을 보았다. 철구를 내리칠 때마다 선혈이 터지고, 백경은 자신의 피바다에서 땅울림과 함께 펄떡거렸다.

"어떻게 보나, 나츠키 스바루?"

"어떻게 보냐니 무슨 뜻이야? 승산이란 뜻이라면, 내 생사에 따라 여러모로 갈린다고 내 몸 아끼자는 뜻 섞어서 말해볼까."

"그게 아니다. 이상하다고 생각하진 않나?"

등 뒤로 짓쳐든 백경의 콧등에 크루쉬가 보이지 않는 참격을 추가했다. 추격하려다가 기선이 꺾여서 몸부림치는 백경. 그 모습을 등진 스바루가 "이상해?" 하고 크루쉬를 보았다.

"백경의 수가 세 마리로 늘었다. 단순하게 보면 절망적인 상황에 처했지. 하지만 실제로 백경이 무리를 이루는 마수였다면 그 내용이 전해지지 않는 경우가 있을 수 있겠나?"

"하고 싶은 말을 도통 모르겠는데."

"뭔가 내막이 있을 터다."

또렷하게 단언한 크루쉬는 그 늠름한 얼굴로 스바루를 바라보았다.

그 강한 시선에 꿰뚫린 스바루는 자연히 등을 꼿꼿하게 세웠다.

"그걸, 찾아내란 말인가?"

"시간 벌기는 경의 도주 솜씨와, 그걸 원호하는 모양새로 우리가 하겠다. 어쨌든 간에 그리 오래 버티지는 못해. 어떻게든 하마. ──퇴각 같은 건 이미 선택지에 없으니까."

말을 끝맺은 크루쉬의 지룡이 방향을 바꾸어서 스바루에게서 멀어졌다.

그녀는 크게 우회하여 깔아 보는 백경을 돌아 들어가면서, 뿔뿔이 흩어졌던 토벌대의 각 부대에 잇달아 얼굴을 내비치며 소리를 높였다.

"서라! 고개를 들어라! 무기를 들어! 경들은 무얼 위해 여기까지 왔나!"

"_____."

절망과 비탄에 잠겨 고개를 숙이고 있던 남자들이 시선을 들었다.

그들 앞에서 크루쉬는 당당하게, 뽑아 든 보검을 하늘에 쳐들면서 외쳤다.

"저 남자를 봐라! 저건 무기도 없고, 허약해서 불면 날아갈 약자다. 얻어맞아 쓰러진 모습을 나도 이 눈으로 본 무력한 남자다!"

보검이 달리는 스바루의 등을 가리킨다. 크루쉬는 소리를 더욱 높이 올렸다.

"다른 누구보다, 저 남자가 가장 약하다!"

그렇다. 크루쉬의 외침은 진실이다. 스바루는 약하다. 누구보다 약하다.

싸울 힘이 없다. 살아남을 만한 능력도 없다. 몇 번씩 거듭 꺾이고, 그때마다 쓰러져버린 패배뿐인 남자다.

"그런 가장 약한 남자가, 아직 할 수 있다고 누구보다 먼저 부르짖고 있다."

이 자리의 누구보다 무력한 남자가, 아직 싸울 수 있다고 이를 악물며, 아픔을 참고, 눈물을 참으며, 핏덩이를 게워내면서 그런데도 아직 항거하려고 위를 보고 있다.

"그런데 어떻게 우리가 고개나 숙이고 있을 수 있을까."

"_____."

"우리의 힘은 약하여 뭉쳐본들 마수의 목덜미에 닿을지 모른다. 그렇다 해도 가장 약한 남자가 체념하지 않았는데, 어떻게 우리가 무릎을 꿇는 행동이 용납되겠나!"

"오, 오오……."

사기가 꺾인 남자들이 얼굴을 마주 보고 떨리는 무릎을 고무해 일어섰다.

떨어뜨린 무기를 주워 든다. 주인의 기승을 기다리는 지룡이 그 곁에 다가붙었다.

손을 뻗어 고삐를 잡고, 무릎을 굽혔던 기사들이 지룡의 등에 올라탔다.

지룡이 울부짖고, 그 등 위에서 기사들 또한 검을 뽑고 목이 쉬어라 부르짖었다.

함성이 터진다. 자기 자신의 마음을 북돋도록, 자신의 영혼을 자랑하기 위해서.

싸우는 약한 소년 뒤에서 무릎 꿇고 고개 숙이는 어리석은 모습을 용맹하게 포효해서 쫓아냈다.

──그 감정을, 사람은 『수치』라고 부르는 것이다.

『수치』가 두려움을, 체념을, 발을 멈추는 온갖 감정을 타개하여 기사들의 얼굴을 들게 하고 앞으로 내디딜 힘을 되찾게 한다.

"가자! 전원, 돌격!!"

"오오오오오──!!"

꺾였던 영혼을 분기해 기사들이 다시 전진했다.

지룡의 군세가 흙먼지를 피우며 총인원 오십을 밑도는 수가 된 토벌대가 크루쉬를 선두로 창칼이 닿는 두 마리의 백경에게 사납게 덮쳐들었다.

토벌대의 부풀어 오른 사기와 그걸 만들어낸 크루쉬의 일갈을 들은 스바루는 입 끝에 쓴웃음이 맺히는 걸 참지 못했다.

"약자라느니 패배자라느니, 말 한번 멋대로 해 주시고……."

부정할 맘도 안 드는 판국이니 그거야말로 중증이라고 할 수 있다.

맘대로 부르면 그만이고, 맘대로 이용해 주면 그만이다. 스바루가 무력하고 지기만 하고, 꺾이기만 하고 내던지기만 하면서 여기까지 해온 건 사실이다.

그걸 알고 있으니까 스바루는 지금 여기서 부르짖을 수 있다.

지기만 하며 끝낼 수는 없고, 꺾이기만 한 채로 놔둘 수 없으며, 내던지기만 하는 건 그만둘 때고, 무력하다는 건 허용되지 않는다.

"부탁하자, 파트라슈. 한 번만 더 코앞까지 갔다가 즉각 이탈이다!"

지룡이 비스듬히 기울어 땅을 파헤치며 날카롭게 턴하고, 재차 백경을 노리며 돌격했다.

눈앞에서 몸에 달라붙은 렘을 떨어뜨리려고 애를 쓰고 있는 백경에게 크루쉬와 떨어진 혼성소대가 원호 공격을 넣고 있다. 기사검이 불꽃을 튀기며 백경의 외피를 베어 가르고, 거리를 벌리면서 거구와 나란히 달리는 기룡병이 마석의 폭격을 더한다.

절규가 터지고 백경이 땅바닥에서 몸부림치며 날뛰었다. 그 고통에 괴로워하는 거동조차도 부근에 있는 인간에게는 피하기 어려운 폭력이다. 한 기의 지룡과 기수가 그 일격에 날아가

초중량 밑에 깔려 뼈가 으스러지는 소리가 울렸다.

피가 터져 나오고 생명이 하나 사그라진다. ──그 광경을 스바루는 눈에 아로새겼다.

등줄기에 한기가 퍼졌다. 때를 맞추지 못해 구하지 못한 그 모습은 스바루가 내린 결단의 결과다.

이 전투를 시작한다고, 스바루가 결단하게 만든 그 결과. 눈을 피할 수는 없다.

그것을 받아들이기를 거절한 순간, 스바루는 『수치』의 감정에 패배한다.

자신의 마음에 패배했을 때, 가장 혐오해야 할 자신의 약한 모습과 마주 봤을 때, 그것을 깊고 자상하게 거절된 적이 있었다. 그러니까 그 이상은 응석 부릴 수 없다.

날뛰는 백경이 스바루의 접근을 알아채 온몸의 입을 벌렸다.

싸악 핏기가 가시는 감각을 맛보면서 지룡의 모든 힘에 신뢰를 맡겨 바람을 갈랐다.

──그 바로 옆을 무수한 입에서 방사된 소멸형 『안개』가 스쳐갔다.

만약 손가락 하나라도 닿으면 거기서부터 지워져 스바루의 존재는 끝이다.

온몸이 『죽음』과는 다른 상실감에 삼켜져 누구의 기억에서도 지워지고 없어져서 끝난다.

하지만.

"엘 후라!" "하게 놔둘쏘냐!" "어딜 보고 앉았어!"

바람의 마법이 안개를 걷고, 노호를 터트리는 칼날이, 우짖는 철퇴가, 안개를 방사하는 입을 때려 부수었다.

기사들의 원호로 안개의 탄막이 아주 약간 옅어졌다. 그런데도 안개의 화력은 절망적이지만, 온몸에 육박하는 소멸의 기척에 스바루의 모든 신경이 곤두섰다.

달리는 경로는 파트라슈에게 맡기고, 그 등 위에서 스바루의 육체가 회피 운동을 취했다. 팔을 튀어 올리며 푸시 업. 그대로 물구나무서서 뒤에서 짓쳐드는 안개를 피하고, 완전히 균형이 무너져 추락할 뻔하지만——.

"큰, 서어어어어엉!!"

고삐를 움켜쥐고 안장에 무릎을 걸어서 가까스로 버텼다. 원래 세계에서 의미도 없이 목도를 휘둘러 단련한 악력이, 요동과 진동에 미끄러질 뻔한 손바닥을 직전에 잡아 세웠다.

땅바닥에 발끝을 끌면서도 파트라슈에게 매달려 탄막을 빠져나간다.

시야가 트이고 속도를 늦춘 지룡의 배려에 맞추어, 스바루는 옆에서 보면 그보다 더할 수 없을 만큼 볼썽사나운 모습으로 다시 걸터앉았다. 원래부터 적은 체력을 더욱 줄이고, 그대로 이번은 다른 한쪽—— 크루쉬 부대가 공세를 가하는 백경으로 발길을 돌렸다.

"휘젓고 다니고…… 허억, 제길, 목숨만 걸지 말라고. 머리도 굴려!"

스바루는 거친 숨을 내뱉고 다시 목숨 건 미끼 행위에 몸을 던지면서, 조금 전 크루쉬와의 대화에서 거론된 『내막』에 대해 사고를 돌렸다.

마수 『백경』의 생태에 관해서 스바루는 이 자리의 누구보다 무지하다.

그 존재가 초래해온 피해도, 대정벌에 관해서도 어감 이상의 실감은 없다.

그런 스바루이기에 알아챌 수 있는, 그런 스바루밖에 알아채지 못하는, 뭔가가 있을 터다.

14년 동안 아내의 원수로서 백경을 쫓아다닌 빌헬름.

집념이 결실을 맺어 이 전장에 다다른 검귀가, 『백경이 여럿』이라는 치명적인 정보를 간과했다고는 생각하기 어렵다. 당연히 이 현상은 미지의 것이었을 터.

그렇다면 왜, 아무에게도 알려지지 않았나. ──아니, 알려지지 않고 넘어왔던가.

"왜 갑자기 늘었지? ……원래부터 세 마리……라는 건 전제상 이상해."

뭔가, 단서를 잡은 느낌이다.

하지만 그 전에 파트라슈의 결사적인 질주가 백경의 후각이 닿는 범위에 도달.

보검으로 참격을 가하는 크루쉬를 쫓던 백경의 시선이 빙글 크게 돌아서 스바루 쪽을 바라보았다. 동시에 벌어진 구강에 모인 짙은 안개가 대기를 찢는 포효와 함께 방대한 파괴로 변모해 토해졌다.

날카롭게 각도를 바꾸어 파고드는 파트라슈. 짓쳐드는 안개의 폭위에서 그 몸을 벗어나게 하지만, 세력 범위에서 벗어나기에는 반걸음 부족하다. ──그 스바루 일행의 부족한 반걸음을.

"그건 우리가!" "가만 안 둔다─!"

끼어든 미미와 헤타로 두 명이 벌었다.

쌍둥이 묘인(猫人)이 입을 벌리고 "와." 와 "하." 의 포효가 겹쳐서 터졌다.

높은 음성의 교합이 파문을 만들고, 그 소리는 뒤얽히면서 파괴의 힘으로 변환되었다. 그리고 막대한 진동파가 파도치듯이 평원을 파헤치며 짓쳐드는 안개마저도 정면으로 흩날려버렸다.

"우오오오!! 끝내준다아아아아아!!"

"그렇지 그렇지지징─! 더 칭찬해라─! 으랴─!"

"누나는 참……."

스바루의 단적인 칭찬에 미미가 가슴을 펴고 만족스럽게 혜실거렸다. 그 옆에서 달리는 헤타로가 한숨을 내쉬고, 그 뒤에 두 사람은 스바루를 사이에 끼듯이 나란히 달렸다.

"원호하겠습니다. 나츠키 씨의 존재가 없으면, 이 싸움에서 승리할 길이 안 보이니까요."

"팍─ 해서, 콰광─ 해서, 투파파팡─ 하고 하면 안 돼?"

"팍콰광투파파팡 하는 데에 나츠키 씨의 협력이 필요한 거야, 누나."

"헤─!"

스바루를 끼고 긴장감이 빠진 대화를 주고받는다.

사태의 절박함을 조금도 이해하지 못한 분위기의 미미를 제쳐놓고, 스바루는 말이 통할 법한 헤타로 쪽에 고개를 돌렸다.

　"아까 그 합체 공격, 도중에 백경한테 갈긴 놈 맞지? 더 못해?"

　"마나를 쥐어짜야 해서, 저는 앞으로 한 번이 한계예요. ──단장님의 회복이 끝날 때까지 저랑 누나가 스바루 씨를 지킬게요."

　"리카드 녀석, 살아 있었어?!"

　생각지 못한 낭보에 스바루가 언성을 높이자 헤타로는 "네." 하고 끄덕였다.

　그 태도에 스바루의 속내에 안도가 퍼졌다. 리카드가 타고 있던 라이가가 끔찍하게 살해당한 모습과 대량의 선혈을 보고 자칫 흔적도 남기지 못하고 날아가버린 줄로만 알았다.

　"빈사의 단장에게서, 스바루 씨에게 전언도 있어요."

　"전언이라니……. 비싸게 먹힌다, 같은 건 아니겠지."

　"그건 나중에 본인이 직접 말할 거라 생각하는데요……. 이래요. 어흠. 『뭐꼬, 가볍게 됐다가. 내가 안 죽은 기 그 증거데이.』 이상이에요."

　성실하게 카라라기 사투리까지 답습해서 리카드의 성대모사로 전언을 보내는 헤타로. 스바루는 그 흉내의 퀄리티에 관해서는 언급하지 않고, 전달받은 말의 의미에 대해 고민했다.

　말 그대로, 리카드가 목숨 걸고 스바루에게 보낸 메시지다.

　거기에 담긴 의미와 그 참뜻에 의식을 쏟아야──.

　"흉내 전혀 안 닮았다, 야."

　"응, 무지 안 닮았어! 엄청 재능 없다고─! 못 쓰겠다, 요거─!"

"그런 말 하고 있을 때가 아니라구우!"

분위기를 파악하지 않는 스바루의 이의에 미미가 순진하게 동의했다. 헤타로가 그 감상에 울상 지은 목소리로 반론하지만, 스바루는 그 말을 흘려듣고 하늘을 쳐다보았다.

양쪽으로 갈라진 토벌대와 엎치락뒤치락하며 아직도 격전을 펼치고 있는 두 마리 백경.

한편, 하늘에 떠 있는 백경은 지상의 싸움을 관망하며 높은 곳에서 느긋하게 내려다보고 있다.

스바루는 그 태도가 왠지 부자연스럽게 느껴졌다.

토벌대는 주력을 잃고 감소한 소대를 더욱 둘로 나누어 싸우고 있는 상태다. 스바루의 존재가 교란의 역할을 완수했다고는 해도, 하늘에 떠 있는 백경이 어느 한쪽 전장에 가세한다면 그것만으로도 전국은 단숨에 기운다. 한쪽이 뜯어 먹히면 그걸로 끝이다.

그런데도 저 백경이 아무것도 하지 않는 이유는———.

"리카드의 전언……."

가볍다. 리카드는 스바루에게 그렇게 전했다.

자신이 죽지 않은 건 그게 이유라며, 목숨 걸고서.

거기에 어떤 의미가 있는가. 가볍다니, 무엇이 가벼웠나. 생명인가. 확실히 전장에서 그것은 가볍다. 하지만 그런 의미가 아니었던 것 같다. 가볍다. 가볍다 함은.

"이 헤비하고 베리 하드한 상황에서, 뭐가 가볍단 소리야……!"

파트라슈에게 온몸을 맡기고 다시 백경의 코앞을 가로질렀다.

크루쉬 부대가 매달리고 있던 백경이 구강을 스바루 쪽으로 돌리지만, 벌린 입안에 크루쉬의 보이지 않는 참격이 꽂히고 던져진 마석이 폭렬의 대미지를 얹었다.

기사들의 함성이 터진다. 한 명, 또 한 명 확실하게 수가 줄면서도, 끝이 없는 사기만이 현재 전선을 지탱하고 있었다.

죽음을 목전에 두면서도 저항할 각오를 다진 인간은 이다지도 강해지는 법인가.

토벌대의 풀 멤버로 도전하는 게 고작이던 백경에게, 주력을 잃고 병력 또한 감소한 무력이 팽팽히 맞서는 판국이니. 이를 두고 의지의 힘이라고 하지 않고——.

"아무리 그래도 의지의 힘 만능설에 너무 기대하잖아."

거기까지 생각하다가 스바루는 퍼뜩 고개를 들었다.

등 뒤. 놓고 지나친 백경을 돌아보고, 멀어지는 마수의 안면을 노려보았다.

그리고 위화감의 정체를 깨달았다.

"그렇다면……!"

이를 악물고 솟아오른 가능성의 분류에 스바루의 온몸이 떨렸다.

잡고 있는 고삐에 의지를 전한다. 파트라슈가 날카롭게 반전해 또 한 마리의 백경으로 매섭게 향한다.

분전 중인 렘이 오니족(鬼族)의 힘을 해방해 라이거 중 한 마리에 타고서 철구로 백경의 몸통에 잇달아 바람구멍을 만들고 있다. 그녀는 그 에이프런 드레스를 마수의 피로 더럽히면서도, 접근하는 스바루를 깨닫고 꿋꿋하게도 미소 지었다.

선혈에 채색된 미소는 처참하긴 했지만, 불근신하게도 스바루는 렘을 넋 놓고 보았다.

이 열세 그 자체인 전황에서, 그럼에도 렘은 무모한 스바루의 각오를 믿고 있다.

그 신뢰에, 친애에 응답해야만 한다.

"_____."

말을 나누지도 않으며 스바루의 지룡과 렘의 라이거가 교차했다. 스바루는 백경의 코앞으로, 렘은 백경의 꼬리 쪽으로 타고 있는 짐승을 몰았다.

발을 멈추고 대화할 필요 따위는 없다. 스바루에게는 스바루의 역할이, 그리고 렘에게는 렘의 역할이 있음을 서로 이미 알고 있으므로.

백경의 머리 쪽으로 돌아 들어가자 스바루의 접근을 깨달은 마수가 머리를 돌렸다.

거대한 눈 위쪽에 출현한 복수의 분무구(噴霧口)가 침을 흘리면서 하얀 안개를 분출했다.

"쿠궁—! 퍼펑—! 쓰싸삭—!"

미미가 모는 라이거가 파트라슈 주위를 종횡무진 날아다녔다.

큰 개의 등에서 미리 정한 포즈를 잡은 미미가 효과음을 입에 담을 때마다 그 손아귀의 지팡이가 빛나며 마법장벽이 안개를 방어, 스바루에게 착탄할 때까지의 시간을 벌어 회피를 지원했다.

"이건 비싸게 먹힌다—, 오빠—."

"이게 끝나면 백 번 정도 고맙다고 말해 주겠다아!"

"그럼 좋도다——!"

싸게 먹히는 미미의 대답에 등을 맡기고, 나란히 달리는 백경을 제치며 추월해 앞에 나섰다.

뒤돌아본 스바루는 백경과 눈을 맞대며 노려보았다. 애꾸눈을 새빨갛게 물들인 마수는 날벌레의 저항이 성가신 듯 날카롭게 울었다. 하지만 그 모습에 스바루는 자기 생각에 확신을 얻었다.

이 백경에도, 그리고 크루쉬 부대가 대치한 백경에도 『왼쪽 눈』이 없다.

"내 생각이 맞아! 네놈들, 세 마리 있던 게 아니라—— 분열했군!"

하늘에 떠 있는 최초의 한 마리에도 같은 상처가, 왼쪽 눈을 잃은 부상이 새겨졌을 터다.

——왼쪽 눈의 결손, 그것은 초전에서 빌헬름이 백경에게 부여한 전상(戰傷)이다.

같은 상처를 한 마리뿐만이 아니라 다른 두 마리도 공유하는 이유야 명백하다.

바로 하늘에 떠 있는 한 마리가 분열해 다른 두 마리를 만들어 냈기 때문이다.

"한 방이 가벼운 건 분열해서 전투력 3분할이기 때문에! 우리 인원이 줄어도 싸움이 성립되고 있는 건, 즉 그런 내막 아니냐!"

허를 찌른 한 방이 리카드를 미처 죽이지 못한 것.

병력이 격감한 토벌대가 불어난 백경에 대해서도 싸움을 성립하고 있는 것.

——스바루는 기적이나 의지의 힘, 그와 같은 편의주의에 모조리 버림받아왔다. 그런 배배 꼬인 스바루니까, 위화감의 해답에 도달할 수 있었다.

소멸형 안개의 위력은 절대적이다. 그 때문에 백경은 내구력을 희생해 숫자 쪽을 우선했다.

수의 폭력——. 그 사실에 토벌대의 마음이 꺾였더라면, 싸움은 거기서 끝났으리라.

마수가 인간이 가진 마음의 약점을 이해하고, 그런 심리전을 걸어왔다고는 생각하기 어렵다. 하지만 실제로 백경의 『분열』에는 그만한 힘이 있었다.

만약 가령 그 자리에서 스바루가 체념에 거역하지 않았더라면 어떻게 되었을까.

부르짖지 않았더라면 어떻게 됐을까 같은 건 지금의 스바루는 알 수 없다. 부르짖지 않고 있었을 경우의 미래를 볼 가능성, 그딴 걸 지금의 스바루는 원하지 않는다.

이젠 두 번 다시 백경놈들의 낯짝을 장시간 보는 것 따위 사절이다——.

"——뭐지?!"

한 가지 결론을 얻은 스바루 앞에서 그쪽을 쫓으려던 백경의 움직임이 변화했다. 공중에 뜬 몸을 지면에 문질러대며 체내의 이물감에 몸부림치는 듯한 몸짓. 그때.

"누나, 지금!"

"가려운 곳에 손이 안 닿는 건 괴롭지—! 미미도 알아—!"

호기라고 본 헤타로가 뛰쳐나오고, 백경의 움직임을 오해한 미미도 그에 따랐다. 쌍둥이는 호흡이 맞는 움직임으로 좌우로 백경을 둘러싸고, 동시에 입을 열었다.

"와——!" "하——!!"

좌우에서 터진 포효파에 백경의 몸통이 크게 휘고, 충격파가 외피를 뚫어 내장에 침투했다. 경질의 살갗이 터지고 균열이 퍼지며 출혈한 직후——.

"——흐아아아아아아!!"

땅바닥에 문대던 아랫배가 안쪽에서 부풀다가 혈육을 뿌리며 찢어졌다. 검붉은 체액을 탁류처럼 흘리며 그 흐름을 타고 밖으로 배출되는 것은…….

"빌헬름 씨?!"

백경에 꿀꺽 삼켜져 생존이 염려되던 검귀의 귀환이다.

날뛰는 백경을 토벌대가 억누르고, 그 틈에 스바루는 빌헬름에게 달려갔다. 온몸을 피로 물들인 빌헬름은 한쪽 무릎을 꿇고 검을 지지대 삼아 반신을 일으키면서 대답했다.

"미, 숙……. 방심을, 했습니다……."

"말 안 해도 된다고! 아아, 제길, 어떡하면 될지 모르겠지만, 좌우간 살았다면 천만다행이야. 곧장 페리스 있는 데로 돌아가자!"

손을 내밀려다가 스바루는 빌헬름의 상상을 초월한 부상 상태에 숨을 집어삼켰다. 검을 잡을 기력은 남아있지만 뜯어지기 직전의 왼팔을 포함해서 빈사 상태다.

지금 당장에라도 치유술사에게 진단 받지 않으면 생명의 등불이 다 타버릴 수도 있다.

　그런데도 빌헬름은 달려오는 스바루의 손을 고사했다. 기대고 있는 검에 체중을 실어 자력으로 일어서려고 어금니를 짓씹는다.

　"아……직. 아직, 저는 더……."

　"그런 소리 하고 있을 때야! 고래보다 먼저 댁이 죽는다고! 이 정도론 안 죽는다느니 잠꼬대하는 것도 안 들어! 살고 죽는 데에 관해선 내 쪽이 빠삭하다고!"

　"무……슨 말을…… 하십니까……."

　만신창이인 빌헬름에게 일갈한 스바루는 억지로 그 몸을 안아 일으켰다. 그러자 언쟁 중인 스바루 쪽으로 묘인 남매가 합류했다.

　"할아버지가 나왔다―!"

　"빌헬름 씨, 무사하세요?!"

　달려온 쌍둥이는 중상인 빌헬름을 보자 바로 저마다 행동. 미미가 노검사의 부상에 간이적인 치유 마법을 걸고, 그사이에 헤타로는 스바루를 쳐다보며 말했다.

　"누나의 치유 마법으로도 이 상처는 도저히 못 고쳐요. 나츠키 씨는 빌헬름 씨를 펠릭스 씨가 있는 곳까지 옮기시려고요?"

　"아아, 그래! 빌헬름 씨가 위험한 건 보는 바와 같아. 곧장 손쓰지 않으면 때가 늦어! 사실은 내가 데려가고 싶은데……."

　고개를 돌려 스바루는 재기동을 시작하려는 백경을 노려보았다.

　배의 상처는 깊고 상처의 출혈은 멈추지 않지만, 온몸의 입에서 안개를 끝없이 토해내고 있는 마수 쪽도 빌헬름과 똑같이 전의에 그늘이 지진 않았다.

현재 전력이 팽팽히 맞서는 이유에는 스바루의 교란이 적지 않게 공헌한 건 틀림없다. 여기서 스바루가 빌헬름을 둘러메고 빠지면 전국을 나쁜 쪽으로 기울게 만들지도 모른다.

"걸로 안 끝나고 까딱하면 내가 환자들 쪽으로 백경을 끌고 갈 수도 있지. 빌헬름 씨, 너희에게 맡겨도 되겠냐?"

"그건 저희의 라이거로 하겠는데요……. 무슨 생각이 떠오르셨어요?"

스바루에게서 빌헬름을 받아 든 헤타로가 체격 차에 고생하면서도 라이거에 실었다. 그는 그 뒤에 스바루를 쳐다보고, 태평하게 웃는 누나의 손을 끌었다.

"승산이 있다면 여쭙겠습니다. 만약 안 된다면, 전 누나 손을 끌고 여기서 도망쳐야 하거든요."

"엥―, 왜애―! 아직 저 녀석을 해치우지 못했는데―."

"누나는 조용히 있어."

남동생의 차가운 말에 미미가 불만스럽게 입술을 삐죽였다.

그런 쌍둥이의 대화를 보면서, 스바루는 "하기는." 하고 이해하고 끄덕였다.

"너희는 용병이지. 나랑 크루쉬 씨, 고래에 원한이 있는 기사들과 다르게 돈으로 고용된 입장에 불과해. ……목숨까지 걸 의리는 없겠지."

"목숨을 버릴 의리가 없을 뿐이에요. 오해 사고 싶지, 않으니."

마음 약한 얼굴과 태도지만, 헤타로는 의연하게 스바루에게 타일렀다. 스바루는 자기 허리춤까지밖에 오지 않는 작은 수인을 내려다보다가 깊이 숨을 내뱉고 나서 말했다.

　"미안. 그런데 시간이 없어. 승산은, 있다고 봐. 일단 빌헬름 씨는 후방으로 보내드리고…… 렘과 크루쉬 씨, 두 사람에게 말을 해줘야 해."

　스바루는 옆에 있는 파트라슈의 등에 날아오르듯 올라타고 머리 위로 눈길을 던졌다.

　올려다본 하늘에서 유유히 헤엄치는 물고기 그림자를 지긋지긋하게 노려보며──.

4

　"백경이 분열했다라."

　"그래, 틀림없을 거야. 상처 위치와 전투력이 근거야. 까놓고 말해서 그건 직접 겨루고 있는 크루쉬 씨네 쪽이 잘 느끼고 있겠지?"

　"렘은 무아몽중이었지만…… 하지만 확실히 그럴지도 모르겠어요."

　합류한 렘과 크루쉬가 스바루의 설명에 납득한 얼굴로 수긍했다.

　빌헬름의 후송을 헤타로의 라이거에 맡기고, 라이거 한 마리에 같이 탄 쌍둥이와 함께 전장의 주전력과 『내막』에 관해 이야기를 마친 상황이다.

주력이 빠진 사이에 백경 두 마리의 억제는 기룡대와 『철 어금 니』에게 맡기고 있다. 높은 사기와 연계의 묘로 때우고 있지만, 작전회의에 허용된 시간은 불과 몇 분──.

그사이에 백경 타도를 위한 작전을 가다듬어야만 한다.

"──놈이 원래 한 마리 때보다 약해졌다는 추측에는 동의한 다. 하지만 그걸 이해해 봤자 어떡하나. 다치고 약체화했다고 는 해도, 그 위협은 여전히 우리를 웃돈다. 아무리 페리스의 치 료라고 해도 물러난 자들의 전선 복귀는 바랄 수 없어."

"빌헬름 씨와 리카드가 빠진 건 쓰라리지만, 무모한 요구는 못하지. 그건 빼고서 이기려 할 수밖에 없어."

"세 마리의 백경을 죽인다. 입으로 말하기는 쉽지만, 높은 벽 이야."

"세 마리나 죽일 필요는 없어. ──한 마리만이면 될 거야."

움찔. 스바루의 말에 크루쉬가 눈썹을 쳐들었다.

스바루는 흥미롭게 자신을 바라보는 그녀에게 끄덕이고, 천 상의 마수를 손가락으로 가리켰다.

"자기 분신 두 마리에게 열심히 싸우게 시키고, 높은 데에서 거 드름 피우고 자빠진 저 자식은 대관절 뭔 짓거리라고 생각해?"

"가세도 하지 않고, 상처를 달래고 있다……?"

렘의 자신 없는 대답에 스바루는 고개를 가로저었다.

본 바로, 마수라고 해도 그 생태는 생물의 범주에서 일탈하지 않았다. 적어도 백경에게는 고속의 자동 재생 능력 같은 황당한 힘은 없는 듯하다.

그렇다면, 천상에 있는 백경의 역할은———.

"놈이 본체인가?"

"그렇다고, 나는 점찍고 있어."

같은 결론에 이른 크루쉬에게 스바루가 끄덕여서 동의를 표시했다.

분명히 말해 모든 건 상상에 지나지 않는다.

다만 세 마리 백경의 오리지널이 천상에 있는 한 마리인 건 확실하다. 그리고 불어난 백경을 쓰러뜨리는 방법을 고찰하는 데에, 대기 자세로 버티고 있는 놈의 존재가 한 역할을 맡은 것도 의심할 수 없는 사실.

"저놈이 내려오지 않는 것도, 어느 쪽 자신에게도 가세하지 않는 것도, 이유를 통틀자면 자신이 당할 수는 없기 때문이라는 게 내 생각이야."

"도리는 맞다. 하나 반대로 말하자면…….."

"밑에 있는 두 마리는, 죽여도 본체에 타격이 없을지도 몰라."

고생해서 쓰러뜨려 봤자 시체가 안개로 흩어지고 새로운 개체로 다시 태어나지 않는다고 단정할 수도 없다.

그러면 싸움은 끝이 보이지 않는 무한 루프에 돌입한다. 그 결과, 컨티뉴 제한이 없는 백경과 달리 아군이 곧 죽는 소리를 지를 건 눈에 선하다.

"저게 내려오지 않는 이유와 쓰러뜨릴 방법은 연결되었어요. 하지만 그래서 어떡하죠? 저렇게까지 높은 곳을 날고 있으면 공격할 수단이 없어요."

가만히 보고 있던 헤타로가 현실주의자다운 질문을 던졌다.

새끼 고양이의 물음에 크루쉬는 머리 위의 백경을 호박색 눈초리로 쏘아보고 대답했다.

"가호를 사용한 내 검도 저 거리에 대한 공격이면 위력을 기대할 수 없다. 일태도라면 혹여 모르겠으나 그걸로 떨어질 백경이 아니겠지."

상공으로 도망친 백경의 고도는 대략 구름과 같은 높이에 도달해있다.

최초 출현 시보다 더 높은 위치에 자리 잡아서, 백경의 고약한 성질을 뜻하는 듯하다.

저 위치면 마석포의 사격도 명중률이 크게 떨어질 것이다.

"렘, 저 자식의 바로 근처에 얼음산을 띄워준다든가……."

"죄송해요. 마나는 수중에서 멀어지면 멀어질수록 다루기가 어려워져요. 로즈월 님이라면 가능하겠지만, 렘의 실력으론……."

타개책을 목전에 두고 자신의 역부족을 느낀 렘이 분한 표정을 지었다.

그런 그녀의 대답에 스바루는 손을 내젓고, 어쩔 수 없다고 대답하면서 하늘을 우러렀다.

──생각하던 작전은, 있다.

크루쉬의 대답과 헤타로의 대답, 렘의 대답을 듣고, 그래서 최선책이 나온다면 채용하고 싶지 않았던 차선책이.

"살짝쿵, 도박 요소가 너무 강한 작전이 있는데…… 해 보겠어?"

스바루는 한쪽 눈을 감고 그 차선책을 내보이기 전에 그들의 각오를 물었다.

하지만 그거야말로 촌스러운 물음이었다고 할 수 있으리라.

──이 자리에 대령한 시점에서, 그들이 도박을 주저할 리가 없다.

──그런 왕바보임을, 스바루는 알고 있으니까.

5

──아득한 고공에서, 백경은 눈 아래의 투쟁을 고요히 내려다보고 있었다.

전장은 하늘을 뚫는 듯한 거목을 중심으로 좌우로 딱 평원을 가르고 있다.

좌우 어느 쪽의 전장에서도 자그마한 인간들이 마수의 거구에 매달려 그 손에 잡은 쇠붙이를 박고 빛을 만들어내는 돌을 쳐들며 깜찍하게 저항하고 있다.

불꽃이 피어오르고 마수의 고통 어린 비명이 밑에서 와 닿을 때마다 하늘을 유영하는 백경은 하얀 안개를 내뱉었다.

평원에 낀 안개는 눈 아래의 분체를 거들어 왜소한 적들을 확실하게 열세로 몰아넣고 있었다.

쫄래쫄래 움직이는 그림자들은 시간의 경과에 따라 하나, 또 하나씩 수를 줄이고 있다. 『안개』 속에 삼켜져 그 존재가 세계에서 지워지고 있다.

모든 것을 집어삼켜 이 무익한 싸움이 끝나는 것도 그리 먼 일은 아니다.

팽팽하던 전력이 무너지기 시작해 와해가 시작되는 것도 시간 문제다.

백경이 사람의 지능을 가지고 있으면 그렇게 생각하며 자신의 승리를 확신하고 있었으리라.

하지만 실제로는 백경에게 그와 같은 지능은 없다.

백경은 그저 본능에 따라 자신이 사멸하지 않도록 상대를 섬멸하기 위한 행동을 취한다.

왜 그와 같은 판단을 내리는지 짐승의 본능에 물어봤자 헛수고일 것이다.

따라서 백경은 본능대로, 냉정하게 적절하게, 사냥감을 곯리다가 죽이려 들었다.

"――――!!"

안개를 내뱉어 지상을 하얗게 물들인다.

방해가 들어와 중단했지만 백경에겐 『안개』로 세계를 뒤덮을 사명이 있었다. 그 또한 본능의 지령이며, 그러는 것이 백경이 살아가는 의미다.

그렇게 눈 아래의 광경에서 의식을 떼어놓고 있던 백경은, 불현듯 그 거대한 애꾸눈을 뒤룩 움직여 다시 대지로 의식을 쏟았다.

어마어마한 기세로 집속하는 마나를 감지하고 그 흐름의 근본을 본 것이다.

"알 휴마."

방대한 마나의 소용돌이, 그 중심에 파란 머리의 소녀가 서 있었다.

무릎을 꿇고 시간을 들여 가다듬은 마나에 지향성을 부여한 소녀의 정면에 천천히 구축되는 것은 날카로운 끄트머리를 내비친 장대한 얼음의 창이었다.

10미터급의 얼어붙은 흉기가 그 날카로운 창끝을 백경의 중심에 겨누고 있다.

그 위력은 멀리서 봐도 위협적이지만, 사출되기 전에 백경에게 들킨 건 치명적이다.

"──제발!"

소녀의 기도하는 듯한 외침과 함께 얼음의 창이 지상에서 하늘을 향해 발사되었다.

노리는 곳은 당연히 유영하고 있는 백경의 몸통 한복판이다.

쭉쭉 가속해 하늘을 뚫을 기세로 짓쳐드는 얼음의 살의. ──하지만 그것은 가속을 얻기 위한 시간과 발사 순간을 들킨 실책 때문에 목적을 이룩하지 못한다.

백경이 꼬리 치며 바람을 차서 하늘을 헤엄쳤다. 그것만으로도 빙창의 조준은 빗나갔다.

아아, 조준이 빗나간 얼음의 창은 그대로 백경의 바로 옆을 통과해 하늘 저편으로──.

"─────?"

빙창이 지나간 순간, 아주 미약하게, 뭔가가 깨지는 소리가 백경의 청각에 닿았다. 그것은 양자의 질량 차이를 감안하면 이미 기적이었다고도 할 수 있다.

　그것이 돌이킬 수 없는 소리였다고, 악마 같은 하늘의 기적이 백경에게 통보한 것이다.

　"──여어. 이렇게 코앞에서 보자니, 되게 역겨운데, 너."

　백경의 코끝에 너무나 가벼운 감촉이 올라탔다.

　정확하게 이마 위에 착지한 존재를 알아채는 것과 동시에, 백경의 후각은 지나갔을 터인 빙창이 흔적도 없이 소실해 마나가 확산하는 파동을 맡았다.

　──이어서, 정수리에 있는 견디기 어려운 악취의 근원도.

　"따라오셔. 말해두지만 난 생까지 못할 만큼 짜증스러운 데에 정평이 난 남자거든?"

　백경은 악취가 악의에 찬 웃음을 띠며 그렇게 뇌까리는 소리를 들었다.

6

　렘이 사용한 마법의 빙창에 올라타 상공으로 향해 거기서 퇴마석을 깨뜨려 이탈── 백경에게 달라붙는다. 이것이 스바루가 세운 난폭한 작전의 개요다.

　당연히 렘의 맹렬한 반대가 있었지만 그 부분은 "난 렘을 믿어!"라는 말을 연거푸 주워섬겨 밀어붙이고, 무모하지 않다고 설복해 크루쉬에게서도 퇴마석을 인수받았다.

훤히 보이는 대마법이라면 백경도 피할 거라고 예측하고, 그 순간 스바루라는 진짜 함정을 설치했다. 반대로 백경이 피하지 않았을 경우, 빙창 꽁무니에 매달렸던 스바루가 충격으로 산산조각 났을 가능성이 있다. 어떻게 보면 이 전투에서 가장 큰 생명의 위기였다.

"그 말을 하자면, 이 상황도 종이 한 장 차이…… 아니 근데, 진짜 무셔어어어!"

스바루는 백경의 코끝에 필사적으로 매달려 그 꺼칠한 살갗과 체모의 감촉을 손바닥으로 맛보면서, 높은 하늘의 바람과 강대한 생물의 비린내에 얼굴을 찡그렸다.

들러붙은 스바루――즉, 마녀의 잔향 덩어리에 백경의 낌새가 일변한다.

그때까지 지켜보는 자세였던 마수가 명백하게 흥분 상태에 빠져 온몸의 입에서 안개와 침과 흥소를 흘리고, 난폭하게 스바루를 대환영해 주고 있다.

"――좋아."

백경의 기쁘지 않은 환영을 받은 스바루는 크고 깊게 호흡해서 마음을 가라앉혔다.

물론 지금부터 스바루가 백경을 추락시킬 필살기를 쏠 건 아니다.

각오 하나로 각성할 수 있을 만큼 현실은 만만하지 않고, 이 자리에서 몸을 축낼 각오로 샤마크를 갈겨봤자 인사불성에 빠진 얼간이가 손이 미끄러져 추락사하는 게 결말이다.

때문에 스바루가 백경에 들러붙어서 할 일은 하나뿐.

"그럼 뭐, 한 탕 해 볼까——. 각오하고, 말이지."

백경이 행동을 일으키기 전에, 손을 뗀 스바루의 몸이 바윗결에서 미끄러져—— 자유낙하의 궤도에 들어갔다. 인사불성에 빠지지 않은 얼간이가, 지상으로 추락하기 시작한다.

백경은 그 수고가 많이 든 자살을 벌이는 스바루의 모습에 머리를 돌렸다. 스바루를 쫓고자 아주 살짝 몸을 움직였지만, 뭔가를 주저하듯이 그 움직임을 멈추었다.

이대로 스바루를 지켜보면 제공권을 잡고 있는 어드밴티지는 굳건하다. 백경은 그 사실을 본능으로 이해하고 잔향의 유혹을 참고자 버티고 선 것이다.

과연, 만만치 않은 본능이다. 그러나 그러면 곤란하다.

따라서 히든카드를 뽑아주겠다.

"이 높이라면 달리 들릴 걱정이 없지. 대서비스다, 잘 들어! 네놈 때문에 렘이 죽고, 난 끝내주는 트라우마가 생겼다고, 자식아!!"

말을 끝맺은 순간, 폭풍을 맞고 있던 스바루의 육체가 세계에서 유리되었다.

온몸의 감각이 멀어진다. 그때까지 내장이 위로 딸려가는 듯한 부유감에 지배되던 의식이 현실을 놓치고 시간의 개념이 존재하지 않는 장소로 이끌린다.

직후——.

『사랑해.』

뭔가, 귓전에서 속삭인 듯한 느낌이 들었다.

다음 순간── 격통이 스바루의 온몸을, 벼락으로 지진 것처럼 내달렸다.

보이지 않는 위치, 등 쪽으로 침입한 손바닥이 심장을 움켜쥐고, 거칠게, 그러나 소중한 것을 확인하듯이 단단하고 단단하게 옥죄었다.

생명을 관장하는 기관이 난잡하게 취급되는 현실감 없는 상황.

타인이 치명적인 부분을 자유롭게 놀리는 데에 대한 이물감.

절규를 지르는 행동마저 이룰 수 없는 세계의 종언은, 바람 소리와 자신의 고통 어린 비명에 알려진다.

그리고.

"돌아……왔다아아아아아아!!"

"────!!"

눈앞으로 큰 입을 벌린 백경이 사납게 스바루를 노리고 급강하했다.

금기의 고백으로 마녀의 향이 증대하고 마수의 본능이 그를 웃도는 증오에 덧칠되었다.

백경은 포효를 터트리며 이미 눈 아래의 투쟁 따위 잊어버린 듯 제정신을 잃은 눈으로 스바루의 존재만을 없애겠다는 양 덮쳐들었다.

폭풍을 두르고 간격이 있던 거리를 쭉쭉 메우는 백경에게 스바루는 공포를 느낀다.

스바루에게는 자유낙하에 맡길 수밖에 없는 상태에서 이 돌진을 피할 방법이 없다. 이대로 있으면 지면에 도달하기 전에 백경에게 붙잡혀 BAD END 11『물고기밥』직통이다.

이대로만, 있으면.

"——렘!!"

"네, 스바루 군!"

바람에 지워질 듯한 스바루의 외침 소리. 그러나 소녀의 목소리는 분명하게 응답했다.

그와 동시에 스바루에게만 사로잡혀 있던 백경의 얼굴 옆면에 바로 옆에서 튀어나온 고드름이 격돌——. 열린 입 안을 유린하며 노란 이빨을 여럿 부러뜨려서 그 움직임을 지체시켰다.

그 틈을 찔러 자유낙하 중이던 스바루의 몸을 파트라슈에 탄 렘이 모닝스타로 얽어매었다.

허리를 감는 사슬에 억지로 낙하 궤도가 꺾여서 내장이 한데 쏠린다. "끄게!" 하고 스바루는 비명을 지르며 전에도 같은 충격을 맛본 기억을 떠올렸다.

이렇게 추락하는 몸을 렘에게 구원받은 건 두 번째. 첫 번째는 왕도로 가는 도중의 용차에서 스바루가 발을 헛디뎠을 때였다.

"뭐든, 경험해두기 마련이군……."

이번은, 기절하지 않고 끝났으니까.

사슬이 뒤로 감기며 스바루의 몸이 다소 난폭하게 파트라슈의 등에 떨어졌다. 그곳에는 팔을 벌린 렘이 대기 중이어서 스바루는 품속에 뛰어드는 모양새가 되었다.

　부드러운 충격과 따뜻한 감촉에 머리가 파묻힌 스바루는 숨을 내뱉었다.

　"살았다!"

　"잘 먹었습니다."

　"뭔 소리 하니?!"

　뺨을 발갛게 물들이며 스바루를 안아 든 렘의 가슴속에서 황망하게 고개를 쳐들었다.

　바로 옆을 백경의 안면이 지나가고——.

　"————!!"

　기세를 죽이지 못한 백경이 머리부터 땅바닥에 격돌.

　굉음과 흙먼지가 폭발한 지면에서 피어오르고, 그 위력에 대지가 격진을 일으켰다.

　폭풍 같은 바람을 뒤집어쓰면서 스바루는 파트라슈에 지시해 전력 질주——. 그 뒤에서 흙먼지를 뚫고 백경이 뛰쳐나왔다.

　가공할 위력에 그 머리가 찌그러졌으나 그럼에도 백경은 제정신을 잃은 절규를 지르면서 스바루에게 따라붙었다.

　그 가공할 기세에서 느긋하게 하늘을 헤엄치던 모습은 찾아볼 수도 없다. 헤엄치는 방식은 엉망진창으로 변했으며 바람을 추월할 것 같던 속도는 파트라슈와 맞먹는 수준.

　하지만 기백만은 압도적이다.

　백경이 땅을 파헤치고 대지를 꼬리로 두드리면서 사납게 배후로 짓쳐든다.

스바루는 앞쪽으로 몸을 기울인 자세로 체중을 전부 싣고, 파트라슈의 저력에 목숨을 걸었다.

여기까지 필사적으로 목숨 걸고 스바루에게 진력해준 지룡이다. 단기간이긴 하지만 스바루는 목숨을 맡기고 달려달라기에 충분한 신뢰를 품었다.

"부탁한다, 파트라슈! 드래곤 맞지?! 멋있는 모습 보여주라!"

"――!"

파트라슈가 울부짖고, 속도가 한층 더 오른 것을 바람으로 느꼈다.

백경의 포효가 쩌렁거리고, 고막이 난폭하게 떨려서 세계가 뿌예지는 걸 알 수 있었다.

곧게, 곧게, 그저 한결같이 달리고, 달리고, 달려 나간다.

헤엄치고, 헤엄쳐서, 사납게 스바루를 잡아먹으려고 짓쳐드는 백경.

그리고――.

"이거나, 먹어라――!!"

"――――!!"

굉음이 2연발로 울려 퍼지고, 직후에 뭔가를 잡아 뜯어내는 듯한 소리가 연거푸 터졌다.

무시할 수 없는 소리의 간격은 좁아지고, 다가오다가, 그것은 이윽고 강대한 그림자를 만들었다. 중후한 소리와 함께 곧게 백경에게로―― 플뤼겔의 거목이 쓰러진다.

"――――!! ――――!"

마석포, 보이지 않는 칼날, 포효파———. 한데 뭉친 파괴의 힘에 뿌리가 파헤쳐져, 현자가 심은 거목이 수백 년의 세월을 거쳐 사람을 해치던 마수의 거구를 찌부러뜨렸다.

하늘을 뚫는 거목의 중량에, 곧게 돌진하던 백경이 수직으로 짓뭉개졌다. 그때까지 벌어진 파괴와는 차원이 다른 파괴력에, 백경의 강인한 외피도 방어의 의미를 이루지 못한다.

절규. 어마어마한 충격파가 리파우스 가도를 내달리고, 안개를 폭풍이 걷어냈다.

거목 밑에 깔려 움직임이 봉해진 백경의 괴로운 포효가 여운을 남겼다. 그러나 그만한 위력을 몸에 받고도 여전히 목숨을 부지하는 생명력.

버둥대며 초중량에서 달아나려는 백경. 그 코끝에———.

"———내 아내, 테레시아 반 아스트레아에게 바친다."

한 검귀가 주군에게서 빌린 보검을 쳐들고 날아 내려와 있었다.

이 생사를 건 격투와, 14년에 걸친 집념과, 400년에 이르는 사람과 백경이 벌인 투쟁의 역사에 막을 내린다———. 이를 위해서.

제5장 『빌헬름 반 아스트레아』

1

──빌헬름 트리아스라는 인물의 이야기를 하겠다.

빌헬름은 루그니카 왕국의 지방 귀족, 트리아스 가문의 삼남으로서 태어났다.

트리아스 가문은 왕국의 최북단, 구스테코 성왕국과의 국경주변을 영지로 맡은 역사 있는 오래된 집안이었다. 그렇다고는 해도 무문(武門)의 사도로 알려진 것도 과거의 이야기이며, 빌헬름이 태어났을 무렵에는 작은 영지와 소수의 영민을 떠안을뿐인 약소 남작 가문이었다.

대놓고 말하자면 몰락 귀족의 일례에 불과했다.

형들과는 나이 차이가 크던 이유도 있어, 빌헬름은 대를 물려받는다는 등의 굴레하고 무관하게 자랐다. 또, 형들과 다르게 문관으로서의 적성이 결여된 그에게 미래라고 부를 만한 길을 나타낸 것은 한 자루 검과의 만남이었다.

저택 대청에 장식된 검은 옛날 트리아스 가문이 왕국에 무명을 떨쳤을 적의 자취이자, 지금의 트리아스 가문에게는 관상용에 불과한 보검의 영락한 말로였다.

계기는, 빌헬름도 기억하지 못한다.

그저 손질조차 뜻대로 되지 않은 보검을 칼집에서 뽑아내고 그 강철의 아름다움에 매료된 순간만은 똑똑히 기억하고 있다.

정신이 들고 보니 보검을 맘대로 들고 나와 뒷산에서 아침부터 저녁까지 휘두르는 게 일과가 되어 있었다.

처음 검과 접촉한 게 여덟 살 무렵. 검의 무게와 길이에도 익숙해지고 손발이 자라 꼴불견과 인연이 멀어진 열네 살 무렵에는, 빌헬름은 영지에서 으뜸가는 검의 고수가 되어 있었다.

"수도로 나가 왕국군에 들어갈래. 거기서 기사가 되겠어."

사내아이라면 한 번쯤은 누구나 생각할 법한, 그런 멍청한 꿈을 말로 남기고 집을 뛰쳐나간 것도 열네 살 무렵이었다.

계기는 폭풍우 치는 밤에 벌어진 가장 큰 형과의 언쟁이었다. 검에만 몰두해 영지의 악동과 패거리를 짜고 건달 흉내를 내는 빌헬름에게 형은 "장래에는 뭘 할 거냐."라고 설교를 시작했다.

검을 휘두르고 자신이 강해진 것을 실감하는 것, 그것만이 기쁨이었다.

미래의 전망 하나 가지지 못한 그런 동생에게 던지는 형의 말은 엄격한 것이었다. 정론만을 얻어맞다가 말이 궁해진 빌헬름에게서 튀어나온 게 앞서 서술한 발언이었다.

나머지는 가는 말이 고와야 오는 말이 고운 법. 진부하기 짝이 없는 "형이 내 마음을 어떻게 알아!"가 튀어나오고, 실제로 빌헬름도 얼마간의 돈과 검만 들고 집을 뛰쳐나오는 결과가 되었다.

　예정 밖의 출발이었지만 빌헬름의 왕도 상경은 무사히 달성되었다.

　의기양양하게 왕도에 도착한 빌헬름은 곧장 왕성으로 발길을 돌려 왕국군의 일개 병졸로서 역사에 남고자 그 문호를 두드렸다.

　지금 시대라면 그와 같은 사정으로 성문을 지나려는 자는 무뢰한으로 간주되어 문전박대당하는 것이 당연한 결말이다.

　그러나 당시 왕국은 국토의 동쪽을 중심으로 아인족(亞人族) 연합과의 내전── 아인전쟁이 오래도록 이어지고 있어서 지원병은 아무리 모집해도 부족할 정도로 절박한 상황이었다.

　그런 마당에 다소나마 검을 다룰 수 있다고 자기 선전하는 소년이 나타난 것이다. 쌍수를 들고 환영받은 빌헬름은 이렇다 할 장애도 없이 왕국군에 입대했다.

　그리하여 좌절과 고생과 인연이 없는 채로 빌헬름은 첫 출진의 흙을 밟게 되었다.

　그때야 비로소 소년은 현실이라는 벽을 배웠다. 고향에서는 그 위에 설 자 없는 검의 실력도, 전장의 실력자에게는 통하지 않아 자신의 무모와 자만에 나동그라진 것이다.

　그것이 누구나 맛보는, 젊은 까닭의 좌절과 첫 출진의 세례인 것이었다.

　──그렇다. 본래라면 누구나 그렇게 되어야 하는 것이다.

　하지만 빌헬름의 검 실력은 이 시점에서 이미 실전을 모르는 열다섯 애송이의 범주를 가뿐히 능가하고 있었다.

"뭐야. 의외로 별 볼 일 없는 법이군."

첫 출진에서 아인의 시체 더미를 만들고 그 위에 검을 꽂은 소년병.

그 모습에 누구나 그의 피로 물든 미래에 공포심을 느끼지 않을 수 없었다.

빌헬름의 예사롭지 않은 검력은 고향에서 검을 휘두르는 나날로 배양된 것이다.

아침부터 저녁까지, 그야말로 기진맥진할 때까지 빌헬름은 검을 계속 휘둘러대는 생활을 이어왔다. 그것을 여덟 살부터 열네 살까지, 6년간 빠짐없이 매일.

왕국군에 입단하고 나서도, 허용된 시간의 한도 안에서 검에 치성 올리는 생활은 변함없다.

그런 빌헬름에게 상관하는 인간이 같은 부대 안에는 한두 명 있었지만, 뻗어오는 손을 뿌리치고 소년이 청년이 될 정도의 세월 동안 오로지 검에만 몰두했다.

현실 앞에 꺾이지도 않으며, 그렇다고 자신에게 만족하지도 못하며, 빌헬름은 답답한 감정을 주체 못한 채로 전장에서 계속 검을 휘둘렀다.

검으로 다른 이의 육체를 베어 가르고 피를 뒤집어써서 목숨을 빼앗은 상대보다 자신 쪽이 강자임을 증명한다. ——그 순간에만, 어둑한 기쁨이 움트는 걸 알 수 있다.

그 검 실력이 널리 퍼져 기사로 서훈조차 받지 못한 시골 출신

검사의 이름은 어느덧 왕국군과 아인연합에 『검귀』의 이명과 함께 거론되기 시작했다.

전장을 내달리며 사람을 벨 때에만 웃는 검의 귀신.

──그 이름은 외경과 증오의 대명사가 되어, 적에게도 아군에게도 그의 존재는 기피되었다.

세운 무공은 헤아릴 수 없으나, 그런데도 빌헬름에게 기사 서훈 이야기는 없었다.

다른 이와 터놓고 지내지 않으며 오로지 금욕적으로 검에만 몰두하고, 전장에서는 아군에게 눈길도 주지 않고 날뛰어 다니며, 적진에 쳐들어가서는 피의 꽃을 피우고 되돌아온다.

──그런 존재에 기사같이 빛나는 칭호가 어울릴 턱이 없다.

여하간 해묵은 기사도 정신이 살아 있는 왕국에서는, 국가에 다대한 공헌은 하더라도 빌헬름의 존재는 이물로서 소외되고 있었다.

그리고 빌헬름 또한 그런 상황을 바꾸려고 생각하지는 않았다.

기사처럼 명예롭게, 다른 이의 생명과 자신의 영혼이 가진 고결함을 겨루자고 생각하지 않는다.

싸우면 사람은 죽고, 피는 흐르며, 생명은 잃는다.

그 감각을 무엇보다 즐기는 자신에게 기사는 맞지 않고, 그것을 즐길 수 없어진다면 기사 같은 건 되고 싶지도 않다.

일그러진 싸움에 대한 갈망이, 빌헬름이라는 청년의 마음을 오래도록 좀먹고 있었다.

거기에 빈틈이 터진 것은 그가 열여덟── 왕국군에서의 군

경력도 3년을 헤아려 군 안에서도 『검귀』의 이름을 모르는 사람이 없어졌을 무렵이었다.

2

──아름다운 빨강 머리를 길게 기른, 떨릴 만큼 옆얼굴이 고운 소녀였다.

전선의 확대에 따라 전방에서 일단 왕도로 복귀하게 되어, 불필요하다고 진언했음에도 불구하고 빌헬름에게 억지로 주어진 휴가 중에 생긴 사건이다.

피와 화약, 죽음의 냄새가 만연한 전장에서 벗어나 시간을 주체 못하던 빌헬름은 애검을 들고 성문을 넘어 왕도의 성 밑으로 향했다.

친가를 뛰쳐나왔을 때, 준비금 대신에 들고 나온 트리아스 가문의 보검도 꽤 낡았지만 10년 동안 함께한 이 애검이 가장 손에 익었다. 다른 검을 쓰지 못하는 건 아니지만 생명의 쟁탈전에 몰두하려면 역시 이 검이 최고다.

홀로 걷는 빌헬름의 모습은 성 아래의 인기척 없는 거리로 향한다.

목적지는 왕도의 가장자리, 개발 도중에 방기되어 황량해진 구획이다.

귀족가, 상업가, 그리고 평민가로 이어지는 왕도에서, 개발 도중의 구획은 그 연장선상에 있던 모양이지만 꽤 전부터 작업은 중단되었다. 재개할 전망은 지금도 없어서 현재의 내전이 정리될 때까지는 그대로일 거라고 한다.

"―――."

아침의 개발구에는 인기척이 없고, 있다고 해도 괘씸한 목적으로 이 자리를 터전 삼는 패거리뿐. 조금 검기를 쐬어주면, 거미 새끼가 흩어지듯 도망치는 소인배들이다.

그 무뢰한도 휴일 때마다 개발구를 방문해서는 일심불란하게 검을 휘두르는 『검귀』의 존재를 두려워해 최근에는 함부로 접근하는 일도 없다.

"뭐, 사정에는 좋다만."

왕성의 연병장이 아니라 성 밑에서 빌헬름이 검을 휘두르는 이유는 번잡한 목소리에 귀를 기울이지 않기 위해서이며, 조용히 자신만의 세계에 몰두하기 위해서이기도 하다.

빌헬름의 단련은 이미 다른 이와 검을 맞대는 것을 요구하지 않았다.

뇌리에 그린 검사와 마주해서 뽑아낸 강철로 맞서 친다. 어릴 적부터 계속해온 수련은, 항상 지금의 빌헬름에게 최대의 적과 칼부림을 주고받는 일이다.

그리고 그 최대의 적은 언제나―――.

"눈매가 사납군."

살의에 젖은 눈과 광기로 일그러진 입매.

칼을 맞대는 공허한 눈의 검사는 바로 매일 아침 거울에서 보는 자신의 모습이었다.

──빌헬름에게 가장 큰 적은 항상 자기 자신이다.

그것은 정신론적인 이야기가 아니라 실력이라는 현실적인 견해에 따른 것이다.

전장에서의 승부란 요컨대 생명의 쟁탈전이다. 생사가 걸린 전장에서 살아남아 온 이상, 지금까지 겪은 전장에 빌헬름을 넘어서는 강자는 한 명도 없다.

그렇다면 호적수로서 칼을 맞댈 상대는 죽여도 죽이지 못하는 자기 자신밖에 없지 않은가.

그렇기에 빌헬름은 휴일, 혼자가 될 수 있는 장소에서 내면의 자신과 주고받는 검무에 몰두한다.

그곳에서는 현실에서는 바랄 수도 없는 검극이 펼쳐지고 있으며, 그곳에서만 자신이 사는 의미를 실감할 수 있으므로──.

"어머, 미안해."

그날, 『검귀』의 세계에 끼어든 이분자는 아름다운 소녀의 모습을 하고 있었다.

검을 휘둘러 자기 자신과 서로 죽인다──. 그러기 위해서 개발구에 발길을 옮긴 빌헬름은 그 선객의 기척을 알아채고 멈춰 섰다.

평소에 빌헬름이 이용하는 곳은 개발구의 후미진 빈터다. 비교적 발판이 고르고, 넓이도 나무랄 데 없는 절호의 장소──.

그렇건만, 하필이면 이 분자는 빌헬름의 쉼터에 들어앉아 자신을 보며 갸웃거리고 있었다.

"이렇게 아침 일찍 여기에 오는 사람이 있구나. 이런 곳에——."

"_____."

미소와 함께 소녀는 빌헬름에게 말을 걸었다.

하지만 빌헬름은 그 답례로, 심플하게 검기를 내쳐서 쫓아내려고 했다.

늘 하듯이 거추장스러운 벌레를 쫓아내는 것과 같은 감각이다. 일반인이라면 검기에 쐬여 냉큼 도망치고, 실력자라도 빌헬름의 기량을 알아채고 역시 냉큼 도망칠 것이다.

하지만 그 소녀는 기가 막히게도.

"……왜 그래, 무서운 얼굴 하고."

선뜻 빌헬름의 검기를 받아 흘리고 그렇게 말을 덧붙였다.

짜증을 느낀 빌헬름은 혀를 찼다.

검기가 통하지 않는 상대——. 그 말은 즉, 무(武)와 전혀 관계가 없는 패거리다.

적지 않게 폭력에 정통한 자라면 빌헬름의 검기에 뭔가 반응을 보인다.

하지만 그것과 무관한 자에게는 단순한 위압일 뿐이다. 상대에 따라서는 그 위압조차도 단순히 눈을 가늘게 떴다고밖에 받아들이지 않는 경우도 있으리라.

이 눈앞에 있는 인물의 경우, 그야말로 후자 중의 후자에 속하는 패거리다.

"계집이, 이런 새벽부터 이런 곳에서 뭐 하고 자빠졌어."

변함없이 여자의 시선이 자신에게서 떨어지지 않기에 빌헬름은 악담을 내뱉었다.

소녀는 빌헬름의 말에 "으음." 하고 작게 목울대를 떨다가 대답했다.

"그대로 남 말하느냐고 대답해드리고 싶은데, 그 말을 하는 건 좀 심술궂기 짝이 없지. 농담은 안 통할 것 같은 얼굴이고."

"이 주변은 위험한 놈들이 많아. 계집 홀로 다니는 건 칭찬 못하겠군."

"어머, 걱정해 주는 거야?"

"내가 그 위험한 놈들일 가능성도 있다만."

빌헬름은 소녀의 넉살에 이죽거림으로 응수하고, 칼자루로 소리 내며 무기의 존재를 주장했다.

하지만 소녀는 빌헬름의 그 거동에 눈길도 돌리지 않고, "저어기." 하고 손가락으로 뒤를 가리켰다.

계단에 앉은 소녀가 손가락을 겨눈 곳은, 기대고 있는 건물 저편이다. 빌헬름 위치에서는 엿볼 수 없는 장소여서 미간에 주름을 잡자 손짓해 불렀다.

"그렇게까지 해서 보고 싶은 건 아니다만……."

"자자, 그러지 말고. 이리 와, 이리 와."

빌헬름은 어린애를 어르는 듯한 어조에 뺨을 실룩이면서, 마음을 가라앉히고 소녀 쪽으로. 계단 위의 소녀 옆에 서서 몸을 내밀어 저쪽을 들여다보았다.

"＿＿＿＿＿＿."

아침놀의 햇살에 비추어진 노란 꽃밭이 온통 펼쳐져 있었다.

"이 구획의 정리는 꽤 전부터 멈춰 있잖아? 아무도 오지 않을 줄 알고, 씨앗을 뿌려뒀었어. 그 결과를 보러, 발길을 옮겼다는 거야."

말을 잃은 빌헬름에게 소녀는 비밀을 고백하듯이 목소리를 죽이고 속삭였다.

이 장소에 발길을 옮긴 지 꽤 지났지만 빌헬름은 한 번도 꽃밭의 존재를 깨닫지 못했다. 아주 약간 발돋움해서 시야를 넓히기만 해도 볼 수 있었던 그것을.

"꽃은, 좋아해?"

아직도 입을 열지 않는 빌헬름의 옆얼굴에 소녀는 그렇게 물었다.

빌헬름은 그런 그녀 쪽으로 얼굴을 돌리고, 자그마한 미소를 짓는 소녀의 얼굴을 빤히 응시한 다음──.

"아니, 싫어한다."

입을 뒤틀고 낮은 목소리로 대답했다.

3

──그때부터 소녀와 빌헬름의 조우는 자주 이어졌다.

휴일에 새벽부터 개발구에 발길을 옮기면 그녀는 빌헬름보다 먼저 그 장소에 도착해 있어서, 홀로 조용히 바람을 쐬면서 꽃밭을 바라보고 있다.

그리고 빌헬름이 다가온 것을 알아채면.

"꽃, 좋아졌어?"

……라고 물어오는 것이다.

고개를 가로저어 부정하고, 그녀의 존재 따위 잊은 것처럼 검을 휘두르는 일에 몰두한다.

땀을 흘리며 자기 자신과의 생사결을 마치고 고개를 들면, 그곳에는 아직 그녀의 모습이 있어서.

"너는 퍽이나 한가하신가 보군."

……라고 이죽거리는 게 버릇이 되어갔다.

틈틈이 대화를 나누는 시간은 조금씩 늘어가던 것 같았다.

검을 휘두른 뒤에만 나누던 대화를, 검을 휘두르기 전에도 조금 나누게끔 되고, 검을 휘두른 뒤의 대화도 그 시간이 약간씩 연장되었다.

차차 그 장소에 발길을 옮기는 시간이 빨라지고, 때로는 소녀보다 먼저 꽃밭 앞에 서서 "아, 오늘은 빠르구나." 하고 분한 내색인 소녀에게 웃음을 띠게끔 되었다.

──이름을 교환할 때까지는 그렇게 만나고 3개월가량 걸렸을 것이다.

테레시아라고 이름을 밝힌 소녀는 "새삼스럽네." 하고 살짝 혀를 내밀었다.

마주 이름을 밝힌 빌헬름은 "지금까지 꽃녀라고 머릿속에서 부르고 있었어."라고 말해서 테레시아를 부루퉁하게 만들었다.

이름을 교환해서, 아주 약간 서로의 사정에 파고들게도 되었다고 생각한다. 그때까지 무던한 대화뿐이었던 것이, 그 질을 차차 바꾸기 시작했다.

어느 날, 왜 검을 휘두르느냐고 테레시아에게 질문 받았다.

빌헬름은 고민하지도 않고 그것밖에 없기 때문이라고 대답했다.

변함없이 군무로 돌아가면 피비린내 나는 나날이 빌헬름을 환영했다.

아인과의 내전은 격화 일변도를 더듬어서, 마법을 뚫고 나가 상대의 품속에 파고들어 가랑이 밑에서 턱까지 써는 작업이 담담하게 반복되었다.

땅을 달리며 바람을 뚫고 적진에 뛰어들어서 대장의 목을 친다. 목을 찌른 검을 들고 아군 진영으로 돌아와 칭찬과 두려움이 뒤섞인 시선을 받으며 숨을 내뱉는다.

문득, 전장의 발 아래, 피에 젖으면서도 바람에 살랑거리는 꽃이 피어 있음을 깨달았다.

자신이 그것을 밟지 않도록 하고 있음도, 어느덧 깨달았다.

"꽃, 좋아졌어?"

"아니, 싫어한다."

"어째서, 검을 휘두르는 거야?"

"내게는 이것밖에 없기 때문이다."

테레시아와의 정형화된 대화── 꽃에 대해서 얘기할 때, 빌헬름은 웃음조차 머금고 응수할 수 있었다. 그러나 검에 대해서 얘기할 때, 어느덧 뻔하디뻔한 문구를 주워섬기는 데에 고통을 느끼도록 변했다.

왜, 검을 휘두르는가.

그것밖에 없다며 사고 정지하던 나날을 생각한다.

진지하게 그 물음에 대한 대답을 찾아 헤매서 빌헬름은 가장 처음에 검을 휘두른 날까지 되돌아갔다.

그 시절, 검은 빌헬름의 손아귀에서 피를 뒤집어쓰는 것을 모르는 채였다.

그런 그늘 없는 도신에, 맑은 강철에 빛을 비추며 빌헬름은 무슨 생각을 했던가.

어느 날, 답이 나오지 않는 사고의 도가니를 헤매던 채로 평소와 같은 장소로 발길을 옮겼다.

발걸음은 무겁고, 가는 장소에서 기다리고 있을 소녀를 상대하기가 우울했다.

이렇게나 골머리를 썩인 건 난생처음이었을지도 모른다.

아무 생각도 안 해도 되기에 검을 계속 휘둘러 왔던 게 아니었던가.

그런 단락적인 답으로 결판을 내려던 순간.

"──빌헬름."

먼저 그 장소에 있던 소녀가 자신을 돌아보고 미소 지으면서 이름을 불렀다.

──갑자기 영혼이 뒤흔들렸다.

발이 멈추고 치미는 것을 버틸 수 없었다.

느닷없는 자각이 빌헬름을 엄습해 그 몸을 찌부러뜨리려 들었다.

무심으로 검을 휘두른다는 결론에 모든 것을 내팽개친 것에, 사고 정지해서 내버리고 왔던 모든 것이 터져 나왔다.

이유는 모른다. 계기도 정확하지 않다. 그것은 줄곧 팽팽하던 제방을 터트리려들다가, 별안간 이 순간에 한계를 맞이한 것이다.

왜, 검을 휘두르는가.

왜, 검을 휘두르기 시작했는가.

검의 광채를, 그 굳건함을, 칼날로서 사는 것의 청렴함을 동경했다.

그 이유도 있다. 그 이유도 있지만, 발단은 달랐을 터.

"난 형들이 할 수 없는 일을 할 수 있어야만 해."

검을 휘두른다든지 그러한 방면에는 완전히 깜깜한 형들이었기에.

그런데도 형들은 형들 나름대로 집안을 지키려고 했기에, 그런 형들을 돕고 싶어서, 다른 방법으로 지키는 방식을 찾으려다가.

그러다가, 검의 광채와 굳건함에 매료되었던 건 아니었나.

"꽃은, 좋아졌어?"

"······싫진, 않아."

"어째서, 검을 휘두르는 거야?"

"내게는 이것밖에······ 지킬 방법이 떠오르지 않기 때문이다."

그 이후, 그 정형화된 대화를 나누는 일은 없어졌다.

대신에 자신이 먼저 화제를 꺼내는 일이 많아졌다고 생각한다. 정신이 드니 검을 휘두르는 것보다 테레시아를 만나러 가는 것을 목적으로 삼고 있는 자신이 있고.

무심으로 검을 휘두르던 장소는, 어떻게든 모자란 머리를 굴려서 검이 아닌 화제를 꺼낼 장소로 바뀌어갔다.

전장에서의 『검귀』의 행동거지가 변하기 시작한 것도, 이즈음이다.

그때까지는 단신으로 적진에 돌입해 하나라도 많은 목을 따는 것에 진력하던 전투법이, 어느덧 아군의 손해를 어떻게 줄일지를 염두에 둔 행동으로 변했다.

적을 죽이는 것보다 아군의 원호를 우선하는 모습에 자연히 주위에서 보는 눈이 변하기 시작했다.

태도가 좋지 않을 적부터 계속 빌헬름과 접해오던 전우는 빌헬름의 그 변화를 기뻐하면서도 복잡한 내색이었지만.

──남이 말을 거는 일도, 자신이 먼저 말을 거는 일도 많아진다.

그때까지 완전히 무관하던 기사 서훈의 이야기가 나오고, 그것을 받는 데에 약간의 타산을 따지게도 되었다.

그 나름대로 명예가 있는 편이, 흑심에도 관록이 붙는다고.

"서훈 얘기가 나와서, 기사가 되었다."

"그래, 축하해. 한 걸음, 꿈에 가까워졌잖니."

"꿈?"

"지키기 위해 검을 잡은 거라며? 기사란, 누군가를 지키는 사람을 말하는걸."

그 지키고 싶은 것 중에, 그 미소가 아로새겨진 느낌이 들었다.

4

시간은 다시 지나간다.

기사가 되어 군 안에서 접하는 인간이 늘자 자연히 귀에 들어오는 정보도 는다.

심각한 내전은 수렁이 이어지고, 각지의 전선은 일진일퇴를 반복하고 있다. 빌헬름 또한 승전만이 아니라 패전을 여럿 경험했다.

그때마다 검이 닿는 범위만이라도 지키겠다고 발버둥 쳤으나, 그런데도 닿지 못하는 영역이 있음에 분한 감정을 곱씹는 나날이 이어졌다.

──트리아스 가문의 영지에 전화가 옮겨붙었다고, 그렇게 들은 건 우연한 일이었다.

군 안에서 새로 얻은 교우관계를 통해 그 사실이 우연히 빌헬름의 귀에 들어갔다.

원래 국토 동부에서 시작된 내전이 확대해 전화가 북방의 트리아스령에 닿았다고.

──명령은 없었다.

수여받은 기사로서의 입장을, 왕국에 대한 충절을 잊고 있지 않다면, 자의적인 행동은 허용되지 않았다.

하지만 처음 검을 잡았을 때의 마음을 다시 가슴에 품고 있던 빌헬름에게 그러한 굴레들은 아무 의미도 없었다.

달려간 그리운 고향은, 이미 적군이 진공해 불바다로 변모해 있었다.

5년 이상이나 전에 버려두고 온 광경이, 낯이 익던 경치가 퇴색해가는 현실에, 빌헬름은 검을 뽑아 목소리를 높여 피안개 속으로 뛰어 들어갔다.

적을 베어 쓰러뜨리고 주검을 밟고 넘어서서, 목이 쉬도록 외치며, 적의 피를 뒤집어쓴다.

수에는 장사가 없었다. 원군도 없고 본래 전력도 빈약한 영지.

전우와 함께 도전하는 전장과 달리 빌헬름은 단신이며 물러날 순간도 주어지지 않았다.

지금까지 얼마나 자신만의 힘으로 싸우고 있다고 여겼었는지를 뼈저리게 깨우치면서, 하나, 또 하나 상처가 늘다가── 움직이지 못하게 된다.

쌓아 올린 주검 위에 자신 또한 쓰러졌는데도 끝이 없는 적세 앞에서 그 기세는 꺾이고, 빌헬름은 눈앞에 죽음이 임박했음을 이해했다.

오랜 관계였던 애검이 옆에 떨어지고, 손끝에 남은 감촉을 들어 올릴 기력도 없다.

눈꺼풀을 감으니 반생이 떠오르고 거기에는 검만 휘두를 뿐인 자신이 있다.

외롭고 아무것도 없는 인생이었다.

그렇게 결론 내릴 뻔한 한순간의 광경── 그 도중에, 잇달아 사람들의 얼굴이 떠오른다.

부모님이, 두 형들이, 영지에서 함께 말썽을 피운 악우가, 왕국군에 소속된 전우와 상관이 잇달아 떠오르고── 꽃을 등진 테레시아가 마지막으로 떠올랐다.

"죽고 싶지, 않아……."

검에 살고, 검에 죽는 길이야말로 나의 바람이라고 줄곧 생각해왔을 터였다.

그러나 실제로 그러한 강철에 모든 것을 맡기는 삶 끝에, 바랐을 터인 종말을 목전에 둔 빌헬름을 엄습한 것은 견디기 어려운 적막감뿐이었다.

그런 목멘 마지막 말도, 다수의 동료가 칼날 아래 죽은 적병은 용서하지 않는다.

남다른 거구가 빌헬름을 노려 가차 없이 대검을 내려치고──.

"_____."

──그 순간, 솟구친 참격의 아름다움은 영겁토록 잊지 못하리라.

검풍이 휘몰아치고, 그때마다 아인족의 손발이, 목이, 몸통이 베여나간다.

동요가 적군에 노도처럼 퍼지지만 내달리는 은빛 섬광 쪽이 그보다 훨씬 현격하게 빨라서 아무렇지도 않게 죽음이 양산된다.

눈앞에서 펼쳐지는 마치 악몽 같은 광경.

피보라가 날고 단말마조차 뒤늦으며, 아인의 목숨이 수확된다.

지나치게 선명한 참격은 베인 당사자에게도 그 사실을 알리지 않고, 생명의 등불을 무정하게 날려버리는 것이다.

그것이 잔혹한 행위인지 아니면 자비인지, 이미 누구도 알 수 없었다.

알 수 있는 사실이 있다면, 그것은 단 하나뿐.

──저 검의 영역에는 평생, 영원히 도달할 수 없으리라.

검을 휘두르는 삶에, 그렇게 길지는 않은 인생 태반을 아낌없이 바치며 살아왔다.

그런 빌헬름이었기 때문에 더욱 눈앞에서 펼쳐지는 검극이 어느 정도 경지에 있는 것인지, 똑똑히 이해되었다.

그것이 재능 없는 자신에게는 결코 닿지 못하는 영역에 있다는 사실도, 역시.

빌헬름이 고향에 만든 그것이 피안개의 계곡이었다면, 눈앞에서 펼쳐진 것은 그야말로 피바다다. 쌓은 주검 더미의 높이도 비교할 여지조차 없다.

트리아스령에 침공한 아인족의 씨가 마를 때까지 은빛 섬광의 춤은 멈추지 않았다.

압도적인 살육을 지켜보다가 뒤늦게 도착한 왕국군의 동료들에게 부축을 받아 일어섰다. 뭔가 외치는 소리에, 치료를 받으면서도 빌헬름은 그 모습에서 눈을 떼지 못했다.

　이윽고 검사는 가는 장검을 흔들며 유유히 떠났다.

　그 몸이 적의 피 한 방울도 받지 않았음을 깨닫고, 전율이 빌헬름을 꿰뚫었다.

　뻗은 손은 멀어지는 등에 닿지 않는다.

　필시 빌헬름이 닿지 않는 건, 물리적인 거리만이 아니었다.

『검성』의 이명과, 그 진명을 들은 건 왕도에 돌아간 뒤였다.

　검귀 빌헬름을 대신해 검성의 이름이 각지에 퍼지기 시작한 것도 같은 시기였다.

　『검성』──그것은 일찍이 세계에 재앙을 초래한 『마녀』를 벤 전설의 존재.

　검신에게 사랑받은 남자의 가호는 지금도 일족의 피에 깃들어, 그것은 면면히 혈족에 물려지면서 다음 대의 초월자를 계속 낳고 있다.

　당대 검성의 이름은 그때까지 한 번도 공표되지 않았지만──그 또한 이때까지의 일.

5

싸움에서 입은 부상이 아물고, 늘 다니던 장소로 발길을 옮긴 건 며칠 뒤의 일이었다.

애검을 움켜쥐고 조용히 땅을 짓밟으면서 빌헬름은 꽃밭으로 향했다.

──아마도 있을 거다. 확신이 있었다.

그리고 확신대로, 테레시아는 변함없는 모습으로 그 장소에 앉아 있었다.

"_____."

그녀가 돌아보는 것보다 빠르게 빌헬름은 검을 뽑아 덮쳐들고 있었다.

반원을 그리는 칼날이 그녀의 머리를 쪼개기 직전── 손가락 두 개 사이에, 검 끝이 끼워져 막혔다.

경탄에 목이 메고 빌헬름의 입가에 흉악한 웃음이 떠올랐다.

"굴욕이다."

"……그래."

"날, 비웃고 있었나."

"_____."

"대답하시지, 테레시아……. 아니, 『검성』 테레시아 반 아스트레아!!"

힘에 맡겨 검을 들어 올리고 다시 베어들어도 머리털 한 올 흐트러지지 않는 움직임으로 회피된다.

춤추는 붉은 머리에 눈을 빼앗긴 직후, 발이 후려져 낙법도 취하지 못하고 처참하게 쓰러졌다.

검조차 잡지 않은 검성에게 검귀의 칼날은 하나같이 닿지 않았다.

방법이 없는 벽이, 터무니없는 차이가 엄연히 두 사람 사이에 존재하고 있었다.

"이제, 이곳에는 안 올게."

수도 없이 베어들고, 그때마다 반격을 받아 빌헬름은 때려눕혀졌다.

애검은 어느새 그녀의 손아귀에 빼앗겼고 그 칼자루로 마음껏 얻어맞아서 어느덧 한 걸음도 움직이지 못하고 있었다.

멀다. 너무나도 약하다. 닿지 않는다. 모자라다.

"그런, 얼굴로…… 검 같은 걸, 쥐는 게 아냐."

"난, 검성이니까. 그 이유를 알지 못하고 있었지만, 겨우 알았으니까."

"이유……라고……!"

"누군가를 지키기 위해 검을 휘두른다. 그거, 나도 좋다고 생각해."

──꽃을 가꾸는 걸 좋아하고, 검을 쥐는 데에서 의미를 찾아내지 못하고 있던 테레시아에게 그 이유를 주고 만 것은 빌헬름이었다.

누구보다 강하고, 누구보다 멀리 검을 닿게 할 수 있는 그녀이기에, 유난히 더.

"기다리고, 있어라, 테레시아……."

"_____."

"내가, 네게서 검을 빼앗아주마. 주어진 가호든 역할이든, 알 바냐. 검을 휘두른다는 것을…… 칼날의, 강철의 아름다움을, 얕보지 말라고, 검성……!"

멀어지는 등. 여자는 멈춰 서지 않는다.

남겨진 것은 검에 사랑받은 검성에게 검을 설파하는 어리석은 귀신이 한 명.

그 이후로 두 사람이 이 장소에서 만나는 일은 두 번 다시 없었다.

6

검귀의 모습이 왕국군에서 사라지고 대신에 검성이 군 안에서 이름을 퍼뜨리게 된다.

일기당천──. 그 말을 체현하는 것 같은 테레시아의 분전에 내전의 전황은 삽시간에 기울어간다. 개인임에도 그 무용은 이미 개인의 영역을 벗어나서, 울려 퍼지는 『검성』의 이명은 옛 전설을 아는 아인들에게도 절망적이기까지 했다.

내전의 종결은 『검성』이 전장에 나오고 나서 2년 남짓한 세월 만에 이루어졌다.

아인연합의 근간을 걸머지던 자들이 없어지고, 화평의 타협점은 양측의 현 수장에 의한 회의로 넘어가서 적어도 검을 가진 자들의 싸움은 종결을 고했다.

오랜 기간에 걸친 내전의 종결을 축하해 왕도에서는 소박하면서도 화려한 행사가 열렸다.

세리머니로는 아름답고 강인한 검성에게 몇 가지 훈장의 수여가 예정되었다.

빨강 머리의 『검성』, 테레시아의 모습을 한번 보자고, 온 나라의 인간이 왕도로 발길을 옮긴다. 열광이 오래되고 괴로운 전쟁을 끝낸 영웅인, 단 한 소녀를 휩쌌다.

──그 열광을 끊어내듯이 검귀가 훌쩍 날아 내려선 것은 그 순간이다.

뽑아낸 검을 손에 든 무뢰한. 그 예사롭지 않은 검압에 경비하던 병사들이 긴장한 내색을 내비쳤다.

하지만 그들을 제지하고 앞으로 나선 건 다름 아닌 세리머니의 꽃인 검성이었다.

두 사람은 마치 미리 짠 것처럼 무대로 올라가더니 각자 상대에게 검을 겨누었다.

길고 붉은 머리를 바람에 살랑이며 침입자와 맞서는 소녀의 모습에 누구나 숨을 집어삼켰다.

그 선 자태는 아름답고 세련되었으며, 검과 일체가 되는 본연의 자세는 필설로 형용하기 어렵다.

대조적으로 검성과 맞서는 인물의 검기는 어찌 이리도 흉흉하던가.

걸친 갈색의 웃옷도 그 아래의 피부도, 빗물과 진흙의 더러움이 말라 들러붙었다. 손에 든 검도 검성이 쥔 의례용 성검과 비교하면 궁상맞은 것이다. 만듦새만 훌륭한 검의 도신은 찌그러지고 붉게 바랜 녹이 슨 몰골이었다.

두 사람과 같은 단상 안쪽에 앉은 국왕이 검성에게 조력하려는 기사들을 말렸다. 턱을 당기고 앞으로 내디딘 검성의 검극이 번뜩이는 모습을 누구나 소리 죽이고 지켜보았다.

시작은 갑자기, 많은 이들에게는 두 사람의 모습이 사라진 것처럼 보였으리라.

그어진 칼날과 칼날이 겹쳐지고, 카랑카랑한 소리가 관중 사이를 꿰뚫는다.

번쩍임과 강철의 쇳소리가 연거푸 이어지고, 바람을 휘감으며 정신없는 속도로 두 그림자가 무대 위에서 춤추었다.

그 광경을 목격해 말을 잃고 있던 사람들의 마음에 오간 것은, 그저 압도되고 있을 뿐인 방대한 감동이었다.

공수가 어마어마한 기세로 뒤바뀌고, 선 위치를 땅에, 벽에, 하늘에 두면서 두 검사가 검극을 겹쳤다. 그 모습에 정신이 들고 보니 눈물을 흘리는 자마저 있었다.

그저, 함께 연주하는 강철의 음(畜)을 들으면서 본능을 드러내는 장렬한 존재에 흠뻑 취한다.

사람은, 이 정도 영역에까지 이를 수 있었노라고.

검이란 이 정도까지, 다른 이에게 아름답다는 감개를 줄 수 있는 법이다.

검극이 교차해 코등이싸움을 펼치고, 칼끝이 번뜩이고, 수도 없이 튕기고 튕겨낸다.

그리고 마침내.

"_____."

붉게 바랜 칼날이 반치에서 부러지고, 끝부분이 빙글빙글 하늘을 춤추며 날아갔다.

그리고 검성이 손에 들고 있던 의례용 검이——.

"내."

"_____."

"내, 승리다."

검성이 소리와 함께 땅에 떨어지고, 부러진 검의 삐뚤어진 칼끝이 검성의 목덜미 직전에 짓쳐들었다.

그 광경에 시간이 멈추고 누구나 그 사실을 깨달았다.

——검성의, 패배를.

"나보다 약한 네게, 검을 들 이유는 더 이상 없다."

"내가, 검을 들지 않는다면…… 누가."

"네가 검을 휘두를 이유는 내가 이어받는다. 넌, 내가 검을 휘두를 이유가 되면 그만이야."

웃옷의 후드가 튕겨 올라갔다.

붉게 바랜 찌든 때 아래에서, 빌헬름이 무뚝뚝한 얼굴로 테레시아를 노려보고 있었다.

테레시아는 그런 빌헬름의 태도에 작게 고개를 저었다.

"지독한 사람. 남의 각오도 결의도 전부, 망쳐버리고."

"그 망쳐버린 것 전부, 내가 물려받지. 너는 검을 잡던 것 따위 잊고 태평하게…… 그렇지. 꽃이라도 기르면서, 내 뒤에서 안온하게 살고 있으면 된다."

"당신의 검으로, 지켜지면서?"

"그래."

"지켜줄 거야?"

"그래."

테레시아가 들이밀어진 칼 아랫부분에 손을 대고 한 걸음 앞으로 나섰다.

숨결조차 닿을 거리에서 둘이 얼굴을 맞대었다.

촉촉한 눈에 고인 눈물이 테레시아의 미소를 타고 흘러 떨어진다.

"꽃은, 좋아해?"

"싫지 않아졌어."

"어째서, 검을 휘두르는 거야?"

"널 지키기 위해."

양쪽의 얼굴이 가까워지고 거리가 줄어들다가, 이윽고 사라졌다.

닿은 입술을 뗀 테레시아는 뺨을 붉히고 빌헬름을 살짝 바라보며 물었다.

"나를, 사랑해?"

"──감 잡아라."

얼굴을 돌리고 퉁명스럽게 내뱉는다.

그 순간, 검무에 홀려 있던 사람들이 제정신으로 돌아오고 경비병이 대거 밀어닥쳤다.

달려오는 병사 중에 구면이 있는 게 보여서 빌헬름은 어깨를 으쓱였다.

그런 그의 쌀쌀맞은 태도에 테레시아는 볼을 부풀렸다.

그 장소에서 둘이 꽃밭을 바라보며 함께 웃던 나날의 한 장면처럼.

"말로 해줬으면 하는 것도 있단 말이야."

"아—."

빌헬름은 머리를 긁고 겸연쩍게 얼굴을 찌푸리면서 어쩔 수 없다고 테레시아를 돌아보더니, 그 귓가에 얼굴을 들이밀고.

"언젠가, 마음이 내켰을 때에."

부끄러움을 말로 얼버무렸다.

7

──번쩍이는 보검이 바위 같은 외피를 쉽사리 찢어버리고 바람이 내달린다.

"오오오오오오오오오오옷──!!"

함성을 지르면서 달리는 노검사의 뒤를 쫓아가듯이 발생한 칼날의 상처에서 분출하는 선혈이 하늘을 붉은색으로 물들여간다.

만신창이의 모습이다.

왼팔 어깨 밑은 당장에라도 떨어질 것 같으며, 온몸을 적시는 피는 마수의 피와 자신의 피가 뒤섞여서 거무칙칙하게 색깔을

바꾸었다.

불과 얼마 안 되는 시간에 받은 치료 마법의 효과 따위, 상처의
지혈과 약간의 체력 회복밖에 바랄 수 없다. 여전히 절대 안정
을 얻길 받은 중태임에 변함은 없다.

하지만 지금의 빌헬름의 모습을 보고 누가 그를 빈사의 노인
이라고 비웃으랴.

두 눈의 광채를 보면, 달리는 힘찬 발놀림을 보면, 잡은 칼이
펼치는 선명한 검격을 보면, 울려 퍼지는 카랑카랑한 기합을 들
으면, 그 영혼의 광채에 홀리면, 누가 그 노인의 인생의 집약을
어리석다고 비웃을 수 있을까.

칼날이 달린다. 절규를 터트리고 몸부림치는 백경의 거구가
격통에 떤다.

거목 밑에 깔려서 꿈쩍도 하지 못하는 마수, 그 등을 내달리는
검귀의 칼날에 주저는 없다. 머리 끝부분에서 들어간 참격이 등
을 돌파해 꼬리에 이르러 땅에 내려서자 다시 머리를 목표로 아
랫배를 가르면서 되돌아간다.

일검——. 길고 길며, 깊고 날카로운, 은빛 일섬이 한 바퀴 돌
아 백경을 양단한다.

도약한다. 움직임이 멎은 백경의 코끝에 다시 검귀가 내려섰
다.

피에 젖은 검을 떨친 검귀의 시선과 백경의 애꾸눈—— 두 숙
명이 교차했다.

"네놈을, 악이라고 욕할 맘은 없다. 짐승에게 선악을 말해 봤

자 헛수고. 그저 네놈과 나 사이에 있는 건 단지 강자가 약자를 거두는 생사의 섭리뿐."

"―――."

"잠들어라. ――영원토록."

마지막에 작은 울음소리를 남기고, 백경의 눈에서 빛이 사라졌다.

그 거체에서 힘이 빠지고, 낙하하는 몸과 방울져 떨어지는 선혈이 땅울림과 붉은색의 탁류를 만들어냈다.

발밑을 타고 흐르는 피의 감촉에 누구나 말을 꺼내지 못했다.

정적이 리파우스 가도에 떨어진다. 그리고――.

"끝났다, 테레시아. 겨우……."

움직이지 않는 백경의 머리 위에서 빌헬름이 하늘을 우러렀다.

검귀는 그 손에서 보검을 떨어뜨린다. 빈손으로 얼굴을 가리고, 검을 잃은 검귀는 떨리는 목소리로 입을 열었다.

"테레시아, 나는……."

갈라진 목소리. 그러나 거기에는 흐려지지 않는 만감의 사랑이.

"나는, 널 사랑한다――!!"

빌헬름만이 아는, 전하지 못한 사랑의 말.

가장 사랑하는 사람을 잃은 그날까지, 한 번도 말로 꺼내지 못한 해묵은 감정.

일찍이 그녀의 질문을 들었을 때, 본래라면 전했어야 할 말을, 빌헬름은 수십 년의 시간을 거쳐 겨우 입에 담는다.

백경의 주검 위에서 검을 떨어뜨린 검귀가 눈물을 흘리며 여읜 아내에 대한 사랑을 외쳤다.

8

"——여기에, 백경은 쓰러졌다."

나직이, 늠름한 음성이 평원의 밤에 고요히 울렸다.

그 목소리에 말을 잃고 있던 남자들이 고개를 들었다.

그들의 시선은 하얀 지룡에 타서 대범하게 앞으로 나아가는 소녀의 일신에 쏠렸다.

긴 녹발은 풀리고 전투 한중간에 받은 상처로 장식류는 처참해졌으며 그 얼굴을 자신의 피로 더럽힌, 너무나 추레한 몰골의 인물이다.

그러나 그 소녀의 모습은 그들의 눈에 지금까지 그 어떤 순간보다 빛나 보였다.

영혼의 광채가 사람의 가치를 결정한다면, 그것은 당연한 일이다.

“＿＿＿＿＿．”

　기사들의 시선에 고개를 들고 늠름한 소녀가 깊게 숨을 들이 켰다.

　보검을 빌려주었기 때문에 지금의 크루쉬는 대검하고 있지 않다.

　따라서 그녀는 주먹을 하늘에 쳐들어 움켜쥔 그 손을 전원에 게 보이도록 하고.

　“400년의 세월을 살고, 세계를 위협해온 안개의 마수＿＿ 빌 헬름 반 아스트레아가 처단했노라!!”

　“＿＿오오!!”

　“이 싸움, 우리의 승리다＿＿!!”

　승리의 선언이 주군에게서 드높이 울려 퍼지고, 살아남은 기 사들이 환성을 지른다.

　안개가 갠 평원에 다시 밤의 조짐이 돌아온다.

　달빛이 두루 지상의 사람들을 비추는, 있어 마땅한 올바른 밤 의 모습으로서.

　＿＿이곳에 수백 년의 시간을 걸쳐, 백경전이 종결되었다.

제6장 『메이더스령으로 가는 길』

1

──환성이 달빛으로 찬 평원에 퍼져간다.

기사들이 쳐든 검이 그 월광을 비추며 반짝이는 광경은 아름답기조차 했다.

백경의 거구가 플뤼겔의 거목 아래에 가로눕고, 그 주검을 둘러싼 무리를 열광이 둘러싸고 있다. 누구나 승리에 들떠 비원을 달성한 것에 감격의 눈물을 흘리고 있었다.

그런 그들의 기쁨의 감정에 찬물을 끼얹듯이,

"──!!"

강대한 포효가 둘 오르고, 환성을 덧칠하듯이 리파우스 가도의 대기가 진동한다.

처단된 백경과는 별개의, 본체를 잃은 분신체인 두 마리 백경이다.

본체의 죽음을 받아 지상에서 몸부림치며 뒹구는 분체는 아련하게 실체를 흐리기 시작하고 있었다.

본체에서 보내는 마나의 공급이 끊어져 그 육체를 유지하지 못하고 있는 것이다. 이대로 방치해두어도 몇 분 지나지 않아 소멸할 가련한 모습이지만.

"꼴사납다."

한 마디로 그 추태를 끊어내고 휘두른 팔이 보이지 않는 바람의 칼날을 해방했다.

돌풍을 수반한 바람의 참격이 머리부터 들어가 몸부림치는 백경의 외피를 쉽사리 양단── 거체를 좌우 두 동강으로 갈라서 그 존재를 말 그대로 무산시켰다.

남은 한 마리도 토벌대의 마석포 일격으로 본래의 안개로 바스러져, 날아가는 마나가 대기에 녹자 그 거구를 완전히 소실시켰다.

이번에야말로 진정한 의미로 백경의 토벌전은 종결을 고했다.

하지만──.

"들뜨고 있을 수만도 없겠지."

크루쉬는 가슴에 손을 얹어 그 안쪽에 고양감이 있는 것을 자각하면서도, 감개를 얼굴에 드러내지 않고 고개를 가로저었다.

사악한 마수를 다 함께 협력해서 쓰러뜨리고, 이야기는 모두모두 행복하게 살았습니다로 끝난다.

──현실은 그렇게 단순한 이야기로는 끝나지 않는다.

그것은 동화에만 허락된 마무리이며, 모두모두 행복하게 살았습니다 뒤가 이어지는 현실에서는 해야만 하는 일은 한도 없이 많다.

살아남은 부상자를 구호하고, 유해가 남은 죽은 자를 극진하게 장사 지내며, 유해가 남지 않은 죽은 자의 발자취를 더듬어야만 하는 것이니까.

그리고 그것들의 뒤처리를 사색하던 크루쉬는 깨달았다.

백경의 주검에서 조금 떨어진 곳에서 필사적으로 소리를 지르는 공로자의 모습이 있다는 사실을.

2

"렘! 렘, 눈 떠보라고⋯⋯!"

품속에서 축 처진 소녀를 안아 일으킨 스바루는 그 핏기를 잃은 얼굴에 필사적으로 말을 던지고 있었다.

바로 옆에 다가붙은 지룡이, 그 검은 코끝을 걱정스럽게 비볐다.

하지만 그 지룡의 배려에도 응답해 주지 못할 만큼 지금의 스바루를 휩싸는 초조감은 강했다.

──스바루의 냄새를 쫓게 해서 백경을 거목 밑에 깔아뭉개는 작전은 훌륭하게 성공했다.

역사 있는 거목을 베어 쓰러뜨리는 데에 대한 기피감 등 때문에, 반대하는 목소리가 올라올까 싶었던 작전이었다. 하지만 합리주의적인 수인 용병단은 아무 가책 없이, 크루쉬마저도 그것이 필요한 일이라면 한다고 선뜻 마음을 정리하는 도량을 보여주었다.

그 결과, 입안한 스바루 본인이 크나큰 위험부담을 진 작전은 실행으로 옮겨져서, 결과적으로 더할 나위 없는 전과를 불러주었다고 해도 무방하다.

그러나 그 대가가 이것이라면 그건 너무나 지독했다.

"이건, 아니잖아……. 부탁하자, 렘……. 네가 없으면……!"

눈앞. 여전히 눈을 감고 있는 렘은 스바루의 호소에 반응하는 기척이 없다.

힘이 빠진 손발에 의지가 오가는 기색은 없고, 이름을 부르는 울음소리는 그녀의 고막을 그냥 지나쳐 헛되이 허공에 메아리치고 있었다.

──백경의 맹렬한 추격을 받아 눈앞에 거목의 줄기가 짓쳐드는 와중을 달려 나갔다.

마수에 거목의 중량이 직격하고 거센 땅울림과 충격이 주변을 무작위로 날려버렸다. 그중에는 바로 옆을 달리던 스바루 일행의 모습도 있었다.

위도 아래도 알 수 없어질 법한 거센 충격에 휘말리고 그 안에서 스바루는 자신이 따스한 감촉에 지켜지고 있었음을 기억하고 있다. 그것을 이해한 순간, 가공할 충격음이 떨어 울리고, 그 감촉째로 지면에 내동댕이쳐진 것도.

몽롱한 의식의 틈바구니를 지나 스바루는 자신이 땅바닥에 쓰러졌던 것을 깨달았다.

그리고 고개를 들어 자신이 누군가에게 안겨 있던 것을 깨닫고── 그것이 자신을 끝까지 껴안아 주고 있던, 그녀의 몸이었던 것을 깨우친 것이다.

"……스바, 루…… 군."

"렘——?!"

움찔. 그녀의 눈꺼풀이 떨고, 그 아래의 눈이 힘없는 빛으로 스바루를 비추었다.

그 눈에 비친 자신의 모습이 너무나 허약해서, 마치 눈앞에 닥쳐들려는 현실을 무의식중에 인정해버릴 것만 같아질 듯 여겨져서.

"다행…… 아아, 나야. 알 수 있겠어? 스바루야. 렘, 몸은……."

"스바루 군……. 무사해서, 다행이다……."

목이 메었다.

울먹여서 렘의 신변을 걱정하는 말조차 만족스럽게 뱉어내지 못하고 있는 스바루를 보고, 렘이 안도한 듯이 미소 지었기 때문이다.

상처 입은 자신조차 도외시하고 그저 스바루의 무사만을 파악하고 기쁜 듯이.

"마수……는, 어떻게……."

"……떨어졌어. 해치웠어. 잘 풀렸지. 전부 잘 풀렸다고! 나도, 다친 데고 뭐고 없어서…… 전부, 네 덕분……."

"그……런가요. 그럼, 로즈월 님과, 에밀리아 님……도, 꼭 괜찮겠죠……."

"잘할게. 내게 맡겨. 그러니까 렘, 지금은 아무 말도 하지 않아도 되니까 쉬고…… 아니, 눈…… 감지 마……. 아아, 제길, 어떡해야……."

억지로 얘기하려고 하지 않아도 된다. 그렇지만 렘의 입이 말을 해 주지 않으면 불안을 씻어낼 수 없다. 어떻게 할 수도 없는 운명의 강제력이, 마치 그녀의 목숨을 스바루의 손에서 훔쳐 가려는 것 같은 초조감이 있었다.

 어떡하면 되는지 알 수 없다. 어떻게 해 주면 되는지 알 수 없다.

 알 수 없기에 스바루는 이미 그녀의 손을 잡고, 안아든 그녀에게 두른 팔에 강하게 힘을 담을 수밖에 없어서.

 "아파……요. 스바루 군……."

 "미안. 잘못했어. 하지만 이러지 않으면, 네가 어디로……."

 "아무 데도, 안 가요. ……렘은, 스바루 군, 곁에……."

 흐느끼는 어린애처럼 떼를 쓰는 스바루에게 렘은 마치 어머니 같은 미소 그대로 웃어주고, 그 몸에서 별안간 힘을 뺐다.

 그녀의 몸이 품속에서 부드러워지는 감촉에 스바루의 목이 공포로 얼어붙었다.

 핏기가 가시는 소리가 귀 안쪽에 들려서 모든 게 아득해진다.

 "렘……? 렘! 부탁해, 렘……. 눈, 떠줘……."

 "어쩐지, 엄청 졸려서…… 죄송해요. 조금만 자고, 눈이 떠지면 아직…… 바로, 스바루 군을 위해서……."

 "그런 건 아무래도 좋아! 아무것도 안 해도 돼. 그냥 같이 있어주면 그걸로 되니까…… 그러니까 부탁할게, 렘……!"

 품속에 있는데도 서서히 멀어지기 시작하는 그녀를 필사적으로 붙잡아두고 싶어서, 스바루는 필사적으로 목소리를 짜낼 대로 짜낸다. 그런데도 그 목소리는 눈앞의 렘에게 닿지 않아서.

"떼, 써도…… 되, 나요?"

"……! 말해, 뭐든지 말하라고! 무슨 말이든 듣고, 해줄 테니까……!"

"좋아한다고, 말해줬으면…… 해요."

갈라진 목소리로, 허약한 음성으로, 스바루를 올려다보는 렘이 작게 읊조렸다.

스바루는 솟아오른 눈물로 뿌예지는 시야를 억지로 벌리고 고개를 가로저었다.

그리고 바로 그녀에게 얼굴을 들이대고 말했다.

"좋아해."

"_____."

"정말 좋아해. 당연하잖아……. 네가 없으면, 못 해먹어."

본심에서 우러나온 말이었다.

이 순간에 스바루의 모든 것을 쏟아붓는다면, 그것은 에누리 없는 본심이었다.

그녀 없이는 여기까지 도달하지 못했다. 그녀 없이는 살아갈 수 없다.

"아아…… 기뻐라……."

그런 스바루의 고백을 듣고 렘의 닫힌 눈 안쪽에서 눈물이 흘렀다.

던져진 말을 행복하게 받고 렘의 뺨에 슬쩍 붉은 기운이 돌았다. 그것을 끝으로 그녀의 몸에서 진짜로 힘이 훅 빠져나가는 기분이 들어서.

"기다려……."

"사랑해요, 스바루 군."

"웃기지 마, 내 옆에 있어! 나한테 또 후회만 남기고 가는 거냐!"

손을 더듬어 끌어들인 미래 속에 그녀의 존재가 없다는 것 따위 견딜 수 없다.

그런 건 훨씬 전부터 알고 있으며, 그 존재는 지금은 훨씬, 훨씬 더 커졌다.

그렇기에.

"웃으며 이야기하는 미래에, 네가 없으면…… 난 싫어."

"그 미래, 렘도 곁에 있어도 되나요?"

"……당연하잖아. 다른 곳 어디에도 못 가."

스바루는 눈꺼풀을 감았다가 샘솟으려던 눈물을 뿌리치며 렘을 똑바로 응시했다.

그리고 단언했다.

"넌 내 거야. 아무에게도, 못 줘."

"──언질, 받았어요."

"엥?"

별안간 되게 이지적인 대답이 나와서 스바루는 얼이 나간 목소리를 터트렸다.

그러자 그대로 렘은 감고 있던 눈꺼풀을 천천히 뜨더니 기가 막히게도 스바루의 품속에서 상반신을 일으켰다. 그리고 아연실색해서 상황을 파악하지 못하고 있는 스바루에게 고개를 갸웃하며 미소와 함께 말했다.

"스바루 군 곁은 렘이 예약을 끝냈어요. ……철회는, 못 하거든요?"

죽을 것 같던 모습은 어디로 갔단 말인지.

장난스럽게, 약 올리듯이 한쪽 눈을 감은 렘의 손가락이 스바루의 입술에 살그머니 닿았다.

어깨에서 더럭 힘이 빠져서 스바루는 주저앉았다.

"너…… 너, 너어……. 너어어어어."

"네, 스바루 군의 렘이랍니다. 명실상부."

늘 나오는 대답이 지금은 유들유들하게 들려서 스바루는 말을 잇지 못했다.

그런데도 눈앞의 소녀가 무사하다는 사실이 먼저 와버려서 사실은 분노를 드러내도 이상하지 않을 장면인데도, 너무 기쁜 나머지.

"피차 속마음을 털어놓고 나서, 넌 여러모로 너무 까불거리잖아……."

"사랑에 솔직해진 여자아이는 강한 법이라고요, 스바루 군."

이미 스바루에 대한 정을 숨길 작정이 없는 렘에게 갈피 못 잡고 우왕좌왕.

민망함이니 뭐니로 얼굴을 붉히면서 스바루는 작게 한숨을 내쉬고 말했다.

"……네가 죽으면, 나도 죽을 지경이었다고."

"거기까지 생각해 주다니, 렘은 복이 겹네요."

"농담 빼고 말이야."

작게 웃으면서 나온 렘의 대답에 스바루는 그야말로 거짓 없
는 심정으로 대답했다.

만약 렘을 잃어버리면 스바루는 반드시 세계를 재시도했으리
라. 가령 그걸로 재시도할 기회가 주어지지 않았다고 해도, 도
전했을 건 틀림없다.

그만큼 지금의 렘이란 존재는 스바루의 마음속에서 커다란 위
치를 점하고 있다.

"그럼 절대로 죽을 순 없겠네요."

"당연하지. 죽어도, 죽게 두지 않아."

얼굴을 가까이 대고, 그 이마에 이마를 밀어붙이며 지근거리
에서 마주 바라보았다.

렘은 그런 스바루의 몸짓을 사랑스럽게 주시했다. 숨결마저
맞닿는 거리에 소녀의 모습이 있다는 게 스바루에게는 근지러
웠다. 자연스럽게 시선이 그 분홍빛 입술에 이끌려 심장 고동이
희미하게 빨라지는 걸 느끼고——.

"——두 분, 이제 그만 됐지 않냥?"

그때까지 두 사람의 알콩달콩한 꼴을 멀찍이서 보고 있던 페
리스가 기가 막힌 기색으로, 중요한 장면에 끼어들어 성대하게
훼방을 놓은 것이었다.

줄곧 지켜보고 있었다나 보다. ——확신범일 것이다.

3

"고토록 필사적으로 호소하구, 스바루큥은 참 귀엽기두 해라. 네가 없으면, 난 못 해먹어⋯⋯!"

"시꺼, 닥쳐! 빤히 보고 있다니, 니 악취미에 반성이나 해!"

"애초에 냉정해지면 뻔히 알 거 아냐. 부상자를 응급처치 하러 돌아다니는 페리가 바로 오지 않는 시점에서, 렘의 상처가 목숨에 관계될 정도가 아니라고 말이야옹!"

"냉정해질 때냐! 좋아한다고, 말해준⋯⋯ 소중한 여자⋯⋯ 아이가 다쳐서 의식이 없는 판이라고. 혼란 일으키는 게 당연하잖냐!"

"이런저런 대목에서 단언하지 못하는 부분이 남자아이의 순정이란 말이지~."

페리스는 호통을 치는 스바루를 무시하고 손바닥에 떠오른 파란빛을 렘에게로 보내면서 실실 웃고 있다. 그 옆얼굴에 가라앉지 않는 짜증을 내던지면서도, 스바루는 서서히 누그러지는 렘의 표정에 안도의 기분을 감추지 못하고 있었다.

페리스의 말에는 순순히 수긍하지 못할 부분도 많지만, 중상자부터 순서대로 치료를 베풀던 그가 렘을 뒷전으로 돌렸다는 말은 그게 사실인 것이리라.

백경 토벌의 공로자이자 다른 진영의 전력인 렘과 스바루를 허투루 대우하는 걸 그의 주군이 결코 허용할 리 없다. 그런 사고의 귀결을 보는 스바루 앞에⋯⋯.

"무사한가, 나츠키 스바루."

바로 그 페리스의 주군—— 크루쉬가 천천히 풀을 밟으면서 나타났다.

피와 진흙으로 더러워지면서도 곧게 등을 편 크루쉬의 모습은 아름답다.

자연스럽게 잃지 않은 기품이 전투 후의 여운에도 감돌고 있어서 그야말로 싸움의 여신이라는 말을 체현한 듯한 미인이었다.

"겨우겨우. 크루쉬 씨도 무사한 것 같아서 다행이야."

"나야 말이지. 하지만 토벌대 쪽의 손실은 결코 작지 않다. 백경을 토벌했어도 사라진 자들은 돌아오지 않으니까."

스바루가 손을 들고 응답하자 크루쉬는 턱을 주억이고 희미하게 침통한 기색이 맺힌 눈을 주변에 돌렸다. 그녀의 시선이 가는 곳은 아직도 거목 밑에 깔려 있는 백경의 주검이다.

그쪽에는 살아남은 토벌대의 비교적 부상이 적은 구성원들이 모여들어 아무래도 우선 백경 위에서 거목을 치우려고 하는 것 같았다.

"뭘 하고 있는 거야, 저거."

"백경의 주검을 운반해야만 한다. 작전에 희생시킨 플뤼겔의 거목에 대해서도 모종의 처치가 필요해. 싸움 뒤에야말로 마음을 놓을 수 없지."

"운반한다니…… 저 더럽게 큰 시체를?"

잘못 들었나 확인하지만 크루쉬의 태도는 변함없다. 스바루는 당황해서 시선을 백경으로 되돌려 그 전장 50미터는 되지 않을까 싶은 거구를 바라보고 입을 열었다.

"무리 같지 않아?"

"못한다고 해선 얘기가 안 돼. 400년간 세계의 하늘을 헤엄치던 위협이다. 그 주검이라는 확고한 증거가 있어야 인심은 진실된 안도를 얻는다. 최악의 경우 머리만이라도 들고 돌아가야겠지."

거창한 크루쉬의 말이지만 스바루는 그 판단도 당연하다고 생각을 고쳤다. 원래 백경의 토벌은 크루쉬에게 왕선에서의 눈에 보이는 성과이기도 하다.

물론 크루쉬가 공적만을 우선하는 비천한 인품이 아님은 이 싸움 한중간에도 충분히 이해했다. 그렇다고는 해도 이번 공적은 그만큼 크다.

왕선의 최유력 후보로서 국민의 지지도 높으며, 염려되던 세력인 상인 무리의 호감도 이번에 벌었다면 크루쉬의 위치는 탄탄하게──.

"어라, 혹시 꽤 위험한 밀어주기 한 거 아냐?"

새삼스럽지만 타 진영의 편을 들어주는 것치곤 수습이 안 되는 수준이란 느낌이 들기 시작했다.

모든 건 에밀리아 진영에 돌아가기 위한 행동. 하지만 그렇다쳐도 지나치지는 않은가.

그런 예감에 스바루가 지나치게 뒤늦은 후회를 하고 있으려니.

"꽤 어두운 얼굴을 다 하는군. ──백경을 떨어뜨린 영웅의 얼굴로는 보이지 않아."

"에밀리아땅에게 첫마디부터 배신자라고 매도당…… 어, 방금 뭐라고 했어?"

"백경을 떨어뜨린 영웅이다. ──경의 공적을, 그대로 전부 당가의 공훈으로 삼을 만큼 후안무치하고 싶진 않아."

백경의 유해에서 눈길을 되돌린 크루쉬는 검과 같은 시선으로 스바루를 꿰뚫었다.

그 성실한 빛에 눈을 깜빡이다가 스바루도 그녀와 정면으로 마주 보았다.

그러는 스바루에게 크루쉬는 천천히 자신의 가슴에 손을 얹고.

"이번 협력, 감사를 금할 길 없다. 경이 없었으면 백경의 토벌은 달성하지 못하고, 내 길은 중도에 끝났겠지."

그런 말과 함께 깊이 스바루에게 예의를 보이는 자세를 취한 것이다.

"_____."

고결한 크루쉬가 보내는 진솔한 사의. 그 열기에 스바루는 저도 모르게 경직되었다.

여태까지 그녀와 같은 입장의 인간에게, 이런 말을 받은 적은 기억에 없다.

"아, 아니…… 그러지 말아달라고. 나, 그렇게 대단한 일도 안 했는데……."

"백경이 출현하는 시간과 장소를 알아맞히고, 토벌대만으로는 부족한 전력을 갖추는 데에 분주하고, 사기가 꺾일 뻔한 기사들의 각오를 북돋고, 자신의 몸이 위험해지는 기사회생의 책략을 짜내고, 더구나 훌륭하게 그것을 성취해 승리를 끌어당겨 보였다."

더듬거리는 스바루의 대답에 크루쉬는 이 전투에서 스바루의 행동이 부른 결과를 열거했다.

그렇게 논리 정연하게 거론된 자신이 한 행위의 귀결을 보니, 그건 그야말로.

"내가 생각해도 머리가 돌았다고밖에 여겨지지 않는 활약을 했구만⋯⋯."

"사자분신이라면 말이 다소 다르겠군. 하나 이 싸움에서 중심 인물은 틀림없이 경이네. 경의 행동이 업신여겨진다면, 나는 내 명예에 맹세코 그것을 바로잡을 것이야."

진지한 표정으로 곧게 스바루를 치켜세우는 크루쉬에게는 계산이든 주저든 일절 없었다.

성실. 그 두 글자를 체현한 것 같은 인물인 만큼, 그녀가 얘기하는 말, 감사의 마음에 허위는 눈곱만큼도 없으리라.

그런 만큼 스바루는 출발 전야까지 크루쉬와 나누던 관계를 떠올리고, 쓰게 웃었다.

"꽤나 평가가 개선된 모양이라서, 놀랐는걸."

"겸손할 건 없다. 그리고 내 며칠 전까지의 안목이 크게 그릇 되었음은 인정할 수밖에 없지. 경은 얻기 어려운 행운을 가져다 주었어. 본래라면 그 공적, 당가에 맞아들여 마땅한 보답을 하고 싶은 바이나."

"그건 좀 봐주지그래."

눈을 가늘게 뜬 크루쉬가 낮은 목소리로 스바루를 자신의 품속으로 권유했다.

하지만 스바루는 그런 그녀의 권유에 손을 쳐들고는 즉각 거절했다.

"충성과도 충의와도 다르지만, 내 신뢰는 이미 맡겨야 할 데에 맡겼어. 당신은 좋은 인간이고, 임금님이 되어도 분명 잘해낼 거라고 진심으로 여기지만……."

크루쉬라면 아마 누구보다 고결하게 백성을 이끄는 왕이 될 수 있을 것이다.

그만한 그릇이 있고, 그렇게 할 만한 이유가 그녀에게 있다는 사실도 아주 약간 알았다.

정당한 이유가, 그에 부응한 각오가, 분명히 그녀에게 의탁된 유지가 있는 것이다.

그것을 포함한 모든 것이 크루쉬 칼스텐이라는 한 여성을 형성하고 있다.

그런 그녀의 인품은 스바루처럼 거짓말만 해온 조그마한 인간에게는 눈부셔서, 선망을 품고 동경하는 이상 그 자체였지만.

"──난, 에밀리아를 왕으로 만들 거야."

"_____."

"다른 누구를 위해서가 아니라, 내가 그걸 하고 싶어."

"……알고 있던 사실이긴 해도, 그 나름대로 타격이 있는 법이군."

스바루의 대답을 들은 크루쉬는 그 입술에 미소를 머금더니 턱을 주억였다.

그 뒤에 팔짱을 풀고 그 하얀 손가락을 주먹 모양으로 굳히고 는, 스바루 쪽에 내밀었다.

"알겠다. 경의 공적에는 다른 형태로 보답하지. 크루쉬 칼스 텐의 이름에 맹세코 그 약속은 이루어지리라."

엄숙하게 말을 맺은 크루쉬는 굳힌 주먹을 펴고 자신의 손바 닥을 보였다.

그리고 아주 살짝 그 어조를 낮추어 말을 이었다.

"생각해 보면 이토록 기분 좋게 권유를 거절당한 건 첫 경험이군. 고민하는 시늉조차 못 꺼낼 줄은, 차라리 상쾌한 패배감이야."

"……크루쉬 씨는, 대단한 사람이라고 생각해. 나도 어슬렁 어슬렁 혼자라면 틀림없이 그 손을 받치려고 생각했겠지."

기댈 곳도 없고 아무것도 정해지지 않은 상황에서 크루쉬만 한 인물이 그렇게 손을 뻗었더라면, 분명히 망설임 없이 뛰어들 고 매달려서 전부 기대고 만다.

그렇지만 지금의 스바루에게는 손을 뻗어서 잡고 싶은 상대가 있으며, 어슬렁어슬렁 흔들리는 등을 지탱해 주는 손바닥의 주 인이 있고.

그렇기에 그 손은 잡을 수 없지만.

"동맹 건은 잘 부탁할게. 최종적으로 어떤 모양새로 적대하게 되더라도, 그때까지는 꼭 친하게 지내자고."

"——나츠키 스바루. 한 가지, 생각을 바로잡지."

크루쉬는 스바루의 대답에 웃음을 지우고 엄격한 표정으로 입술을 굳게 다물었다.

다시 공기가 팽팽해진 기척에 놀라서 스바루는 크루쉬를 바라보는 눈을 크게 떴다.

크루쉬는 손가락을 하나 세워 스바루의 얼굴을 겨누고 선언했다.

"자웅을 겨룰 기회가 왔다고 하더라도, 나는 경에 대해 우호적일 것이다."

"―――."

"머잖아 반드시 올 결별의 날에도, 오늘이란 날에 경에게 입은 은의를 나는 잊지 않겠다. 따라서 적대하는 순간이 왔다 한들, 나는 경에게 최후까지 경의를 보내고 우호적일 것이다."

크루쉬는 손가락을 세운 팔을 내리긋고 늠름한 음색으로 또렷하게 단언했다.

그런 그녀의 행동에 이번에야말로 스바루의 등줄기에 한기가 치달았다.

그것은 부정적인 감정이 아니다. 그저 위대한 것에 압도된 까닭에 우러나온 감정이다.

―― 이것이 칼스텐 공작, 크루쉬 칼스텐이라는 인물인 것이다.

"내 마음의 첫 번째와 두 번째가 메워지지 않았더라면, 꽤 위험한 순간이었어."

"――후. 여자로서, 경을 이러니저러니 하려는 생각까지는 없었다. 다소 심금을 울리는 모습이 없지는 않았으나, 내 마음은 꿈의 끝에 맡겨두었어. ――머잖아 그분이 소망한 꿈에 이를 때까지, 줄곧."

동요한 마음을 스바루가 너스레로 얼버무리자 크루쉬도 엷게 웃으면서 응수했다. 다만 그녀의 말 후반부는 몹시 자그마해서 스바루의 고막까지 도달하지는 않았다.

　크루쉬는 그 감상을 눈 깜빡임과 함께 잊고는, "그럼." 하고 냉정한 눈으로 말을 이었다.

　"가능하다면 난 이대로 부상자와 백경의 주검을 왕도로 나르고 싶은 바다. 하나 경에게는 아직 뭔가 사명이 남아 있는 것 같군."

　"……역시, 가호를 가진 사람은 알 수 있나."

　"사내의 그 눈을 보면 으레 알 수 있지. 가호의 힘 같은 건 필요 없어."

　스바루의 검은 눈을 들여다보며 한쪽 눈을 감은 크루쉬가 그렇게 대답했다. 그리고 그녀는 스바루의 모습을 위에서 아래까지 확인했다.

　"경도 다친 곳이 없지는 않을 터다. 그것을 무릅쓰고 해야만 하는 일인가."

　"중상이어도 해야만 하는 일이지. 어떻게 보면 그걸 해치우기 위한 고래 사냥이야. 말하긴 미안한데."

　"호오, 이 백경 토벌이 덤인가."

　듣기 좋지 않을 표현이지만, 크루쉬가 성을 내는 기색은 없었다.

　그녀는 거기까지 말한 스바루의 목적에 흥미를 품은 얼굴로 말을 이었다.

　"흥미롭군. ──당가와의 동맹도 그걸 고려해서 나온 것이겠지. 하면 요구될 역할도 짐작이 없는 것도 아니야. ……일손이, 필요한가."

"필요해. 근데…… 솔직히 이렇게까지 빡셀 줄은 몰랐었으니까."

부상자뿐인 토벌대를 둘러본 스바루는 의도가 빗나가서 어깨를 축 늘어뜨렸다.

백경 토벌을 마친 스바루를 기다리는 건 에밀리아가 기다리는 메이더스령으로 가는 귀환이며, 이는 저주스러운 집단과의 맞상대를 의미했다.

바로 그 강적과의 싸움에 크루쉬 진영의 힘이 필요했지만──.

"이만큼 다친 사람이 나왔는데 당찮은 말은 못하지. 크루쉬 씨도 감정만이 아니라 당주로서의 입장도 의견도 있을 거 아냐. 이런데 일손을 빌려달라고는……."

"──그렇다면 이 노구, 한계까지 부려주시지요."

별안간 대화에 끼어든 것은 고요한 보조로 걸어오는 장신의 그림자── 온몸에 마수의 피를 뒤집어써서 지금도 처절한 몰골을 드러내고 있는 노검사, 빌헬름이다.

검귀는 몸의 부상이 먼지만큼도 느껴지지 않는 발걸음으로 다가와서 오른손에 잡고 있던 보검을 크루쉬에게로 내밀고 말했다.

"크루쉬 님, 빌려주신 것을 돌려드리겠습니다. 또한 이번 건은 진심으로 감사를 올립니다. 제 몸의 비원이 이렇게 이루어진 것도, 크루쉬 님의 협력이 있었기 때문. ──감사, 합니다."

"내 목적과 경의 비원, 쌍방의 이해가 일치했을 뿐이네. ──그

검, 당분간은 경이 가지고 있도록. 이 앞길에서 맨몸으로는 도움이 될 리 없어."

"──옛. 감사히."

빌헬름의 사의에 크루쉬가 짧게 응답하고 스바루를 바라보았다. 그 반응에 빌헬름이 스바루를 돌아보았다.

"_____."

다시금 지척에 두니 그 몸에서 감도는 피 냄새는 어마어마하고, 들쑤시는 검기는 의도하지 않고도 스바루의 가녀린 간에 칼날을 들이대는 듯한 긴박감을 부르고 있었다.

다만 전투 전에 있던 팽팽한 분위기── 거기서는 해방되어서 지금의 빌헬름이 밝은 눈치라는 건 사실이었다.

노검사는 스바루를 곧게 바라보다가, 그 자리에서 무릎을 꿇었다.

출진 전야에도 보인, 상대에 대한 최상의 경의를 표시하는 최고의 예의다.

그리고──.

"나츠키 스바루 님. 이번 백경 토벌을 성취한 것은 귀공의 협력이 있었기 때문. 이 몸이 오늘까지 목숨을 부지해오던 의미를 다할 수 있던 것은 귀공이 있었던 까닭입니다. 감사를. 감사를. ──제 모든 것에 걸고, 감사를 올리오."

"_____."

검에 바친 반생, 그리고 십여 년의 시간을 거쳐 복수를 이룩한 빌헬름.

그런 그가 보내는 감사에, 그 방대한 정열에 휘둘리면서도 스바루는 말을 머뭇거리는 걸 두려워해 말을 꺼내지 못했다.

잠시 마음을 가라앉히고, 눈앞에 있는 노인의 말에 정확하게 답할 수 있도록 기분이 정리되기를 기다렸다.

이 빌헬름의 각오에 볼썽사나운 모습을 보이는 것 따위, 그거야말로 있어선 안 되므로.

"해낸 건, 빌헬름 씨 자신의 힘이에요. 저 백경을 쓰러뜨리려고 생각하고, 조사해서, 단련하고, 포기하지 않고 싸워서……."

몇 번이고 몇 번이고 좌절을 맛보다가 집념이 닿지 않는다고 포기할 뻔한 적도 있었을 것이다.

모든 것을 내던지고 망집에서 해방되자는 유혹이 한 번도 없었다고는 생각할 수 없다.

마음의 약함을, 자기 자신에게 패배한다는 것을, 운명에 가로 막힌다는 부조리를, 누구보다 아는 스바루이기 때문에 빌헬름의 강한 마음이 결실을 맺기까지 겪은 고난을 이해한다.

따라서.

"부인분을 엄청 사랑했으니까, 백경을 쓰러뜨릴 때까지 나갈 수 있으시겠죠. 그걸 조금이나마 거들 수 있었다면야 천만다행이죠. 이렇게 말해도 될지 모르겠지만…… 축하드립니다. 그리고── 수고하셨습니다."

"────."

빌헬름은 스바루의 말에 고개를 들고, 그 파란 눈을 크게 떴다.

스바루가 느낀 마음과 감동은, 스바루가 맘대로 빌헬름에게 공감해 머릿속에 그린 것이다. 그것이 지금의 짧은 말로 다 전할 수 있을 것 같진 않고, 다 안다는 투로 떠드는 건 빌헬름도 탐탁지 않으리라.

그러나 그래도 말하고 싶은 기분을 참을 수 없었다.

14년이나 여읜 아내에 대한 사랑을 불태우며 여기까지 달려온, 운명과 싸워서 승리한 선도자에게, 그 나날의 노고를 위로하는 말을.

"──감사를."

짧게, 목소리를 떨며 빌헬름이 그렇게 대답했다.

이어서 그는 슬쩍 고개를 숙이다가 불과 몇 초만 침묵하고 일어섰다. 그리고 크루쉬 쪽으로 눈을 돌려 그녀의 끄덕임을 받아서 말했다.

"크루쉬 님에게서 허가는 받았습니다. 이 몸, 스바루 님에게 의탁하지요. 목적을 위해 족히 활용해 주십시오."

"그건 무진장 고마운데요. 진짜로?"

확인을 위해 크루쉬를 쳐다보니 그녀는 고개를 주억여 그 말을 긍정했다.

스바루는 재차 물끄러미 빌헬름을 바라보다가 한 팔에 부상을 입어도 쇠하지 않은 검기에 듬직함과 두려움을 동시에 느꼈다.

──빌헬름의 협력은 스바루에게 바라 마지않은 일이다.

조금이라도 전력이 충실하기를 바라는 현 상황, 검귀의 힘은 목구멍에서 손이 나올 만큼 원한다. 하지만 정작 그 빌헬름의 부상은 문외한의 눈으로 봐도 중상의 판정은 면할 수 없다.

그런 스바루의 걱정에 크루쉬가 "문제없다."라고 고개를 가로저었다.

"페리스!"

"네~에, 크루쉬 님!"

카랑카랑한 크루쉬의 부름에 불린 페리스가 삭 미끄러지듯이 나타났다.

그는 발랄한 발걸음으로 크루쉬 옆에 서서, 그 머리의 야옹이 귀를 파르르 떨고 물었다.

"뭐죠, 크루쉬 님. 페리는 지금 막 업무가 팽팽 돌아가게 바빠서, 물론 크루쉬 님의 부탁을 듣는 게 제일이고 최우선이지만요."

"너, 자신의 발언이 끝날 때까지 만이라도 책임을 져라!"

선뜻 치유술사로서의 사명감을 내던지려고 하는 발언에 딴죽을 걸자, 그 반응을 받은 페리스가 떨떠름한 얼굴. 그런 그에게 크루쉬가 토벌대를 바라보고 물었다.

"생명에 관계된 부상자는?"

"중상자부터 처치했지만, 위독한 사람은 어김없이 하나도 없어요~. 다른 사람의 응급처치두 완벽, 페리는 유능한 아이. 칭찬해 주셔요."

볼에 손가락을 대고서 아양 떠는 페리스의 말에 스바루는 안도해 가슴을 잡았다.

적어도 렘이 큰일에 이르지는 않은 모양이다. 결판 직후의 대화에는 마음을 졸이긴 했으나, 재차 무사하다고 들으니 안심하게 된다.

그 안도하는 옆에서, 페리스의 머리를 쓰다듬고 있던 크루쉬가 "알았다." 하고 끄덕인 후 말했다.

"남은 부상자는 반송 가능한가. 하면 페리스, 이 자리의 치료는 여기까지 해도 된다. 너는 이 뒤, 나츠키 스바루와 동행해 동맹으로서의 역할을 다해라."

"——엑?!"

크루쉬가 내린 그 지시에, 스바루는 놀란 소리를 질렀다.

이 자리에서 페리스를 떼어놓아 스바루에게 동행시킨다. 그것은 바로 자기 진영의 부상자보다 동맹 상대인 스바루의 판단을 우선시키는 지시다.

당연히 그것은 크루쉬 진영의 살을 깎는 판단이며, 페리스의 반감을——.

"알겠습니다. 페리는 이대루 스바루쿵과 동행하겠어요. 가는 길에 빌 영감의 치료도 해야 하니깐 말이죠."

"수고를 끼치는구려."

"그만큼 빌 영감은 검을 휘둘러 줘야 하니 그게 그거 아냥?"

사지 않았다.

페리스는 당연한 듯이 지시를 받아들이고, 빌헬름도 그 지시에 놀라는 기색을 보이지 않았다. 주군과 두 시종의 대화에 스바루는 곤혹을 감추지 못했다.

그런 스바루에게 페리스는 힐끔 추파를 보내며 말했다.

"그런 이유로, 괜찮을 성싶은 토벌대의 나머지 반수…… 스무 명하구 좀 더 될까? 그걸 데리구 스바루쿵에게 협력할게. 잘 부탁해~."

"잘 부탁해—라니 가볍구만! 괜찮은 거냐?"

"괜찮은 거냐니, 뭐가?"

"뭐냐니……. 여러 가지지. 너, 내 판단을 신용할 수 있는 거냐."

돌이켜 생각하면 할수록, 왕도에서 스바루에게 상처를 파헤치는 짓을 하며 대하던 상대는 페리스를 제외하고 달리 없다.

언제나 우호적인 웃음을 띠고, 언제나 가련한 태도를 가장하고 있었지만 그가 스바루의 약한 모습에 강한 경멸을 품던 건 왠지 모르게 알고 있다.

그런 상대를 따르는 데에 기피감이 있는 건 당연하다고 스바루는 생각했지만.

"스바루큥을 믿는 게 아니라 스바루큥을 믿겠다고 결정한 크루쉬 님의 판단을 의심하지 않는 거야옹. 거기, 착각하면 싫거든?"

"오, 오냐……. 고맙다."

다짐 받듯이 스바루의 생각에 콧방귀를 뀌는 페리스.

그 태도에 스바루는 멋쩍어져 말문이 막히면서도 어떻게든 감사의 말을 전했다. 그런 스바루에게 페리스는 점점 더 웃음이 깊어지고 자그맣게 중얼거렸다.

"……단순한, 동족 혐오 같은 것이었으니까."

"——? 지금, 뭐라고 그랬어?"

"별루—? 아무것도 아니라니까. 아, 그치."

알아듣지 못한 말을 어영부영 넘어간 페리스는 연극조로 손뼉을 치고 말했다.

"말하는 거 깜빡했는데, 렘은 남을 것……이랄까, 크루쉬 님이랑 같이 왕도로 돌아가 휴식입니다―. 알았지?"

"――어째서죠!"

윙크하는 페리스의 선언에 강한 반발의 목소리가 터졌다. 그것은 부상자의 열에서 이쪽 대화에 귀를 기울이던 렘이다. 그녀는 페리스를 강하게 노려보고 말했다.

"렘이라면! 렘이라면 괜찮아요. 스바루 군이 지금부터 아직 위험한 곳에 가려는데, 렘이 없어서 어떻게…….""

"그런 말 해두, 몸 안 움직이지? 거의 혼자서 백경 한 마리 억누르고, 덤으로 상급 마법을 연발해서…… 렘의 몸은 지금 완전히 소모해서 마나가 뻥뻥 뚫린 상태라구. 치유술사로서 이 이상의 무리는 못 시킵니다~. 알아들었니?"

"하지만!"

납득이 안 된다는 양 렘은 일어서서 점점 더 격한 말을 하려 했다.

그러나 일어나려고 짚은 팔에 힘이 들어가지 않아, 떨리는 몸을 차마 지탱하지 못해서 그 자리에 쓰러질 뻔했다. 당황해 달려간 스바루가 그 어깨를 슬쩍 부축했다.

"위험하다고. ……부탁이니 페리스 말대로, 너무 무모한 짓 마."

"그래도! 싫단 말예요. 괴롭다고요. 견딜 수 없어요."

렘은 곁의 스바루를 마주 쳐다보고 그 파란 눈에 굵은 눈물을 머금고 있었다.

버려졌다고 그러는 게 아니다. 그녀가 가장 두려워하는 것, 그것은――.

"스바루 군이 곤란해하고 있을 때, 누구보다 먼저 손을 뻗는 건 렘이고 싶다. 스바루 군이 길을 헤매고 있을 때, 등을 밀어줄 수 있는 존재이고 싶다. 스바루 군이 뭔가에 도전할 때, 옆에 있어서 떠는 것을 막아주고 싶다. 그것만이 렘의, 그것만이 렘의 바람이에요. 그러니……."

"그거라면 걱정 따윈 필요 없거든."

"네?"

울 것 같은 렘의 목소리, 그 애정이 자꾸 더해지는 말들에, 스바루는 자연히 낯이 간지러워졌다.

어깨를 부축하면서 스바루는 살그머니 그녀의 머리를 쓰다듬고 말했다.

"손은 언제나 잡은 상태고, 등이라면 몇 번이고 밀어주었어. 떠는 것도 널 생각하기만 해도 어떻게든 돼. ──난 네게 이미, 계속 구원받고 있어."

"……아."

"괜찮아, 렘. 몽땅 다 내가 어떻게 하고 오마. 난 네 영웅이야. 그 한 걸음을 밟겠다고, 그렇게 결심했다고. 그러니 아무 걱정도 할 필요 없어."

떨리는 눈이 스바루를 쳐다보고, 열기를 띤 뺨이 붉게 물들었다.

스바루는 그런 그녀를 웃는 얼굴로 바라보고, 이를 드러내듯이 사납게 웃으며 말했다.

"고래 사냥도 해치웠어. 네 영웅은 엄청, 오니들렸잖냐."

"스바루, 구……."

치미는 감정을 참다못해, 스바루를 부르려던 렘의 말이 도중에 끊어졌다.

그 뒤에 그녀는 몇 번쯤 그 충동을 꾹 참으려고 고심하며 여러 번 숨을 삼키다가, 참지 못해 넘쳐나는 것을 눈초리에서 주룩주룩 흘리고.

"——네. 렘의 영웅은, 세계 제일이에요."

그렇게 울면서 미소를 지었다.

4

렘을 포함한 부상자들과 백경의 목을 회수해 왕도로 귀환하는 크루쉬.

그 일행에 호위를 반수 남기고, 남은 토벌대를 데리고 스바루 일행은 메이더스령으로 향했다.

빌헬름과 페리스를 대표로, 스바루와 동행하는 토벌대는 24명. 예정한 수보다 꽤 줄고 말았지만 든든한 전력임에는 변함없다.

그리고 동행해 주는 건 그들 토벌대만이 아니라——.

"아아, 그건 그렇고. 좋은 장면은 몽창 형씨에게 빼앗겨버렸구마!"

"단장——! 미미도! 미미도 힘냈어! 무지 엄청 힘냈어——!"

야단스럽게 주장하면서 라이거에 탄 수인 두 명이 시끌시끌 떠들어댄다.

한쪽은 스바루를 감싸고 입은 전선 이탈의 부상에서 부활한 리카드다. 다른 한쪽은 목숨 건 전투 한중간에도 어린애 같은 천진난만함을 잃지 않았던 미미였다.

그 두 사람만이 아니라 살아남은 수인 용병단 『철 어금니』에서도 10명가량이 참전해 주고 있다. 부상자는 부단장 헤타로가 이끌어 크루쉬 일행과 왕도로 돌아간다고 한다.

"그건 그렇고, 동생이 저토록 지쳤는데 넌 왜 그렇게 건강해?"

"헤타로는 빈약! 연약! 정말이지 참—, 한심해—!"

미미는 깔깔거리며 호들갑스럽게 남동생의 빈약함을 웃어넘기고 있다. 하지만 스바루 판단으론 아마도 누나 쪽이 무식하게 체력 있는 것뿐이겠거니 싶다.

싸움이 즐거워서 못 배기는 광전사 타입——이라기보다, 무슨 일이든 즐겁게 받아들일 수 있는 궁극의 긍정적 사고방식인 것이리라. 부럽다면 부럽다.

"고래 퇴치 후반, 내는 별로였지만도 걱정하지 말그라. 아가씨한티 단디 부탁 받았으니께. 이다음, 형씨의 진짜 목적 쪽에서 활약하굿다."

"진짜 목적에서 활약하겠다니, 너, 내가 뭘 하려는지나 알고……."

"마녀교랑, 일 벌일 끼 아이가?"

대뜸 목소리를 낮춘 리카드의 말에 스바루는 목이 턱 막혔다.

자연히 체중을 싣는 지룡—— 파트라슈의 고삐를 강하게 쥐자, 칠흑의 지룡이 스바루의 몸을 걱정하듯이 작게 우는 소리가 들렸다.

그렇게 굳은 스바루의 옆얼굴에 리카드가 날카로운 이빨을 보이며 웃었다.

"놀랄 끼 뭐꼬. 상인은 정보의 신선도가 으뜸이고, 우리네는 아가씨에게 고용된 몸이데이. 형씨뿐만 아니고 요로코롬 귀는 세우고 있다. 겉치레로 귀가 큰 기 아이다카이."

"그렇다—! 미미는 크다고—!"

"느그 말이 아이다, 꼬맹이."

리카드의 농담에 미미가 엉뚱한 방향에서 반응해 그의 쓴웃음을 사고 있다. 그 옆에서 스바루는 머리를 긁고, 놀라게 만드는 데에서 아나스타시아의 못된 성격을 느꼈다.

그렇다고는 해도 이 앞에 어울리게 하는 이상, 리카드 일행 『철 어금니』와도 정보를 공유하는 건 필수다. 가능하면 토벌대를 포함해서 한 번에 대화할 자리를 마련하고 싶다.

출발 전에 스바루가 대비한 보험이 기능했는지 안 했는지도 합쳐서——,

"이크, 합류할 것 같구마."

"아?"

골똘히 생각하는 스바루 옆에서 전방에 시력을 집중한 리카드가 갑자기 그렇게 말했다.

그 말에 당황해 시선을 좇지만, 스바루의 눈으로는 밤의 평원에 에워싼 어둠은 내다볼 수 없다. 그가 보고 있는 것을 알 수 없어 갸우뚱할 뿐이다.

"그렇게 필사적으로 안 굴어도, 잘 기다리고 있으믄 안다. 안심혀."

"그거야 알고 있는 놈은 그렇겠다마는. 재지 마."

"하모, 괜히 재지 말까. ——좀 멀지만도, 저쪽에서 오는 기는 우리 용병단의, 남은 절반이데이."

"절반?"

리카드의 말에 스바루가 눈썹을 찡그렸다.

『철 어금니』의 절반, 즉 부상자는 왕도로 물렸을 테지만.

"절반이란 기는 그냥 그 말뜻 그대로데이. 원래 우리『철 어금니』는 백경의 토벌에 절반의 인원밖에 내놓지 않았다. 남은 절반은 절반대로 할 일이 있었으니께."

"할 일……이라면."

"가도에 다른 인간이 잠입해 전투에 휘말리지 않게끔 캐야 않긋나? 그러니께 가도의 반대를 봉쇄해두는 역할이데이. 어젯밤 때에 출발했으니께, 형씨랑 얼굴 맞댈 기회는 없겠다만도."

리카드의 설명을 듣고 스바루는 수긍해 고개를 주억였다.

물론 백경 토벌에 전력을 쏟아주지 않았던 점에는 불만이 있지만, 리카드와 미미 같은 주력은 대여되었던 것이다. 토벌에 실패해 전멸할 가능성도 고려하면 리스크 대책을 한 아나스타시아의 판단은 틀리지 않았다. 좋아하진 않지만.

수중의 카드가 적어서 전력투구 말고 선택지가 없는 스바루의 질투다.

"그럼 지금부터 오는 게 남은 동료인가. 그쪽은 누가 끌고 있어?"

"미미 남동생 티비가 하고 있어―! 헤타로처럼 미미랑 합체기도 콰앙― 하고 할 수 있다고―! 대단―!"

스바루의 질문에 미미가 자랑스럽게 대답하고 가슴을 폈다.

그녀의 활기차고 애매한 대답을 듣기만 해도 그 남은 절반의 동료가 불안해지지만.

"아니, 하지만 남동생은 정상적이었으니 말이야. 그 동생이 남매 중 어느 쪽을 닮았는지는 반반……?"

"걱정해쌌는데 뭐하지만도, 티비는 가장 똑똑한 아다카이. 돈 계산이나 교섭도 담당하고 있고, 아가씨의 오른팔이다. 미미 다루는 기도 특기고, 헤타로의 상위 호환이구마!"

"단언하지 마라, 헤타로가 가엾잖냐……."

누나에게도 단장에게도 지독한 평가를 받아서 헤타로가 너무 불쌍해진다.

어쨌든 그에 대한 애잔함은 제쳐놓고, 『철 어금니』의 추가 인원은 낭보다. 조금 전 떠올린 대화의 자리를, 그들이 합류한 순간에 마련해야 하리라.

기다리는 『마녀교』에 대한 대책 회의―― 아마도 크루쉬 진영의 빌헬름 일행도 사정은 짐작해 주고 있을 터다. 문제는 스바루의 설명 방법이었다.

백경 때와 마찬가지로, 『사망귀환』을 언급하지 않게끔 설명해야만 한다.

"그나저나 이건 제법 난제란 말이야……. 응?"

골머리를 썩이는 스바루 앞에 라이거의 무리가 피우는 흙먼지가 보이기 시작했다. 리카드가 말한 대로 이쪽에 합류하는 『철어금니』의 집단이다. 다만, 위화감이 있다.

"_____."

머리 한구석에 생긴 위화감, 그 정체를 스바루는 시력을 집중하고서 깨달았다.

정면으로 다가드는 라이거 무리에, 딱 하나 특징이 다른 그림자가 섞여 있는 것이다.

차츰 거리가 줄어들고 그 어렴풋한 윤곽이 뚜렷한 것으로 바뀜에 따라, 스바루는 그 특징이 지룡 그 자체임을 이해했다.

그리고 그 푸른 지룡에 타고 있던 건.

"——왜, 네놈 자식이."

"원군에게 어지간한 말투로군. 변함이 없어, 너는."

서로 멈춰 서서, 용에 탄 채로 스바루는 그 인물과 대치했다.

색소가 옅은 보라색 머리카락을 정성껏 어루만지고, 장엄한 근위기사단의 하얀 무장에 몸을 감싸고 느긋한 미소를 입 끝에 실은 미장부.

——인연 얽힌 인물, 율리우스 유클리우스가 우아한 분위기로 스바루를 바라보고 있었다.

5

콧잔등에 주름을 잡은 파트라슈가 날카로운 눈초리로 정면의 푸른 지룡을 위협했다.

스바루는 그 목덜미를 어루만져주면서 같은 심정의 동료를 달래고 있었다.

아직 불과 짧은 시간 동안만 어울렸어도 지금의 스바루와 파트라슈 사이에 맺어진 유대감은 생사지경을 함께 빠져나온 만큼 굳건했다.

고삐 너머로 스바루에게는 파트라슈의 생각이 그대로 전달되는 것 같다.

"골몰해 있는데 송구하다만, 내 지룡을 유혹시키는 건 그만해주지 않겠나? 그쪽 지룡도 상당한 재목이야. 유혹 받으면 따라갈 수도 있어."

"야, 파트라슈! 너, 헌팅하고 있었냐! 나랑 같은 기분이라고 생각했었는데 배신한 거야?! 결사의 싸움 전에 발랑 까지긴!"

"그 지룡도 형씨에게 듣고 싶진 않겠제. 그만큼 출발 전에 과시한 이상. 그리고 형씨의 지룡, 그거 이쁜 암컷이다카이."

"너 레이디였었냐?!"

스바루가 파트너의 성별에 놀라자 예의 파트라슈가 민폐스럽다는 표정을 지었다.

그 대화에 어깨를 으쓱이는 율리우스를 보건대, 아무래도 지금 건 그의 웃지 못할 농담이었던 모양이다. 그 사실에 스바루는 벌컥 고함칠 뻔했지만, 그보다 먼저.

"이런 곳에서 합류라니, 율리우스는 참 팔자도 좋으셔라. 불과 몇 시간 전까지 우린 목숨 걸고 있었다는데."

"그 말을 들으면 면목이 서지 않는군. 그런데 정정해 주겠지만, 페리스. 난 율리우스라는 인물이 아니다. 그렇지⋯⋯. 유리라고 이름을 밝혀둘까."

게슴츠레한 눈으로 비꼰 페리스의 말에 율리우스는 성실한 얼굴로 농을 꺼냈다.

무의미한 가명에 전원의 눈이 냉랭해지지만, 그는 그런 시선을 선선한 미소로 받아넘기며 말했다.

"가정의 얘기지만, 기사의 신분을 가진 인물이 고용자의 집단에 가담해 용병으로 신분을 떨어뜨리는 일은 있어선 안 된다. 율리우스 유클리우스라는 기사가 『철 어금니』에 가담한 사실은 없고, 이곳에 있는 건 유리라는 한 남자라는 뜻이야."

"오호라냥―. 변함없이 번듯한 집안의 기사도는 귀찮아빠졌네―. 페리네 집은 몰락 귀족이라 정말 다행이야~."

"기사라는 걸 귀찮다고는 생각하지 않아. 벗에게 조력할 뿐인데 신경을 쓸 필요가 있는 건 문제라고 생각한다만. ――여담이긴 하나, 율리우스 유클리우스가 받은 근신 처분은 어젯밤, 자정이 넘은 시점에서 풀렸어. 그것도 명언해둘까."

"하잘것없는 예방선 쳐놓고⋯⋯ 가명 대는 의미가 있냐, 그래 가지고."

율리우스와 페리스의 대화에 귀를 기울이면서 혀를 찬 스바루가 핀잔을 퍼부었다.

시선을 피하고 입술을 뒤트는 모습은 참으로 삐쳤다는 느낌이었지만, 실제로 그 말이 맞으니 변명할 여지가 없다.

그런 스바루의 악담을 주워듣고 갑자기 율리우스가 쳐다보았다. 그는 그대로 지룡의 다리를 몰아 스바루의 바로 정면에 위치를 잡고 말했다.

"생각보다 건강한 것 같아서 다행이군. ──몸 상태는 어떤가."

"──윽!"

자신의 몸 상태를 염려하는 율리우스의 발언에 스바루의 뇌가 발끈 소리를 냈다.

야유나 이죽거림의 부류로밖에 여겨지지 않는 율리우스의 물음은, 그에게는 며칠 전── 스바루에게는 벌써 2주일 가깝게 전의 굴욕이지만, 그것을 떠올리게 하기에는 충분했다.

견제라는 의미로선 이 이상 없을 만큼 효과적인 발언을 들은 스바루는 목 아슬아슬한 곳까지 치민 욕설을 어떻게 참아내어 발작을 봉해 넣었다.

헛기침하고 심호흡해서 태연한 얼굴을 꾸며 짧은 앞머리를 느끼한 동작으로 쓸어 올리면서 대꾸했다.

"아아, 뭐, 생채기였거든? 침 바르면 나았달까? 그쪽이야말로 원군이라고 거들먹대는 데에 비해서 차례가 늦지 않았어? 왜, 문외한 상대로 진심 먹은 바람에 높으신 분께 제출할 시말서와 반성문 쓰는 게 바쁘기라도 했나 봐?"

근신 처분이 어떻다느니……라는 화제에서 연상해 배경 사정을 추측하면서, 특기인 도발 공격으로 스바루가 받아친다. 그러자 율리우스는 아주 살짝 머쓱한 표정으로 받았다.

"그 이야기가 아니라 마수 토벌에서 입은 명예의 부상에 관해

이야기하고 싶었다만……. 그때의 상처도 회복한 듯해서 다행이야. 애초에 겉보기만큼 거창한 상처가 아니었을 터여서 말이지. 동정을 사는 게 특기인 너는, 호들갑스럽게 아파하며 굴러다니긴 했다만."

"하하하하하하."

"후후후후후후."

메마른 웃음소리가 두 사람 사이를 교차하고, 일촉즉발의 분위기가 감돌기 시작한다.

그런 상황을 주위가 어떻게 하나 생각했더니, 페리스와 리카드는 재미있는 걸 보는 눈으로 방관에 전념하고, 미미는 동생을 찾으러 상대 집단으로 들어간 이후 깜깜무소식이다.

필연적으로 이 자리를 수습하는 역할을 맡은 건.

"옛 교우를 다지는 것도 좋겠지만, 지금은 그럴 상황이 아니지 않겠습니까."

앞으로 나서서 그렇게 타이른 것은 지룡에 탄 노검사—— 빌헬름이다.

그는 눈싸움하는 두 사람을 나무라고 잔잔한 파란 눈에 율리우스를 비추며 말했다.

"이번 원군, 감사하기 그지없습니다. 이쪽 전력은 백경과의 전투로 제법 손실되었으니 말이지요. ……독선적으로 동행한 몸으로서, 불안은 있었습니다."

"빌헬름 씨는, 그렇지는……."

어조를 낮춘 빌헬름의 그 말에 스바루가 참견했다.

백경 토벌은 스바루에게도 다양한 조건에서 클리어 필수의 벽 중 하나였다.

　거기에는 스바루의 독선적인 의사가 확실하게 개입하고 있으며, 빌헬름이 부담스러워할 거라곤 하나도 없는 것이다.

　모든 걸 설명할 수 없단 점이 갑갑하지만, 하다못해 그 부채감만은 떨쳐주고 싶다.

　하지만 스바루가 말을 꺼내기 전에.

　"——좋은 얼굴을 하시게 되었군요, 빌헬름 님."

　잔잔한 목소리로 율리우스가 빌헬름에게 말을 걸었다.

　씐 게 떨어진 듯한 빌헬름의 눈에 율리우스는 감개 깊게 끄덕이더니,

　"전에 만나 뵈었을 때와는 다른 사람 같습니다. ……라인하르트도, 이로써 조금은 구원받겠지요."

　"그렇……구려."

　빌헬름은 턱에 손을 대고 눈을 내리깔았다.

　그 한순간의 주저 사이에, 얼마나 많은 갈등이 노인의 마음속에 떠올랐을까.

　주위에서 그들의 대화를 살피는 사람들의 표정은 다양하다. 동정, 안도, 사정을 아는 자들의 반응은 그게 많을까. 유일하게 사정을 모르는 스바루만이 방치 상태다.

　"그 녀석에 대해 저는 올곧게 있지 못했습니다. 그 녀석에게 잘못이 없는 것도, 악의가 없는 것도 알고 있었는데, 용서하지 못했습니다. ——언젠가, 응보를 받겠지요."

"그렇게 생각해 주시기만 해도, 충분히 그 친구의 마음에 위로가 될 터입니다."

빌헬름의 대답은 쓸쓸한 것을 참는 듯하지만 율리우스는 긍정했다. 그 뒤에 그는 천천히, 그 호수처럼 잔잔한 시선을 스바루에게 돌렸다.

자연스럽게 스바루는 조금 전 벌인 설전의 재개를 대비하지만.

"감사의 말을, 해야만 하겠어."

"——아?"

무심코 목소리를 높인 스바루 앞에서 율리우스가 지룡에서 사뿐히 땅에 내려섰다. 그리고 그는 아직도 파트라슈의 등에 탄 스바루를 올려다보고 허리를 굽혔다.

"이번 백경 토벌, 본래라면 왕국기사단이 달성해야만 하는 숙원이었다. 각국이 장년에 걸쳐 방치해온 재앙에 종지부를 찍은데에, 감사를."

유려한 몸짓으로 사의를 표명 받는 바람에 그때까지 율리우스에 대한 적개심만이 선행하던 스바루는 잠시 반응을 하지 못했다.

그러자 당혹해하는 스바루 옆에서, 페리스가 "잠깐잠깐." 하고 참견했다.

"어디까지나 백경의 토벌은 칼스텐 공작의 주도—— 크루쉬 님께서 세우신 공훈이니까, 그 점은 오해하지 말아주라. 해치운 건 빌 영감, 그것두 중요하구."

"알다마다. 본인에게 백경을 칠 힘이 없는 것쯤, 그와 직접 검을 나눈 나…… 율리우스에게서 전해 들었으니 말이야."

끝까지 율리우스는 자신이 유리라는 용병이라는 설정을 포기하려고 하지 않는다.

　하지만 그는 페리스의 발언을 받은 다음에 "하나." 하고 말을 이었다.

　"저 남자의 존재가 백경 토벌의 큰 원동력이 되었음은 틀림없지. 그건 페리스, 너도 바르게 인정하는 바가 아닌가?"

　"냐앗! 그으건…… 그렇긴, 하지마안."

　페리스는 손가락을 맞대고 우물거리다가 풀이 죽어 물러났다.

　그렇게 야옹이 귀를 구슬린 율리우스는 재차 스바루에게 시선을 돌리고 말했다.

　"네 덕분에 이제 사람들은 안개에 겁먹는 나날을 잊을 수 있다. ——아나스타시아 님도 크게 기뻐하시겠지."

　"전반만이라면 고분고분 받아들였는데, 후반도 더하면 고분고분 받아들이기 어렵구만."

　"그리고 내 벗의 오랜 후회도…… 고비를 맞이할 수 있어."

　눈을 감은 율리우스는 한숨을 내쉬듯이 그렇게 일렀다.

　그 벗이라는 게 아마도 빨강 머리 영웅을 가리킨다는 건 알았지만, 스바루는 그 완벽초인이 품고 있는 오랜 후회라는 것의 자세한 내막을 모른다.

　그와 같은 인물에게도 후회를 품을 만한 과거가 존재하는 법일까.

　어쨌든 스바루에게도 지금의 말까지 삐뚤어지게 수용할 심산은 없다.

빌헬름의 비원이 달성된 것은 기뻐해야 할 일이고, 그 일에 자신의 협력이 다소나마 이바지했다는 자각은 있다.

 하지만 그래도 스바루의 속마음은 율리우스의 칭찬에 복잡하기 짝이 없었다.

 "_____."

 강한 척하고 있지만, 이 미장부에 대한 겁과 꽁무니를 빼는 약한 마음은 씻어낼 수 없다.

 가령 약한 마음을 극복해냈어도 다음에 기다리는 건 꼴불견스러운 반항심과 어린애의 발작이다.

 지원군에는 순수하게 감사하는 마음이 있는데, 그 상대가 율리우스라는 사실이 스바루의 마음을 고집스럽게 만들고 있다. 아나스타시아가 마련한 상황에 내심 원망의 말이 끊이지 않을 정도다.

 그 악감정을 겉으로 드러내지 않게끔 고심하면서 스바루는 길게 숨을 내뱉었다.

 "그래서 결국, 넌 뭐가 하고 싶은 거야. 뭐 하러, 온 건데."

 "──정말로, 해낸 거로군."

 "아앙?"

 율리우스가 스바루의 질문에 대답하지 않고 중얼거린 건 어딘가 감개 깊은 울림뿐이다.

 되묻는 스바루 앞에서 그는 "아니." 하고 고개를 가로저었다.

 "이해하고 있는지 캐묻겠지만, 아나스타시아 님과의 계약 관계에 있는 『철 어금니』는 백경 토벌 사이만 크루쉬 님께…… 아니, 네게 대출되었어."

"어라? 그랬었나? 하지만 아마 아가씨 말은……."

"누나는 조용하길 부탁드린다요."

율리우스의 발언을 듣고 미미가 참견하려들지만, 그건 그녀
옆에 있는 쏙 빼닮은 생김새의 새끼 고양이 수인에게 방해되었
다. 아마도 저게 유능한 남동생이라는 녀석일 것이다.

그 대화에 곁눈질을 보내면서 스바루는 율리우스의 말에 얼굴
을 찌푸렸다.

"즉, 무슨 말을 하고 싶어?"

"단순한 이야기지. 백경의 토벌이 이루어진 시점에서, 우리가
네게 협력할 이유는 이미 없다. 임무 해방이란 뜻이지. ——그런
데 지금, 너는 그들을 어디로 데려가려는 걸까."

"아하하하하—! 율리우스는 참 잘 까먹네—. 출발하기 전에
아가씨가 뭔가 이것저것 말했었잖아—. 미미는 까먹었지만 말
이야—."

"조용히 한다요."

새끼 고양이 남매 만담이 자꾸 신경 쓰이지만, 율리우스가 무
슨 말을 하고 싶은지 스바루도 간신히 이해되었다. 즉, 이런 말
이다.

"『철 어금니』를 물릴지, 원군 속행인지 고르란 말이냐. 나더
러, 이 자리에서."

"비싼 값으로 팔아치우도록, 하고 지시를 받아서 말이야. 아
니면 우리의 힘은 필요 없는 상황일까?"

보란 듯이 배후를 가리킨 율리우스는 스바루에게 결단을 다그쳤다.

그렇다고는 해도 짜증과 함께 경솔한 판단은 할 수 없는 상황이다.

여기서 스바루가 분노에 맡겨 그들을 내쫓기는 간단하지만, 그래서는 이 앞에 남은 최대의 벽 앞에서 자신의 전력을 덜어내는 우행을 저지르는 꼴이다.

그렇다고, 율리우스가 입에 담는 『비싼 값』을 유유낙낙 승낙하는 것도 문제다.

공수표를 계속 끊어대는 건 교섭에서 악수의 극치고, 무엇보다 스바루의 판단이 좌우하는 건 다수의 생명과 한 소녀의 미래이기도 하다.

"_____."

입을 다문 스바루를 옆에 시립한 빌헬름 일행이 말참견하지 않고 지켜보고 있다.

가령 이 자리에서 스바루가 조언을 청하면, 그들은 이 교섭에서도 『크루쉬 진영』에서의 로비라는 모양새로 『철 어금니』를 고용할 방책을 제시해줄 것이다.

하지만 그건 빚을 만드는 상대가 다른 상대로 바뀔 뿐인 이야기다.

현재, 스바루와 크루쉬 사이에는 대차관계가 하나씩 있는 대등한 상태이며, 솔직히 이 균형을 무너뜨리고 싶지는 않다.

"_____."

이어서 리카드가 이끄는 용병단 쪽을 보니, 팔짱을 낀 리카드는 관망하는 자세다. 미미도 그 옆에서 단장 흉내를 내며 팔짱을 끼고 귀를 실룩거리고 있다.

조금 전의, 마녀교와의 싸움에 끼고 싶어 하던 리카드의 태도가 떠올라 수긍이 갔다.

율리우스와의 이 교섭, 이걸 내다본 다음에 나온 동행을 잘 부탁한다는 말이었던 것이다.

"더러워. 과연 카라라기인, 더러워……."

"사람 얼굴 보고 어지간하지 않나. 말해두겠는데, 내도 본의는 아이다. 남의 약점 파고들어 이러는 기는 좀. 다만 고거보다 쩐을 좋아한단 얘기로……."

"네 갈등은 바닥이 얕구만! 원래부터 기대는 안 했지만 말이다!"

모양뿐인 보스라고는 해도, 적 진영인 리카드에게 조력을 요구할 작정은 없다.

좌우지간 음흉하게도 스바루의 대답이 YES밖에 남지 않은 교섭이다.

대차관계를 이븐으로 되돌린 크루쉬 진영과 달리 아나스타시아에게는 일방적인 빚을 지게 된다. 쓰디쓴 결단이지만 꾹 참고 넘어갈 도리밖에 달리 없다.

여기서 원군을 거절하다니, 그쪽이 훨씬 더 바보 같은 결단이다.

『철 어금니』와의 계약은 그대로, 마녀교의 싸움에 끌고 갈 마법의 수단이 있으면──.

"마법, 마법……? 안개에, 백경이랑…… 그리고 가도에 계약……."

입맛에 맞는 수단을 찾던 스바루는 문득 떠오른 발상에 지나지 않은 단어를 늘어놓았다. 그것들은 언뜻 연결고리가 없는 단어의 나열이지만, 희미한 아이디어가 사고를 백열시켰다.

차츰 어렴풋한 이미지가 윤곽을 띠기 시작하고, 스바루 안에서 한 가지 답변을 형성했다.

그리고──.

"백경의 토벌은 아직, 끝나지 않았다……라는 건, 어때?"

"──재미있는, 발언인걸."

궁색하게도 들리는 스바루의 말에 율리우스가 눈을 가늘게 뜨고 응답했다.

스바루의 발언에 등 뒤, 『철 어금니』는 물론이고 토벌대의 인원들이 동요했다. 개중에서도 눈을 부릅뜬 빌헬름의 모습은 스바루의 양심에 가책을 불러일으켰다.

하지만 빌헬름의 비원 달성과는 또 다른 의미로, 이쪽도 방치해두어서는 안 될 문제에 짐작이 갔던 것이다. 그것은.

"백경은, 그 마수는 마녀교의 끄나풀이었을 가능성이 있어. 그럴싸한 말을 하던 마녀교 놈을, 나는 알고 있어."

──그건 3회차 세계, 즉 지난 루프의 마지막 장면이었을까.

숲 속에서 페텔기우스와 맞닥뜨리고 광인의 『보이지 않는 손』에 패배하고. 그 뒤, 에밀리아의 유해가 발로 차여 무력감에 때려눕혀졌을 때였다고 생각한다.

그때, 광인은 더러운 말로 스바루를 매도하면서 분명하게 떠들었다.

『──가도도 안개로 봉쇄되고, 아무에게도 제 사랑을 방해하게 두지 않는 겁니다!』

어째서, 놈이 그걸 알고 있나.

어째서, 숫제 자신의 행위인 것처럼 얘기하나.

그리고 끝장은 그 뒤, 세계를 얼린 종언의 짐승이 내쉰 한숨의 한마디.

"다 안다는 얼굴인 놈이 백경을 『폭식』이라고 부르더군. 그게 마녀교적인 의미가 분명하다면, 그 마수가 나타난 원인은 내가 가는 곳과 관계가 있을 거다."

페텔기우스가 백경을 가도로 불러내어 메이더스령의 출입을 방해했다고 치면, 그 목적은 물론 놈들의 광기적인 소행을 위한 것이 틀림없다.

즉, 가도를 뒤덮는 백경의 안개는 저택을── 에밀리아를 덮치기 위한 준비였던 것이다.

"멋지게 저질러준 마녀교에게는 책임을 지게 해야만 해. 이번 몫과, 400년 몫의 부채까지 한꺼번에. 거기까지 해서야 겨우 백경의 토벌 완료란 얘기 아니냐."

"────."

"고용주가 보수를 걸고 명령한 일이라고. 도중에 내팽개치지 마라, 용병. 아니면 위약금을 내고 꽁무니를 빼서 돌아가시겠어?"

강하게 말을 뱉고 스바루는 율리우스가 어떻게 나올지 살폈다.

내심, 자기 발언의 희박한 근거에 홀딱 반할 지경이다. 하지만 그렇기에 외면을 유들유들한 웃음으로 꾸밀 수 있게 된 것이 지금의 스바루였다.

루프 중에 군데군데 박혀 있던 정보를 그러모아, 이를 아울러서 엮어낸 추측이다.

비슷한 경험은 지금까지도 있었지만 이번 추측은 현격하게 신빙성이 희박했다. 누가 뭐래도 가장 중요한 부분의 정보가, 의식이 애매해졌을 때에 들은 내용인 것이다.

연결해서 그럴싸한 모양을 구축하긴 했으나, 이로써 설득할 수 있을지는 알 수 없다.

실패해도, 하다못해 교섭을 계속할 실마리가 되어주면——.

"흠, 그런대로 급제점이란 걸로 해둘까."

"엥?"

"조금 더, 이쪽이 듣기 좋도록 해놓기는 하겠지만, 대체로 네 주장대로 올리도록 하지. 아나스타시아 님의 체면도 먹칠하지 않고 끝나겠어."

"자, 잠깐 기다려!"

말귀를 너무 잘 알아듣는 율리우스의 대답에 스바루 쪽이 당황해서 소리를 높였다. 그러나 율리우스는 당황하는 스바루를 담담하게 쳐다보며 말했다.

"왜 그러지? 걱정하지 않아도 『철 어금니』는 협력을 계속한다. 보상은 이미 아나스타시아 님에게서 지불받은 바야. 아무

문제도 없지 않나?"

"그렇게 선뜻…… 아니 그보다 뭐냐고, 왜 그렇게 말귀를 잘 들어먹어! 넌……!"

그 앞의 말을 입에 담으려다가, 스바루는 자신의 지독하게 싫은 부분을 깨닫고 말았다.

이쪽 사정에 배려해, 율리우스는 스바루의 치졸한 말씨에 부응해 협력해 주려 하고 있다. 스바루는 그런 그의 배려를 깨닫고 싶지 않았던 것이다.

스바루에게 율리우스는 결코 서로 이해하지 못하는 미운 놈이길 바란다.

──그렇게 바라는, 자신의 천박한 마음을 깨닫고 말았다.

"마, 보수 없이 하겠단 것도 아니꼬. 머리 나쁜 돌탱이라믄 한 번 벗겨먹고 끝이지만도, 똑똑한 상대라믄 울매든지 벗겨먹을 기회도 있겠제."

"결국 최종적으로 벗겨먹는 건 변함이 없구만……."

리카드가 대화에 끼어들자 이거 잘됐다고 그쪽에 편승했다. 그렇게 편한 쪽으로 편한 쪽으로, 도망치는 자신이 있는 것도 꺼림칙한 기분이었다.

스바루의 자기혐오와 타자 혐오가 뒤섞여서 일방적으로 상황은 험악해졌다.

하지만 스바루도 알고 있다. 진즉에 알고 있는 것이다.

"내가, 잘못했어. ……제길, 미안하다. 아아, 빌어먹을, 이런 말 하고 싶은 게 아니라고. 나도 그때, 내 쪽이……."

이마에 손을 짚고서 스바루는 어떻게든 이성적인 대답을 입에 담으려고 번민했다.

원군을 끌고 참전의 의사를 표시하는 율리우스에게 여기선 감사해야 할 장면이다.

이전의 그와 겪은 갈등도 스바루의 짧은 생각이 일으킨 결과이지, 진정하고 돌아볼 수 있는 지금이라면 어느 쪽이 잘못한지야 훤히 다 안다.

혹은 그때, 율리우스가 어째서 그런 짓을 했는지도——.

"———."

율리우스는 더듬거리는 스바루의 말에 아무 말도 하지 않고 기다렸다.

그라면 스바루가 무슨 말을 하고 싶은지 알고 있을 테고, 아무 말도 못하는 스바루를 앞질러 대답을 입에 담을 수도 있을 것이다.

그렇지만 그는 그런 행동을 하지 않았고, 스바루는 그 행동을 하지 않은 그가 밉살스러워서 못 견뎠다. 그대로 밉고 미워서, 밉기만 한 채로 있으면 좋았는데.

"내가, 잘못했어. 미안. 사과하…… 사과하겠습니다."

낮은 목소리로, 쥐어짜내듯이, 스바루는 그 말을 입에 담았다.

스바루로선 돌이키기도 저주스러운 기억에, 하지만 언젠가 돌아보기 위해서 반드시 맞서야만 하는 장면에, 머잖아 판가름을 내야만 하는 상대 앞에서.

율리우스는 그 사죄의 말에 눈을 감고, 그 뒤에 느릿하게 턱을 주억였다.

"나야말로 실례를 사과하겠다. 그때의 말과 행동, 그 전부를 철회하지는 않지만, 그래도 너를 얕잡아 봤던 것만큼은, 진심으로."

율리우스가 그렇게 스바루의 사의에 응답해 말을 받았다.

율리우스의 그 말에는 진솔함이 넘치고 있어서, 몹시 싱겁게 스바루의 안쪽에 응어리졌던 싫은 감정이 녹기 시작하는 걸 알 수 있었다.

그것을 알았기에 스바루는 눈앞에 선 『기사』와 똑같이 지면에 내려와 그 장신과 같은 높이에서 정면으로 마주 보았다.

황색의 눈에 자신이 비치고 있다. 스바루는 자신의 검은 눈동자에 비치는 기사에게 말했다.

"미안했다. 근데."

"응."

"난 네가 진짜 싫어. ──미안하다고 생각하고, 지금 와준 데에는 감사도 하고 있지만, 난 네가 정말 싫다. 정말로, 마음속 깊이, 어마무지, 싫다고!"

마지막 한 문장은 마디마디 구분 지어서, 구분 지을 때마다 고개를 좌우로 기울이면서 난폭하게 내뱉었다.

그렇게 정면으로 발산한 적개심에 율리우스는 얼떨떨한 표정을 지었다.

이어서 그는 별안간 그 표정을 무너뜨리고.

"그걸로 돼. 나도 너와, 친구가 될 수 있을 것 같은 기분은 좀처럼 들지 않으니까."

그야말로 느끼하게, 머리카락을 쓸어 올리며 웃었다.

6

"아—, 솔직히 이런 식으로 일을 주도하는 건 잘 못해서, 그렇게 진지한 눈으로 응시당하면 쑥스럽달까……."

빙 둘러앉은 50명의 집단, 그 중심에 선 스바루가 난감한 얼굴로 그렇게 읊조렸다.

장소는 리파우스 가도. 시간은 동트기 전. 참가자는 토벌대 전원이다.

백경전을 극복한 집단에 율리우스가 이끄는 『철 어금니』의 원군이 합류. 대가족이 된 것도 그렇지만, 슬슬 목적과 정보의 공유가 필요한 시기일 것이다.

그러기 위해서 한번 서로의 정보를 정리하자고 제안한 건 스바루 쪽이었지만——.

"설마, 이 구성원의 한복판에 세워질 줄은 몰랐단 말이지……."

율리우스와 페리스, 리카드에 빌헬름 같은 면면을 비롯한 역전의 강자들에게 둘러싸인 스바루는 꽁무니가 빠질 수밖에 없다.

애당초 원래 세계에 있을 적부터 대인 능력이 낮아서 골머리를 썩어왔던 판국이다. 남 앞에 설 경험은 물론, 남 위에 설 만한 인격자가 아니라는 자각도 있다.

하지만 그들은 그런 식으로 주눅이 든 스바루에게 일정한 신뢰와 함께 시선을 주고 있으며, 스바루도 그게 싫지는 않은 것이다. 정말이지, 난처하게도.

"일단 정리하자. 아—, 지금부터 우리가 가는 곳은 메이더스령……이랄까, 로즈월의 저택이야. 그곳에 아마도, 아니 확정적으로 마녀교가 나타난다."

"마녀교……입니까……."

마녀교의 이름이 나오자 각자의 표정에 복잡한 감정이 생겼다.

지금까지의 대화 흐름으로 그 나름대로 각오를 하고 있던 자도 많을 테지만, 그래도 실제로 상대가 그렇다고 알면 느끼는 감상도 바뀌기 마련이다.

이 세계에서 마녀교의 존재가 어떤 모양새로 주지되고, 그것을 그들이 어떻게 받아들이고 있는지는 스바루로서는 알 수 없지만.

"내게는 완전히, 최악이란 말밖에 할 수 없지만."

그리고 모두의 반응으로 보아 이는 대체로 공통된 인식이라고 여겨도 될 성싶다.

"스바루. 너는 백경과 마녀교의 관계를 어떻게 눈치챘지?"

스바루라고 스스럼없이 부른 건 율리우스다.

조금 전의 속내를 부딪친 말시비 이후, 율리우스의 태도는 괜스레 허물없는 것으로 변했다. 솔직히 그 변화에도 복잡한 느낌이 있지만, 지금은 질문에 대한 답변이 우선이다.

"지긋지긋하게도 마녀교도와 맞닥뜨린 경험이 있어서. 무사히 넘어가지 못했던 데다가 싫은 추억으로 그득하지만…… 입을 싸게 놀린 놈이 있었지."

"그런가. ……기사단의 추측은 틀리지 않았다는 거로군."

"그러게. 빌 영감이 쫓아다닌 자료도 그런 결론으로 안착했던 모양이구."

"알고 있었어?"

스바루의 말에 율리우스가 납득하고, 거기에 페리스가 끄덕여 동의했다. 그들의 태도에 스바루는 놀랐지만, 빌헬름이 느릿하게 고개를 젓고 대답했다.

"관련성을 눈치챈 건 우연입니다. 백경의 출현 분포와, 마녀교가 활동한 기록이 부합하는 경우가 부자연스럽게 많게 느껴졌지요. ──확증이라고 할 수 있을 정도의 것은 아닙니다만."

"빌 영감에게는 백경 쪽이 본 목적이지, 마녀교는 부록 같은 거니 말이야. 페리도 처음에 들었을 때는 반신반의였는데에."

"기사단 쪽에서도 그럴싸한 이야기가 나오긴 했지. 하기야 취급으로 따지면 유언비어 부류를 벗어나지 못한, 우스갯소리의 차원이긴 했지만."

어깨를 으쓱인 율리우스의 말에 빌헬름은 "무리도 아닙니다." 하고 한숨. 그들의 대화를 들으면서 스바루는 난잡하게 머리를 긁었다.

"일단 이야기를 믿어줄 수 있는 바탕이 있었단 건 내게는 럭키한 이야기군. 어쨌든 마녀교 놈이 했던 말을 믿는다……라고 하면 꽤 신뢰도 떨어지지만, 백경이 그놈들과 관계있는 건 확실하다고 봐. 애초에 마수란 건 마녀가 만든 거잖아?"

"그렇게 일컬어지고 있지. 마수의 존재와 발생은 속사정을 몰

라. 평범한 생물처럼 번식하는 경우도 있으면, 백경처럼 불쑥 나타나는 것도 있어. 하긴, 백경 같은 예외는 기껏해야 『흑사(黑蛇)』와 『대토(大兎)』 정도겠지만.”

“뭔가 못 들은 척하지 못할 단어가 튀어나온 느낌이지만, 무서우니 진행해도 돼?”

문제없다고 전원이 끄덕이는 모습을 지켜본 뒤에, 스바루는 헛기침하고 이야기를 진행했다.

마녀교와 일을 벌인다고 서두를 깐 다음에, 다음으로 전원에게 주지시켜야만 하는 사항이…….

“마녀교의 목적은 에밀리아로, 놈들은 저택을 근처 마을째로 불사를 작정이야. 그러니까 그 자식들을 어떻게든 쫓아내야만 해.”

“쫓아낸다. 스바루큥은 참 말랑한 말을 다 해—.”

페리스가 그 눈을 요염하게 가늘게 뜨고, 의미심장하게 어미를 늘리며 스바루를 바라보았다.

오싹. 등줄기에 한기가 퍼지는 색기 있는 동작이다. 단, 상대는 남자다.

“말랑하다니, 뭐가?”

“그딴 놈들, 전원 썰어버리면 그만이잖아. 지금까지의 기록으로 봐도, 그렇게 해 주는 게 그놈들에 대한 바른 대처법이라구.”

“————.”

페리스가 선뜻 몰살을 제안하는 걸 듣고 스바루는 놀라서 입을 벌렸다.

그의 과격한 발언에 놀란 게 아니라, 그가 말하는 말랑한 발언을 한 자신에게 말이다.

그만큼 그놈들을 죽이자, 죽어 마땅하다, 하고 머릿속에서 되풀이했었을 텐데, 물렁한 말을 사용한 자신의 심경 변화에 놀란 것이다.

그건 아마 최종적으로 무엇을 우선해야 할지가 스바루 안에서 변했기 때문일까.

"저택과 마을 녀석들을 지킬 수 있으면 지금은 그걸로 충분해. 마녀교를 쫓아내거나, 날려버리거나, 때려잡거나, 쳐 죽이거나, 뒤틀어서 다져다가 불살라 가루를……."

"아, 알았다. 그들에 대한 네 분노는 충분히 알았으니까."

"──헉! 아뿔싸. 아니, 그게 아니라고. 딱히 분노와 증오가 들끓어 싸움을 각오하고 있는 게 아냐. 에밀리아땅에게 접근한 것도 그게 이유란 건 섣부른 억측이야!"

"아무도 그런 말 안 했는데냥?!"

말하는 사이에 부쩍부쩍 분노가 다시 타올라서, 결과적으로 율리우스와 페리스가 스바루를 달랬다. 그러나 말을 수식하는 필요가 없어진 건 수확이기도 했다.

이전 회차에서는 의심받은 스바루의 동기 그 자체가, 아무래도 이번은 일절 의혹에 오르지 않은 모양이다. 스바루는 어디가 다른 거냐고 고개를 모로 꼬았지만…….

"그토록 자신의 희생을 각오한 작전으로 백경 떨어뜨려놓고서, 새삼스레 누가 그런 억측한대? 스바루쿵은 정말이지 의외로 인간불신인 구석이 있구냥.”

“인간불신이고 자시고…….”

실제로 그 말을 입에 담는 페리스 및 크루쉬에게 의심받은 경험이 있는 것이다.

하지만 깔깔 웃는 그에게 의심을 숨기는 거동은 없다. 그 또한 스바루의 의사와 행동이 변한 것에 따른 변화인 것일까.

“어쨌든 마녀교가 움직인다는 점은 더 이상 의심할 여지가 없겠지. 그들의 교의와 활동으로 보아 에밀리아 님이 왕선에 나선 시점에서 그건 예상되었던 일이다.”

스바루의 내심을 아랑곳하지 않고 율리우스의 납득으로 그 자리의 전원이 동조했다. 그 말귀를 잘 알아듣는 반응에 스바루는 지금까지 질문할 기회를 놓치고 있던 의문을 간신히 입에 담았다.

“좀 묻고 싶은데, 그 에밀리아가 이름을 내놓으면 마녀교가 움직일 거라는 납득은 어디서 온 거래? 모두가 꽤 선선히 받아들여서 신기한데…… 마녀교 놈들은 실태가 불명한 부분이 많다면서?”

“마녀교가 움직이는 걸 알고 있나 싶었더니, 그런 말도 하고 그래?”

스바루의 질문에 페리스가 어이없는 기색으로 야옹이 귀를 매만졌다.

무지가 비웃음 사는 건 예상한 반응이고 스바루는 신경도 쓰지 않는다.

"뭐, 시간도 없다고. 착착 가자. 그래서, 고 부분이 어떻게 돼?"

"모르는 쪽이 그렇게 정리하는 기도 이상하지 않나? ……즈기 말이다. 마녀교가 아주 귀중하게 신봉하고 있는 기 『질투의 마녀』 사테라데이. 이긴 알긋제."

"일단은 말이지. 솔직히 그 부분도 겉핥기뿐이지만, 그림책으로 읽은 정도."

"실물 본 놈 따위 거의 남지도 않았으니께 당연하지 않긋나. 내도 듣기만 했을 뿐이고. 마, 마녀교도가 그 사테라를 신앙하는지 알믄 됐데이. 그래서 그 사테라란 마녀가 하프엘프란 기는?"

"그것도, 뭐."

스바루가 읽은 그림책에는 그런 정보까지는 적혀 있지 않았지만, 베아트리스에게 『질투의 마녀』에 관해 물었을 때에 그건 들었다.

그리고 왕도에서도 에밀리아의 용모와 내력은 빈번하게 『질투의 마녀』와 비교되어서, 자주 화제에 올랐던 형편이다.

스바루는 그건 그녀가 책망받아야 할 점이 아니라고 매번 분개한 바지만.

"에밀리아의, 그 외견 특징이 마녀와 쏙 빼닮았단 거잖아? 하지만 그건 그 애를 탓할 이유는 못 된다고. 생뚱맞은 덤터기지."

"웬만한 녀석은 그렇게는 생각 안 한다. 사테라가 한 기는 그만한 일이데이. 그래서 마녀교의 이야기로 돌아가는 긴데…… 쉽게 말해서 그노마들은 하프엘프의 존재가 방해굿제."

"하?"

무심코 얼떨떨한 목소리가 스바루의 목에서 터졌다. 하지만 주위의 반응은 리카드의 태도를 특별하다고 여기고는 있지 않았다. 즉, 그것은 공통인식인 모양이다.

"어째서야? 평범하게 생각해서…… 그런 놈들의 평범한 생각 따위 모르겠지만, 평범하게 생각하면 정말 좋아하는 마녀랑 똑같은 하프엘프를 박해하겠다는 사고방식이 되진……."

"신봉하고, 이 이상 없는 존재라고 그렇게 생각하기 때문에 더, 비슷하고도 다른 존재를 용서할 수 없는 것이겠지. 닮았는데 다른, 모조품. ──그 존재가."

그것은 몹시 냉랭해 소름이 끼칠 듯한 살기가 담긴 목소리였다.

흠칫 놀라 스바루는 순간적으로 그 목소리를 낸 인물 쪽을 쳐다보았다. 그 인물도 스바루 쪽을 보고 있어, 양쪽의 시선이 얽히는 형국이 되었다.

스바루는 마치 자신의 안쪽을 뚫어보려는 시선에 몸을 뺐다. 그러자.

"라고─ 페리는 추측해 보거나 말거나?"

상대는 싱겁게 그 표정을 무너뜨리고 혀를 내밀어 지금의 분위기를 없었던 걸로 만들었다.

돌변한 것에 가까운 태도의 변화에 스바루는 말을 잇지 못하지만, 페리스는 그런 동요 따위 모르는 척하는 얼굴로 앞으로 몸을 구부리며 말했다.

"마녀교 놈들의 머리가 이상한 거야 이제 와 시작된 얘기도 아니구, 그런 거면 되지 않아? 문제는 에밀리아 님을 노리는 마녀교가, 어느 놈의 주도냐 건데."

"대죄주교……겠제."

"——?! 그 이름, 알고 있었나?"

페리스가 바꾼 화제에 리카드가 동의하고, 거기서 나온 단어에 스바루가 물고 늘어졌다.

대죄주교—— 그것은 페텔기우스가 밝힌 직함이며, 놈은 그런 다음에 자신이 『나태』를 담당하고 있노라고 떠들어댔는데.

"마녀교의 대죄주교라는 건 유명해?"

"그런 놈들이 있다는 정도는 말이제. 옛날, 그야말로 『질투의 마녀』가 대난동 피우기 전에는, 사테라 말고도 마녀가 있었다는 허황된 얘기도 있다 캐서."

"오만. 분노. 나태. 탐욕. 폭식. 색욕. ——대죄의 이름을 받은 여섯 명의 마녀로구려. 모두 다 질투의 이름을 받은 사테라에게 그 몸이 삼켜졌다고 합니다만."

대죄의 이름을 가진 마녀—— 그것도 전에 어디선가 들은 이야기다.

이 세계에서 마녀라고 하면 그것은 질투의 마녀 사테라를 말하며, 이미 다른 대죄의 이름을 받은 마녀는 존재하지 않노라고.

"다만 마녀교의 간부……라고 해도 될지 모르겠지만, 그 입장에 있는 자들은 잃어버린 마녀들을 대신해 그 대죄의 이름을 자칭하고 있다고 들었지. 질투는 그들이 신봉하는 사테라의 상징이야. 즉, 그 외의 여섯——여섯 명의 대죄주교가."

"여섯 명……."

율리우스의 설명을 듣고 스바루는 적대하는 마녀교의 끝 모를 저력에 숨을 집어삼켰다.

페텔기우스가 『나태』를 자칭한 시점에서, 다른 대죄를 담당하는 존재가 있을 거라는 사실은 예상이 되었다. 일곱 대죄라면 스바루에게는 서브컬처에서 친숙한 중2병 요소로 그득한 멋쟁이 단어다. 그렇다고는 해도 가슴을 설레게 할 단어로서 받아내기에는 실제로 체험한 『나태』의 인상이 너무 나쁘다.

——그런 놈들이, 그 밖에도 다섯 명 있다는 걸까.

"근데 『폭식』일 터인 백경은 우리가 떨어뜨렸지. 다른 대죄주교도, 지금부터 갈 메이더스령에 낯짝을 내놓을 테고. 마녀교, 단번에 기울게 할 찬스로군."

"와하. 세게 나와～. 하지만 정체를 알지 못하던 마녀교를 때려잡을 좋은 기회라는 건 페리도 같은 의견. 놈들, 루그니카만으로도 상당히 깔보는 짓거리 해줬구."

"백경과 마찬가지로, 전 세계가 피해를 입고 있다. 기사단도 오래도록 쓴맛을 봐온 상대지. 나 말고도 많은 기사들이 그럴 거다. 기회를 얻을 수 있는 건 달가워."

스바루의 의견에 페리스와 율리우스가 찬동하고, 리카드도 호전적인 웃음으로, 빌헬름은 그저 숙연한 끄덕임으로 응답했다.

그렇게 되면, 스바루는 이제 지금 있는 전력과 스바루가 가진 미래의 정보를 살린 작전을 세워야 한다. ——하기야 그 작전

자체는 몹시 심플하고, 포석도 미리 깔아놓은 게 있다.

"최악의 경우, 지금의 반수로 해야만 했던 작전이지만 율리우스 일행이 합류한 덕분에 인원상의 불안은 사라졌어. 할 수 있겠다 싶은걸."

"한 가지만 정정하고 싶다만, 내 이름은 유리야. 확실히 유클리우스 가문의 장자와는 친하게 지내고 있지만, 그 점은 주의해줬으면 하는군."

"그 설정, 공적인 장면 외에는 거추장스러울 뿐이잖아! 이야기가 진행 안 된다고!"

"평소부터 주의하는 게 중요한 장면에서 마각을 드러내지 않는 비결이지."

"평소부터 주의한다는 말을 꺼낸다면 애당초 근위기사의 복장이나 하고 오지 마! 정성이 얄팍하다고!!"

스바루는 바닥이 얕은 은폐공작을 시행하는 율리우스에게 호통치고 나서 거친 숨결 그대로 전원의 얼굴을 둘러보았다. 그리고 한 번 헛기침.

"그러면, 지금부터 원숭이라도 할 수 있는 마녀교 사냥의 간단 설명── 시작한다."

뺨을 일그러뜨리며 악인처럼 웃은 스바루가 작전을 피로했다.

달빛이 기울고 새벽이 보이기 시작하는 리파우스 평원.

——이번 루프의 마지막 날 아침이 조용히 시작하고 있었다.

《끝》

후기

네, 반갑습니다! 안녕하세요, 나가츠키 탓페이입니다. 일부 분들에게는 네즈미이로네코입니다.

이번에도 리제로와 함께해 주셔서 감사합니다! 이야기도 마침내 7권으로. 드디어 제법 권수를 쌓았습니다. 작중 인물들의 성장에 지지 않고 작가도 하루하루 성장했으면 좋겠네요. 이 발언이 성장이라기보다 늙은 티가 나지만요.

자, 이번에는 매우 커다란 보고와 답례가 있습니다.

이미 아시는 분들도 계시리라 짐작하지만, 놀랍게도 이 작품 『Re：제로부터 시작하는 이세계 생활』의 TV 애니메이션화가 결정되었습니다!

이것도 정말로 여러분의 응원 덕분입니다. 정말 정말 감사합니다!

후기에서도 벌써 몇 번씩 썼지만 이 이야기는 원래 『소설가가 되자』라는 웹사이트를 빌려 시작한 하나의 웹소설이었습니다.

투고를 개시한 것은 지금부터 3년 이상 전으로, 많은 독자분들께서 읽어주셔서 서적화 이야기를 받은 게 어제 일 같습니다.

실제로는 2년 이상의 세월이 필요했지만, 그때부터는 정말로 어지럽도록 바쁜 나날이 이어져서 지금에 이르렀습니다.

권수로 따져 본편 7권에 외전이 2권으로, 대단히 축복을 받은 데에 큰 감사를.

그러한 나날에 더해 애니메이션화의 이야기를 받고 그 보고를 여러분께 드릴 수 있는 건 매우 기쁘고, 감사하기 그지없습니다.

정말로, 감사합니다.

다만 애니메이션화의 이야기가 골인 지점은 아니고, 작품은 아직 한참 더 이어집니다.

작중 캐릭터들의 이야기가 아직 도중인 것처럼 작가 자신도 아직 만족해서 붓이 멈추지 않게끔, 앞으로도 풀 스로틀로 노력하겠으니 이렇게 읽어주시는 여러분께서도 계속 함께 달려주시면 고맙겠습니다.

애니메이션화를 기회로 더 많은 분들께 작품을 알려드려 재미있는 이야기를 계속 쓸 수 있는 활력으로 삼고 싶으니 앞으로도 잘 부탁드립니다!

자, 이 기세로 계속 나가다가 지면을 다 써버릴지도 모르므로 감사의 말을.

우선 담당자 I 님. 리제로는 서적화의 시작부터 지금에 이르기까지 I 님의 협력 없이는 성립되지 않습니다. 정말로, 먼저 제로를 선사해 주셔서 감사합니다.

일러스트의 오츠카 선생님. 캐릭터들의 매력에 최대의 색깔과 형상을 내려주시는 건 오츠카 선생님의 작업이 있기 때문입니다. 이번에도 겉표지에 장난 아니게 파워 있는 일러스트, 감사합니다! 지금부터 오츠카 선생님이 그린 캐릭터가 움직이는 게 기대돼서 못 견디겠어요!

디자이너 쿠사노 선생님께도 대단히 신세를 지고 있습니다. 표지와 타이틀 로고는 물론 리제로와 관련한 수많은 장면에서 늘 감사합니다! 앞으로도 모쪼록, 좌우지간 많이 잘 부탁드립니다!

그리고 만화판에서는 마츠세 다이치 선생님과 후게츠 마코토 선생님이 귀여우며, 그리고 때로 가슴 아프게 리제로 세계를 그려주고 계십니다. 요즘에는 만화부터 작품에 입문했다는 감상을 받은 적도 많아 두 분께는 머리를 못 들겠습니다! 감사합니다.

그 밖에도 MF 문고 J 편집부, 영업 담당님, 교정 담당님에 각 서점 등, 수많은 여러분께 늘 정말로 신세를 지고 있습니다. 감사합니다.

그리고 마지막으로 늘 책을 읽어주시거나 따뜻한 응원으로 작가에게 힘을 내려주시는 독자 여러분께 최대급의 감사를. 앞으로도 잘 부탁드립니다.

그럼, 또 다음 권에서 만나 뵐 수 있기를!

2015년 8월 나가츠키 탓페이
《애니화 발표 후 1개월, 아직도 흥분이 식지 않고》

몬스터(?) 설정 공개!!

그림과 글
오츠카 신이치로

백경

부유용 마법진

여기서부터
안개 발생 | 여기서부터 안개 발생

SIDE VIEW

파트라슈

여자애라서
조금 둥그스름한
실루엣이 되게끔
디자인해 봤습니다.

다다다다...

미미용라이거 안 (퇴짜)

학 학

치게 귀여워서
적인 개처럼
했습니다.

복실이소녀

→ 인터넷판에서
스바루가 복실복실하고
싶어서 열명열명 따라가는
명명이게 수임.

서적판에서는
에피소드가 삭제되었기에,
6권의 삽화에서
「복실이소녀」로 등장.

종종

스바루

Subaru

　"대체로 그 권의 중심 인물이니 이해는 하는데, 저랑 빌헬름 씨 둘이서 차회 예고라니 이거 엄청 신선하달까 긴장되네요?"

　"그리 겸손하실 건 없습니다. 스바루 님과 다르게 전 이 방면의 문외한입니다. 만사에 스바루 님의 지시를 따를 요량이니 기탄없이 말씀 주십시오."

　"워우우. 왠지 점점 더 황송한 기분! 좋아, 좋아. 이럴 때는 공지로 들어가자! 대발표, 세세, 세상에나! 리제로 TV 애니메이션화 결정!! 이 발표, 나와 빌헬름 씨 때도 괜찮은 거야?!"

　"스바루 님이 지금까지 걸은 발자취가 많은 분들의 관심을 끌어 모은 결과입니다. 마치 제 일처럼 가슴이 뜨거워지는군요……."

　"지금까지의 발자취는 제법, 창피한 부분도 있는데요……!"

　"뭘, 젊은 시기에는 누구나 창피를 겪기 마련입니다. 애니화 결정도 경사스럽지만, 듣자니 코믹스 쪽의 발표도 예정되었다던데."

　"아, 네, 맞아요. 월간 빅 간간에서 대호평 연재 중인 제2장, 저택편의 제2권이 12월에 발매! 동일하게 월간 코믹 얼라이브에서 이쪽도 연재 중인 제3장, 마침 빌헬름 씨가 등장하는 내용도 제1권이 12월에 발표란다!"

Re: Life in a different world from zero

빌헬름

Wilhelm

"과연, 공교롭게도 이쪽도 12월의 동시 발매. 이건 합쳐서 구매하는 것이 최선의…… 음? 스바루 님, 이 건……."

"말했었죠, 빌헬름 씨. 누구나 젊을 때는 창피를 겪는다고 말이야."

"확실히, 으음, 그렇게 말하기 했습니다만."

"그런 이유로, 때는 본편의 약 40년 전——! 왕국에서 일어난 대규모 내전, 『아인전쟁』의 시대를 그린 외전, 『검귀연가』 발매도 결정이 났다! 이것도 세상에나 12월!"

"외전 소설에 만화판 두 권으로 세 권 동시 발매. 젊을 시절의 미숙한 추태지만 흥미가 있으시다면 집어 주십시오."

"오오! 최종적으로는 제법 소화했다! 우리도 하면 되는군요!"

※ 연재 및 부록 등의 정보는 일본어판 기준입니다.

Re:제로부터 시작하는 이세계 생활 7

2019년 11월 25일 제1판 인쇄
2021년 09월 30일 제13쇄 발행

지음 나가츠키 탓페이 | **일러스트** 오츠카 신이치로

옮김 정홍식

발행 영상출판미디어(주)
등록번호 제 2002-000003호
주소 21311 인천광역시 부평구 평천로 132 (청천동)
전화 032-505-2973(代) | **FAX** 032-505-2982

ISBN 979-11-319-4229-1
ISBN 979-11-319-0097-0 (세트)

Re：ZERO KARA HAJIMERU ISEKAI SEIKATSU volume 7
ⓒTappei Nagatsuki 2015
First published in Japan in 2015 by KADOKAWA CORPORATION, Tokyo.
Korean translation rights arranged with KADOKAWA CORPORATION, Tokyo.

노블엔진(NOVEL ENGINE)은 영상출판미디어(주)의 라이트노벨 및 관련서적 브랜드입니다.

나가츠키 탓페이
작품리스트

◆

일본 현지에서 4월부터 애니메이션 방영 예정인 인기 만화가
원작자의 손에 의해 직접 스핀오프 소설화!

문호 스트레이독스
다자이 오사무의 입사 시험

1

◆

초판한정 특별부록
고급 일러스트 책갈피

고지식한 이상주의자인 구니키다 돗포는 군이나 경찰
이 손을 대지 못하는 위험한 의뢰를 전문으로 취급하
는 '무장 탐정사'의 일원. 그런 그가 의심스러운 신입
이자 자살 마니아인 다자이 오사무와 콤비로 활동하는
처지가 되었다. 두 사람은 기괴한 유령 저택 사건을 수
사하는 사이에 수많은 행방불명자가 있다는 사실을 발
견한다. 게다가 탐정사를 적대시하는 마피아 · 아쿠타
가와 류노스케에게 습격을 받고 마는데…?! 끈질긴 인
연은 여기에서부터 시작되었다!

어둠이 준동하는 요코하마에서
'이능력' 대결이 시작된다!

 아사기리 카프카 지음 | **하루카와 산고** 일러스트 | **문기업** 옮김
청춘의 상상, 시동을 걸어라!

무예에 몸을 바친 지 백여 년, 엘프로 다시 하는 무사수행 3

초판한정 특별부록
고급 일러스트 책갈피

©Kakkaku Akashi, bun150 2015
KADOKAWA CORPORATION, Tokyo.

무사수행을 위한 여행 도중, 오랜만에 알파레이아를 방문한 슬라바 일행은 시지마류를 사용하는 소녀 레티스와 만난다. 젊고 재능 있는 그녀를 본 슬라바는 격전을 꿈꾸지만, 레티스는 그런 그를 향해 연심을 품기 시작하고……. 게다가 아르마와의 우연한 재회도 더해져 슬라바 쟁탈전이 격화될 조짐이━━?!
한편, 은밀히 다가오는 새로운 싸움의 그림자. 갑자기 왕도를 덮친 의문의 테러리스트들! 세리아를 구하기 위해 분투하는 슬라바 일행의 앞에 나타난 것은, 예전에 실력을 겨루었던 바로 그 강자였다━━!!

**진정한 「최강」을 목표로 하는 소년은,
타락한 친구를 위해 궁극의 일격을 해방한다!!**

아카시 칵카쿠 지음 │ bun150 일러스트 │ 손종근 옮김

행운과 운명, 우연과 필연의 소용돌이 속에서
마음이라는 이름의 기적이 이루어낸 그 종착지.

불행소녀는 지지 않아!

6

초판한정 특별부록
고급 일러스트 책갈피

한 소녀가 있었다——.
아름다운 외모와 마음씨의 소유자였던 소녀의 단 한 가지
의 문제는, 운이 나쁘다는 것이었다.
한 소년이 있었다——.
남들보다 운이 좋았던 소년은 특유의 낙천성으로 상냥한
마음씨를 가지고 있었다.
그리고, 두 사람의 이야기가 시작되었다. 행운과 불운이
뒤엉켜 이해할 수 없는 사태가 연이어 두 사람을 덮쳤다.
하지만 소년은 소녀를, 소녀는 소년을 좋아했다. 난관을
헤쳐나갈 수 있었던 것은 혼자가 아닌, 서로 좋아하는 두
사람이기에 가질 수 있었던 인연의 힘이었다.
그러나 신의 장난으로 세계는 아주 조금 바뀌었다——모
두의 기억 속에서 소녀가 지워졌다.
불행, 그 타고난 운명과 싸워가던 두 사람은 최대의 위기
를 맞이했다.

비주얼 노벨 〈포춘 하모니〉의 원작소설!
『제4회 노블엔진 대상』 우수상 수상작.
불행소녀와 강운소년의 비일상계 청춘난장, 그 대망의 완결권.

LawBeast 지음 | 영인 일러스트

청춘의 상상, 시동을 걸어라!